獨坐

孫曉雲題

近照

电影《妈妈!》剧照

经典名剧《洋麻将》剧照

生活照

独坐

奚美娟

著

上海文艺出版社

目 录

代序：我的读书生活　　　　　　　　　　1

第一辑

想念父亲　　　　　　　　　　　　　　　3
双双真不朽，芬芳大地中
　　——深切怀念张瑞芳老师　　　　　9
他手中握着一把神奇钥匙
　　——纪念黄佐临院长　　　　　　　14
风采依旧
　　——周小燕先生速写　　　　　　　22
纪念前辈韩尚义　　　　　　　　　　　29
不曾谋面的记忆
　　——纪念李敖先生　　　　　　　　33
纪念吴贻弓老师　　　　　　　　　　　39

说不尽的秦怡老师　　　　　　43

我喜爱的那个作家去了

——怀念作家张洁　　　　51

缅怀王玉梅老师　　　　　　56

第二辑

一位土耳其导游　　　　　　63

那不勒斯，二三小趣事　　　69

庞贝石与诗　　　　　　　　75

西西里岛的木偶剧世家　　　82

入住贵族后裔的府邸　　　　90

发生在舞会化妆间的故事　　96

贵族府邸里一场盛大舞会　　101

电影创造奇迹　　　　　　　106

阿格里真托神殿之谷　　　　112

甲子两登山 117

爱丽丝岛

  ——哈德逊河漫笔 124

寻找小津安二郎 131

重访茅崎馆 141

附录

小津先生与茅崎馆（森 胜行） 146

第三辑

《原乡》拍摄感悟 155

《安家》拍摄小记 160

三十年后再续缘

  ——《谷文昌》拍摄记 164

我怎么走进芳西雅这个角色
　　——《洋麻将》排演札记　169
"霞客之奇，孺人成之"
　　——走进徐霞客和他母亲的温暖
　　故事　183
走近樊锦诗　188
在角色的未知性中寻找人性之根
　　——电影《妈妈！》创作札记　196
弹指一挥四十年
　　——兼谈《留守女士》的表演　207

附录一
93中国首届小剧场戏剧展暨国际研
讨会·奚美娟谈表演（王育生）　220

附录二

奚美娟：演员的职业是神圣的

（般健灵） 230

第四辑

这样好的文字，这样好的人 241

父爱托起的艺术情怀 248

愿精神的种子茁壮成长 251

亦师亦友达明兄 256

吟诵上海 261

由艾曼纽·利瓦所想起的 265

艺术电影需要艺术影院作依托

——从美国电影《少年时代》

联想到 271

另有一片好风光
　　——《七儿娘》观后　　277

第五辑

经典与品牌的力量　　289
"品读"的魅力　　294
虹口海派电影赞　　299
被爱心打动　　301
打捞记忆　　305
遥望月光,依旧温暖　　310
那些人,那些事　　314
后滩　　319
《夜光杯抒怀》的抒怀　　325

代序：我的读书生活

我从小有一种莫名其妙的自信。

因此，记忆中，我很少会被生活中一般人所理解的"说法"所影响。比如说，一个涉世未深的年轻人从郊区来到繁华都市生活，容易产生"自卑"心理啊，一个从小在郊区长大的人眼界不够开阔啊，等等。对这些"说法"我从来就不以为然。后来想想，这种莫名其妙的自信，可能是与我从小就养成了读书习惯有关。

还在念小学高年级的时候，爱读书的堂姐和她的几个女同学，她们都是中学生了，经常在一起海阔天空地聊，聊她们读过了什么好看的小说，聊她们读了某本书的感受，还有小说里的人物、故事。我就挤在她们边上听，听得津津有味，事后就缠着堂姐借书给我看。堂姐有时候怕我读书太慢，就骗我说，哎，这本书明天就要还给别人的哦。我就信以为真，于是，会白天连着晚上读,在昏暗的灯光中,蒙着被子连夜读完,第二天准时还给堂姐。偶尔,如果堂姐说好给我看的书没有借到,我就会难受得像有只小虫在身上爬一样,浑身不舒服。

从小学到中学的早期经历中,我书籍的来源之一就是堂姐。还有一个对我的读书生活有影响的人,是我的中学语文老师。

我的同龄人辈,大约在小学和初中阶段都经历过"动乱"中一会儿"停课"一会儿"复课"的荒唐过程。在那几年里,尽管学校里的语文课上得迷迷糊糊的,但语文老师布置的作业,我都会尽力完成,这也许给他留下了我爱读书的印象。于是,老师经常会借一些课外书籍给我读,就这样,在那几年里——正是我的少年成长阶段,我竟然读到了不少世界名著,包括有《德伯家的苔丝》《基督山恩仇记》等。

但是,在我有限的人生轨迹中,对我影响最大的还是我的父亲。他的职业虽然只是一个技术人员,但他酷爱买书读书,也会兴致盎然地在晚饭后的闲暇时光里,给我们子女描绘书中的美好,以及我那时还不能理解的纷繁复杂的世界。我在父亲的影响下,很渴望能像他那样,去领略书籍里所描写的五光十色。

在读书中获得的精神愉悦和开阔眼界,我好像年轻的时候就已经感受到了。这其实无关乎你在世界的哪一个角落里生存。因此我想，精神层面的世界是一个相对公平的世界，它不会因为你世俗地位的高低而限制你去思考，去享受阅读的乐趣，以及在读书过程中润物细无声的滋养。

有人说，阅读的过程，从一开始的"围坐"渐渐变成"独坐"的时候，你也许已经能够在那本书知识的五彩斑斓里遨游了，或许可以"重塑"自我了。

我最开心的记忆，就是在年轻时光，夏季的傍晚时分，吃过晚饭，做完家务，搬出一张藤椅，坐在家里的小场院里，开始边乘凉边读书，真是惬意。我有时也会在离家不远的水渠边，一个人坐着发呆，脑海中浮现的，却是一片无边无际的海洋……

进入上戏表演系学习后，读书的轨迹在老师的指导下，有了纹路肌理。一类是表演专业书籍，尽管那个年代还不像后来书籍资源那么丰富，但我深深迷恋在其中，从理论到实践，再上升回到理论……希望通过看书学习解开实践中遇到的谜团疑云。

另一类还是我喜欢的小说。我一直清醒地意识到，一个从事表演专业的人，最好不要放弃对文学创作的关注，尤其是优秀作家的作品。它与表演专业有着密不可分的直接关联，有时候，小说中人物的瞬间心理描写，作家会不惜笔墨洋洋洒洒写上几页纸，以此让读者了解人物的思维逻辑和心理的辩证过程。这样的人物描写，用在一部戏剧或者影视作品中的人物塑造上，也许只是一个镜头、一个眼神、一个状态的呈现，但从我的专业角度来说，心里有了饱满的知识积累，就能解释"眼睛是心灵的窗户"这句话的意义了。

毕业以后，我进入上海人民艺术剧院工作，一个更大的天地在我眼前打开。

记得刚工作不久，就听剧团的老艺术家告知，我们单位图书馆的藏书量在沪上同类艺术单位中是排在前列的。上世纪八九十年代，单位里集中了一批以黄佐临院长为领军人物的学者型艺术家，他们偶尔在图书馆资料室遇见你，就会指导你，提醒你说："在演出和排练后有闲暇时间，应该系统地读一些书哦。"并顺口就能开出一些书单给你。我一直以为，在我青年时代的读书生活中，有这样的前辈们督促指导，是我此生最大的幸福。

年轻的时候，读书无形中开启了自身想象力和类似做白日梦般的"意象"，在上戏受了专业的系统训练后，懂得了这也是一种艺术创造时能很快获得具体"视像"的能力基础。从本能的原始的想象力萌发，到经过专业理论提升后有意识对人对物反观能力的培养，仔细想来，都与我的阅读不无关系。

读书，从一开始青年时代的"多而杂"，到现在渐渐走向"少而精"，其实也是一个去繁从简的道理。我现在越来越觉得，读书是一种缘分，有时流传甚广的一本书，其实读来觉得无甚意义，但也许一本薄薄的小册子，无意中却赋予了巨大的人生启迪。

经过了漫长的人生道路以后，我更懂得了另外一种读书：当我们懂得了眼前社会才是真正的课堂，当感知了我们在这个大课堂里读到看到的才是一本意义非凡厚重无比的大书，当我们站在它边上悄悄翻开认真阅读的时候，也许，我们读书的意义才能真正显现出来。

2022年5月3日写于湖州外景地

刊于《新民晚报》副刊《夜光杯》

2022年7月17日

奚美娟朗读

扫码听一听

第一辑

想念父亲

青烟不会带走一切，
带不走爱也带不走情谊。
他弥散在天空的生命，
依然会深深祝福人间。

父亲离我而去，已整整一年了。这首诗来自去年父亲大殓当天好友寄给我的安慰信。我把这段文字读给我的母亲听，她与我一样既难过又欣然！我们相信青烟没有带走父亲的爱，也相信他弥散在天空的生命，依然在照看着我们。

父亲不是一个强有力的人。记得上世纪七十年代末八十年代初，上海开始启动改革开放最初时期的城市化建设，"拆迁"这个词在那时也应运而生。当时我家所在的浦东杨思上南路附近地区，是第一批被列入这个改造计划的，经过几年的改造，老家被拆除，农田变房产，那里拔地而起的一座新城，就是如今的浦东新区上南新村。我们家是一个大家族，世代居住自家院落。父亲幼年丧父，无法享受父爱天伦，等他自己成家立业，有了子女，就尽他所能把一家人拢在一起，让我们兄妹享受着完整的父爱，全家人其乐融融从未分开过。因此，父亲对于祖宅拆迁后要住进商品房毫无心理准备，担心自己苦心经营的大家庭就此分散，所以他很想要求拆迁办把分给我家的几套房子放在一幢楼里，不要零散分开，这样全家人还可以住在一起。但是因各种原因他的这一要求没有得到落实。

那时我已经从上海戏剧学院毕业，在上海人艺工作，平时住在单位的集体宿舍，周末才回家。有一天我回到家里，母亲告诉我，父亲上午又去找过拆迁办了，不知结果如何。我来到父亲房间，门半掩着，只见他独自背着身，蹲坐在一张小矮凳上，在将拆未拆的空旷房间里埋着头，很无助的样子。不知为什么，世上当子女的，最害怕看到的就是父亲无助的背影。朱自清在看到父亲为给他买几个橘子，微微发胖的背影蹒跚地走过铁道时，眼泪很快就流下来了。那是一个爱的背影，而我看到的是父亲无助的背影，但同样感受到了浓浓的父爱。少年丧父使他特别看重家人团聚，看重亲情，总是想把我们都拢在他的羽翼保护之下，显示他作为父亲的强大。但在新生事物面前，他无奈了，他心有余力不足了，他希望全家人同住在一幢楼里、分房不分家的要求，无法实现了，他能不沮丧吗？看到这样的背影，我的眼泪也很快就流下来了。那天我没有进父亲的房间，我不知道如何劝慰他。但那个蹲坐在小矮凳上的父亲的背影，深深镌刻在我的心头。在以后的生活中，哪怕父亲开怀大笑时，他那时的无助状态都会掠过我的脑海。

表面看着并不强大的父亲，有时却非常严厉。最吓人的一次，是他对我大妹发火。大妹那时已经有了男朋友并到了谈婚论嫁的程度，有次她去未婚夫家作客，晚饭后突然狂风暴雨发了大水，无法回家，未婚夫的妹妹怕她路上不安全，邀我大妹在自己房间挤了一夜。第二天一早我妹回家，父亲大怒，觉得女孩子还没有正式结婚就在未婚夫家住有失体统，根本不顾当时情况特殊，也不容我大妹辩解，愣是把妹妹说哭了。父亲在批评我妹的同时，也告诫我家的所有女孩都不许破这个规矩。无论如何，父亲严厉的"闺训"，让我们懂得了洁身自好，懂得了女人自爱的可贵。

我是家里的大女儿，父亲给我面子，就是平时对我批评也算是客气的。十几年前我因扮演电视连续剧《儿女情长》中的大姐一角，获得中国电视第十五届"金鹰奖"最佳女配角奖。在领奖台上，主持人问我："你是否自己就认为今晚能得这个奖？"我回答："差不多吧。"其实我是不善言辞，拙于应答。但在家中看电视直播的父亲当时就对母亲说："美娟这样讲显得有些骄傲,回家要告诉她。"在父亲离世的这一年里,我经常忆起他的言传身教,我庆幸有这样一位既普通又有良好价值取向的好父亲,他使我在工作中取得再大的成绩、得到再高的荣誉也决不会沾沾自喜,得意忘形。

我的父亲极其聪明,手巧得让人目瞪口呆。我小时候家里有一个收音机,是父亲自己安装的,它又大又漂亮,喇叭的部位用了一块金丝相间的小格子喇叭布包贴着,此时此刻还在我的眼前闪着亮。机身颜色漆的是柚木色,收音机内部那些细密的小铜丝缠绕的线路,在我们的眼前展示了一个神秘的空间,只要父亲巧手拨弄,里面就能传出各种声音。有了它,父亲每天关注收音机里播送的各种信息,经常到深夜还在收听。我则从小耳濡收音机里播音员纯正地道的普通话,提升了我的语音能力。上世纪七十年代我考上海戏剧学院表演系时,招考老师们对于我这样一个来自上海地区的考生在普通话方面一点就通,都有些意想不到。只有我知道,这是和父亲通过他的双手,努力给我们创造的"硬件"分不开的。

我在上戏当学生的年代,有段时间社会上流行不带领章的军装,男生女生谁要有办法弄到一件穿在身上,在上戏校园里走进走出,就是一种"时尚"。青年人在各个时代都有爱美之心,我也不能免俗。大概在父母面前无意中提起过,有次周末回去,我惊奇地发现家里添了一台二手缝纫机,父亲只是买来裁剪书看了几遍，就给我做了一件合体漂亮的女式"军装"。我们全家人惊奇不已，父亲怎会在做衣服方面无师自通？他只是说："这很简单，能看懂裁剪图就行了。"现在想想，父亲是用他的聪慧，最细腻最无私地传递着父爱与对家庭的责任，让我们的家庭作为一个社会最基本的细胞，朴实无华地淡定前行着。

父亲退休前是上海一家市级玩具厂的技术科长。在我们小时候，厂里只要有新产品，他总是第一时间把样品带回家让我们先"玩"为快，那些漂亮有趣的各色玩具给我们兄妹的童年带来了无尽的乐趣与欢乐。留给我印象最深的，是他有一年被借调到上海电影技术厂参与设计支援山区的小电影放映机，在那段时间里，他每天下班回家后，都要在简易画板的图纸上工作至深夜，父亲从设计到制作、直至到去山区试映都全程参与。有一天晚上，他带了一部电影胶片回家，说吃完晚饭要在家里放电影。记得左邻右舍都来了，片名叫《地雷战》，是黑白故事片。我们把家里的箱子储柜挪到一边，腾出一面白墙当"银幕"，因为父亲只带回了机器与胶片，没有喇叭和声道，所以，我们看的是"无声片"。只见片中人物在我家白墙上晃来晃去，但听不见他们在说什么。尽管如此，那个年代能在自己家里放电影，足以让我们兴奋很久，也对父亲崇拜不已。有趣的是：当年在自家墙上看电影时离艺术很远的我，今天居然与电影事业已无法分开了。冥冥之中，我始终相信：是父亲在我的生命程序中，注入了只有他能解读的基因密码，让他的女儿能为中国电影艺术做些力所能及的贡献！

今年七月二十三日，是我父亲离世一周年。去年的那天，我从《儿女情更长》的片场狂奔到医院，送他走完生命最后的旅程。一年来，我们全家都无法相信父亲已离去，每次经过他的房间，只觉得老父亲随时要出来与家人同乐——但已经不能了……今天，一年来心里憋着的话，我把它当做是我们父女之间的一次天地神聊！

爸爸安心！爸爸安息！

2012年7月20日于上海寓所
刊于《文汇报》2012年7月30日

双双真不朽，芬芳大地中

——深切怀念张瑞芳老师

最早喜欢瑞芳老师，是欣赏她在影片中所饰角色的台词状态。那时我还在上戏表演系当学生，能看到的影片屈指可数，印象深的也就是著名的《李双双》《南征北战》等，后来还有《家》，但已经深深地喜欢上了瑞芳老师那极富感染力的台词表现力。李双双与瑞珏的角色就不用说了，在电影《南征北战》中，瑞芳老师饰演的女民兵队长戏份不多，有一场带领老百姓撤退的戏场面很大，不见首尾的队伍中，村民们拖家带口、神情黯然地急促行进着，默默承受着战争年代国破家亡的人们神情茫然。记得画面的背景是一条盘山小道，荆棘丛生，行走艰难。女民兵队长见到此情此景，突然站到路边的一块石头上，大声地说："乡亲们，不要难过，我们还会打回来的……"说完，她又带领村民匆匆撤离。就是这样一句看似常规的普通的台词，瑞芳老师那坚定中略带哽咽、压抑中透着希望，声音有些嘶哑，语气亲切平常的表演极有艺术感染的力量。她甚至还带了一点地方音，用看似随意的语气说出了战争年代具有煽动性的话，既亲切又有力，让人听了要掉泪。用这样的台词体现方法来处理一句很容易被说成概念化的戏剧语言，是我学艺之初获得的良好信息，并在以后的艺术实践中举一反三，获益匪浅。

后来我们相识了。上世纪九十年代以后，我的演艺生涯从舞台转向了影视领域，和瑞芳老师的接触自然多了起来。我一直欣赏她生活中头脑清晰、思路敏捷，更难能可贵的是作为德高望重的艺术前辈，她一向谦虚随和的人生态度。前几年在苏州金鸡湖畔举行的"金鸡""百花"电影颁奖典礼上，瑞芳老师众望所归，荣获此奖项最新设立的终身成就奖。那次活动是我陪瑞芳老师坐车来回的。记得在领奖台上，主持人对她说：我们都是你的"粉丝"。她却回答说："我一辈子拍的电影还没有你们现在一年拍的多，我才是你们的'粉丝'。"然后，对着台下坐着的比她年轻的电影人，瑞芳老师真诚并大声地说："我是你们大家的'粉丝'！"电影界同仁们送给她经久不息的掌声，表达了对她的敬重，也给我留下了深刻的印象。

近几年，瑞芳老师多次住院，每回去看她，她都要和我聊电影、聊表演，听到最多的是瑞芳老师经常跟我说的一句话：

"你现在演的很多角色，其实在我年轻的时候，我也可以演的。"我知道，她的这句话里，除了对我等小辈的殷切鼓励，应该还有隐隐的遗憾。由于历史的原因，瑞芳老师这一代艺术家们在中年时的艺术与人生成熟期，恰逢"文革"噩梦，艺术实践戛然而止。改革开放进入新时期以来，瑞芳老师主演了两部引人瞩目的电影：一部是《大河奔流》，一部是《泉水叮咚》。从那以后，艺术活动渐渐减少，而社会活动日见增多，但作为表演艺术家，艺术形象永存才是最高境界。她尽管年事已高，但醇厚的艺术梦依然满满当当地留存在心间无法释怀！事实上我们的剧本创作，长期以来较少关注中老年题材，我们有一批经验丰富的表演艺术家，在专业上处于优质资源浪费的状态，极为可惜。那个时候，我真希望我们也能创作出中国的《金色池塘》，让观众们再一次欣赏瑞芳老师们无可比拟的表演才华。

最后一次见到瑞芳老师，是在华东医院的病房。那天我去看望，医院正在给她做血透，护士长让我戴上口罩，领我进去站在门口只能有距离探视，只见两位护士在床边忙碌，瑞芳老师已经处于昏迷状态。想到人生无常，我心里很难过。以往去医院探视时，她总是有说有笑，谈艺术、聊家常，那些场面像影片中的一个个镜头，在我眼前跌宕。记得有一次，她和我说起自己艺术资料的收藏，她说身边只有一盘电影《家》在电台播放时的录音带，还是老式的，其他影像资料几乎没有。我非常理解她说的情况，由于技术的原因，改革开放前艺术家个人几乎无法拥有影像资料，连我这个后辈，在上世纪八十年代演过的一批舞台剧目也没有能够留下完整的资料，一直感到非常可惜。因此，我理解瑞芳老师的遗憾，对于艺术家而言，作品才是她的"财富"，是她的"孩子"。于是我下一次再去探望时，就给她带去了能够收集到的由她主演的电影碟片，还带去了新买的播放机，并教会了陪护如何使用播放机。小陪护看着影碟封面上瑞芳老师年轻漂亮的剧照，惊奇兴奋地说："这些都是奶奶演的呀！"看到瑞芳老师满心欢喜地默默点头，我想，那一刻，她一定是别有一番滋味在心头吧！这之后，又有一回去医院探视，一进病房，瑞芳老师就不无懊恼地告诉我说："你给我买的那盘《家》的影碟，前几天被一个来看我的人拿走了，她还让我签了名，我又不好意思不给。"见瑞芳老师对自己的作品如此珍爱，我赶紧让她宽心，告诉她，我还会再去给她找来的，这才又见她开心起来。多希望那时候的轻松快乐还能重现……

六月二十八日深夜，我突然接到《解放日报》记者的电话，告知瑞芳老师离世的消息，我好一阵沉默，心中却在自语："真害怕听到这样的消息呀。"上海电影界的一个"坐标"离我们而去了；也许她在的时候，我们只是享受着那个"高度"的存在，我们不曾想过失去以后，那个领域是否会真的塌陷了一块。我曾经读过瑞芳老师的回忆录，了解到她不同寻常的家庭，她的父母姐妹，她的艺术经历，以及她的爱情。无论艺术造诣与为人品格，瑞芳老师那样的"标准"，在今天的社会是多么难能可贵，多么不可多得！

瑞芳老师从艺七十周年庆典时，我曾经为她献了一首小诗以示祝贺。今天，我想把这首小诗再次奉上，表达我对瑞芳老师无限的敬重与怀念：

雷电划长空，
青春火样红。
双双真不朽，
芬芳大地中。①

2012年7月5日写于上海寓所
刊于《中国文化报》2012年7月10日

奚美娟朗读

扫码听一听

---

① 作者注：瑞芳老师在《聂耳》中饰郑雷电一角，在《李双双》中饰李双双一角，都脍炙人口。

他手中握着一把神奇钥匙
——纪念黄佐临院长

这几天在拍摄工作间隙,我读了唐斯复老师的散文集《檐下听雨》,其中有一篇名为《写意黄佐临》,文章里居然还提到了我。唐老师写道:

> 佐临师少言寡语,却能"点石成金",他握着帮助演员开窍的钥匙。一位女演员刚刚卸去英国莎士比亚笔下"朱丽叶"的装束,便被安排扮演中国老妇。如何缩短这两个形象之间的距离?全体饶有兴趣于导演的招数。只听见佐临师对演员说:"你把声音放低,再压低"——演员就以这样的方式,反复体会,准确地找到了老妇的感觉。佐临师侧过脸轻声对我说:"她会成为好演员。"说的正是奚美娟。

事情过去这么多年,读到这里还是感到好亲切。正像唐斯复老师说的:"凡戏剧青年,没有不知道大师黄佐临的。"对我来说,黄先生不仅是戏剧界的大师前辈,还是上海人艺的老院长,我亲炙于他的教诲。从一九七六年至一九九四年,在他的栽培下,我由青涩逐渐成长,在演艺路上不断成熟。

唐斯复老师提到的那个中国老妇,是上世纪八十年代我在话剧《生命·爱情·自由》一剧中扮演的角色。这部剧描写的是左联五烈士之一、诗人殷夫短暂而辉煌的生命历程,我在剧中扮演殷夫的母亲。那年我才二十八九,黄院长胆子大,居然起用我来扮演一位七旬老妇。之前几年,作为剧院的年轻演员,我有幸扮演了一系列话剧的女主角,有《枯木逢春》中的苦妹子、莎剧《柔蜜欧与幽丽叶》①中的幽丽叶、现代戏《救救她》中的李晓霞等等,开始在行业里得到好评,逐步建立起自信。但在这次我突然接到这个角色,七十老妇?怎么演?一时自信全无。有意思的是,当时剧院的适龄女演员们也有点懵了,不知黄院长葫芦里卖的是什么药,以往这类角色理当是属于她们的呀!

记忆犹新的是,在对词"坐排"那天,好几位老演员特意也来参加,坐在一旁听我对台词,这让我倍感压力。正不知所

---

① 现译为《罗密欧与朱丽叶》,下同。

与黄佐临院长的合影

措时，黄院长给我指点迷津了，他对我说："这个角色你要用中音区说话，声音不能高，发声方法与你前面扮演的年轻角色要有所区别。""坐排"对台词过程中，他一再强调让我用中音区说话，这给了我很好的角色心理支点。更绝妙的是，"坐排"结束，开始在排练厅"走排"时，黄院长特意给了我一根手杖，说："不要去演老太的弯腰曲背。"这又给了我角色的外部表现手段。这一里一外两个招数，引发了我的通悟与自信。

在上海瑞金剧场（此剧场现已被拆除）正式演出时，我惊喜于自己在黄院长启发下运用的中音区越来越浑厚自如，那个在舞台上拄着手杖、被两个儿子搀扶着出场的老妇人，硬朗威严，而扮演者的年轻稚嫩被角色严严实实遮盖住了。记得当年上海沪剧团的丁是娥老师让人给我传话，说她在台下看演出时，竟然都没认出是我。这是对一个青年演员的最大褒奖，应该归功于导演黄佐临先生。因为黄院长的直接关怀，我在二十九岁以前就已经扮演过老、中、青三个年龄段的角色，这是多大的幸运！

从那时起，我在心理上一通百通，觉得自己扮演什么年龄段的角色都不怕了。黄院长手里握着让演员开窍的钥匙，拨启了我长久的演艺自信，为此我终身感激！黄佐临院长早在一九六二年于广州召开的全国话剧、歌剧座谈会上，作了《漫谈

"戏剧观"》的发言，提出了"写意"戏剧的观点，此文发表在一九六二年四月二十五日的《人民日报》上。写意戏剧观，是黄佐临院长长期研究中国戏曲与德国戏剧家布莱希特的"间离效果"戏剧理论，以及结合自己几十年导演戏剧、电影的实践经验而提出的，试图打破话剧表现形式上现实主义的一统天下，主张表演艺术的多元化，从今天来看，也是戏剧界在中西文化融汇下形成的理论贡献和理论自觉。

据记载，写意戏剧观的提出，曾经引起过文艺界的讨论。但在舞台实践方面，直到一九八七年之前乏善可陈，虽有过一些小打小闹的尝试，终究也不能真正体现黄院长的这一理论体系。然而，黄院长作为一名上世纪三十年代就留学英伦、梦想在东西方文化艺术的不同体现上找到一种交叉点的戏剧大师，他始终不渝地在寻找一种可以体现他"写意戏剧观"的艺术形式。就在一九八七年，留美青年剧作家孙惠柱编写的话剧《中国梦》出现了，黄院长喜出望外，立刻就推荐给上海人艺排练演出。这一老一青两个戏剧追梦人隔着重洋一拍即合，决定首次在《中国梦》剧本上冠以"八场写意戏剧"的名称，此剧成为黄院长理论体系的代表作。

这出八场话剧只有一男一女两个主要演员，却集中了当年上海人艺老中青三代导演，黄院长挂帅总导演，另外两位是中年导演陈体江和青年导演胡雪桦，可见剧院对此剧的重视程度。我有幸担任了剧中的女主角,说自己有幸,是因为一九八七年《中国梦》剧组成立伊始,女主演原定是从外单位借来的一位女演员,但是排练进行了一段时间后,由于一些私人原因,也许是对写意戏剧的表现样式缺乏信心,那位女演员中途退出了。不知当时剧院出于什么考虑,接手的第二位女演员还是找了人艺以外的人,和之前的一样,她在参加排练两场戏后,也找理由退出了。这期间,我正随剧组在外地作巡回演出,自然也听说了单位里有这样一个探索写意戏剧的戏在紧张排练。待我从外地演出结束回到上海的第二天,陈、胡两位导演就到我家转告说:"黄院长发话了,还是应该请自己剧院的演员来演,他说,请奚美娟……"

真幸运!黄佐临院长把体现他"写意戏剧"梦想的重任又放在了我的肩上。

《中国梦》特别之处在于,一个正规的八场大戏,剧中六个角色只用两个演员来完成,男演员一人扮演五个人物,女演员一个角色贯穿全剧。另一特别之处是,舞台设计上没有任何表现现实生活的场景,连桌椅板凳也没有,呈现在观众面前的是两个超大的"圆"的意象:一个是天幕上灯光效果下的大圆月,一个是舞台上与天幕相对应的木质圆台。圆台形状前低后高,呈斜坡面,如果控制不好,演员在上面表演时会站不住。《中国梦》形式上很写意,但演员在体现"写意"时,又要求比传统现实主义的表演更加饱满的内心积累与情感体验，如同剧中的核心意义：我扮演的中国女子明明，在改革开放初始，急于冲出国门想去拥抱虚幻的"美国梦"，可是到了美国的日日夜夜，她心中纠缠萦绕的却又是实实在在的"中国梦"。这种外在写意与内心写实如何予以综合的体现？这给了导演及演员巨大挑战。

整个创作过程中，我感觉到，黄院长带领我们一起在寻找突破口。排练中，作为演员，我确是迷茫苦恼过；作为导演，黄院长也头一回让我们看到了他内心的焦虑……现在回头看，实践一个艺术样式的创新，一种戏剧理论要在舞台实践中具体呈现，就是在孕育一个艺术生命的诞生，有阵痛，有期待，有新旧意识的碰撞，更有生命诞生的惊喜。最后，黄院长的写意戏剧《中国梦》的艺术实验取得了巨大成功。当年，这个剧目代表上海参加在北京举行的第一届中国艺术节，好评如潮。那一次，我感受到了黄院长成功后的欣慰与欣喜。我更感谢他给了我在各种艺术样式和实践中痛苦磨炼、自由飞翔的机会。

惊回首，老院长黄佐临先生离开我们已经二十个年头了……二十年，好久长的日子呀，可为什么这一切还像是刚发生时一样新鲜，历历在目！

一九九四年六月一日，佐临院长像个幽默的老顽童似的，在儿童节那天躲起来了。后来，他的塑像在原上海人艺花园草地的一角隐隐约约站立了几年。每次我去安福路单位大楼，都要情不自禁地从楼上电梯间的那个窗口，对着草坪一角树荫下的老院长默默注视，每每有些莫名的不安：黄院长，您是否感到些许冷清呀？再后来，塑像被移到了安福路的话剧中心剧场大门外，这下好了，黄院长他能够天天见着努力着的戏剧后辈以及热情的话剧观众，我心想，如此，他老人家的内心一定会倍感欣慰吧！

2014年11月3日写于横店摄影基地

刊于《文汇报》副刊《笔会》2014年12月9日

风采依旧
——周小燕先生速写

三月二十八日是个周末，上午，赵兰英约了我和缪国琴一起去瑞金医院看望周小燕先生。进了病房，只见周先生坐在靠窗的沙发上，前面是一张可移动的小长条桌，平时是用来吃饭的，但是周先生把小桌当成了工作台，上面放着一大一小两本笔记本、报纸、一个旧式放大镜，还有一份白色十六开纸印的学科申请报告。周先生看见我们进来，开心地从沙发上站起来，她和我拥抱并用法国式的左右靠脸表示欢迎，还和兰英、国琴握手让坐。一阵热闹地搬移凳子后，我们终于坐定下来了。来之前兰英有过交代，周先生让大家不要买礼物，连花篮也不要带，因为医院不赞成在病房里放花，怕花粉对病人不好。我们表示理解，都没有特意买礼物。但我有个小例外，给周先生带了一个小胸针，是我在国外拍摄《花样姐姐》时买回

看望周小燕先生

的，实在觉得周先生戴了会好看，就破例了。周先生客气，说，让你们别带东西给我。我不好意思地说，您戴上会很漂亮的。

坐定聊天，发现周先生虽然身上穿了病号服，但还是淡淡地化了妆。我觉得她真是又周到又有修养，虽在病中，不失礼节，就这一点，许多人考虑不到，但周先生却这样做了。这样的礼数，是我们后辈要学习的。想起前一月，我也因病住进同一幢楼的病房里，朋友们过来看我，我居然没有想到要略施粉黛使自己更整洁一些，心里真是惭愧。

我们问，身体怎么样？哪里不好？她说只是心动过速，有点心慌。去年是眼压低了，影响了视力。她还幽默地解释说，这几天已经好多了，现在右眼没有问题，但如果把右眼蒙起来，左眼只能看见赵兰英，看国琴的方向就有点模糊，像是"雾里看花"，美娟坐的角度就什么也看不见了。还说，我现在看人就像在演女特务，只能斜着看，说时还做了个乜斜的表情，把我们逗得哈哈大笑。

小书桌上的放大镜很特别，有一个十五公分左右的米色圆形罩子，罩子里面的玻璃放大镜显得很大，直径有小饭碗左右大小，还有一个类似铝制手电筒模样的长把，放大镜罩子里面还有一个小灯泡，可以用来在晚上看东西。我觉得这个放大镜和以往见过的都不一样，就好奇地问她。周先生说："这是张骏祥的遗物。"我说这个放大镜好特别，是什么时代的东西？周先生笑着说："我也不知道，可能是他年轻时在美国读书的时候买的吧。"周先生的丈夫张骏祥是电影界的前辈，上世纪三十年代在美国耶鲁大学专攻戏剧导演和编剧，对中国电影事业做出很大贡献。说起张骏祥，勾起了周先生对他的无限怀念。周先生告诉我们："张骏祥晚年生病，告诉我说他很难受，当时我因为身体好，对病人受难没有体会，就鼓励他：邓大姐说过，要和病魔作斗争，你要坚强啊。张骏祥病得眼睛也睁不开，嘴里说：那也要斗争得动呀！现在我自己九十多岁了，耳不聪眼不明，才能体会到当年他说的那种感受了。"之后，我们在聊到演员艺术上要"收放自如"时，周先生又一次说到张骏祥先生，说她年轻时的一次演出，在台上唱得热情饱满，声音洪亮，觉得歌唱新生活就要这样热情洋溢。演出结束后，她问张骏祥，我唱得怎么样？张骏祥不说话，她又问；张骏祥低着头说了八个字：穷凶极恶，声嘶力竭。周先生说完哈哈大笑，说张骏祥真是一针见血，我那时还没有做到艺术上的收放自如。尽管张骏祥先生已经仙逝很多年了，但我们看得出周先生还是一往情深，似乎是在用这样谈笑风生的方式纪念他。

和周先生谈天说地真是开心。她不知不觉又聊到唱歌。周先生说，现在有种说法，好像西洋歌剧的美声唱法是最科学的，其实只是因为西方工业革命发生得早，他们在十八世纪就发明了机器和一些医疗器械，包括喉头镜，可以看得见喉咙的构造，了解到声带的特殊性，这些科学技术帮助他们发现人体构造和可以提升发声方法的科学性，而不是说美声唱法就一定最科学。他们那种发声方法也有人唱得喉咙声带肿大的，也有歌唱时含含糊糊听不清楚的。更不是说我们的方法就一定不科学。说这些话时，周先生思路清晰，见解独特，语言表达简洁明了，完全不像一个已经九十八岁的老人，让我们折服不已。

　　见她在一本小记事本上写的字刚劲有力，我们夸她。她说自己手劲还很大呢，我和国琴想试试到底是真是假，开玩笑似的和她掰手劲儿，老太太果真是厉害，一不小心还真掰不过她。周先生来劲了，说：我的左手劲儿更大呢。我们一试，惊叫了起来，照现在年轻人的说法，真是醉了……我们看到，这几天尽管生病住院，但周先生还在工作着，小桌上放着一份《全国艺术科学规划项目申报书》，是学生送给她审读的。说到工作，周先生告诉我们，有一次生病住院四十天，整天吃了睡，睡了吃，这样的生活真要使人变成废人了，她就闹着要出院，只有回到家，才能安心地工作教学。后来连医生也表示无奈。

　　听她说这些往事经历，我们强烈地感受到周先生强盛的生命力和创造力，思想的火花能够这样经久不息地闪现，正是源于她对生命的态度：她永远不把自己定格在已经是一个"老人"的观念上。二〇一〇年上海世博会开幕式上，我和周先生坐在一起,那时候她已经是九十出头的人了,聊天中,亲耳听到她说:"将来老了怎么办呢?"她说这话时那样神态自若自然淡定,还告诉我,她在夏天有时还喜欢穿高跟鞋呢。当时我真是被惊着了。生活中,如果你的心已经老了,那么再年轻的人也会显得迟暮。但只要心还年轻,生命就会有活力,生活就会有火花。这些道理已经不怎么新鲜,现代社会几乎人人都能这样勉慰自己,但其实又有多少人能够真正做到呢!无论如何,前天在医院病房里,我坐在她的身边,让我又一次真切感受到这样乐观的人生态度,心灵吹进了春风。

闲谈中,我说到我们学戏剧表演专业的演员,讲究外部动作线和心理动作线的统一,优秀演员在舞台上没有台词的时候,心里的"动作线"是不会断的;但也有一些演员,在舞台上或镜头前,说完自己的台词就像没有事情了似的,会像局外人一样跳出戏的规定情境,看别人演戏了,此时,他的心理动作线是断的。周先生插话说:你们演戏说心里的"线",我们唱歌说的是"声断情不断",其实是一样的道理。兰英和国琴也都赞成,艺术本来是相通的。周先生停了一会儿对我说:"你现在说话时的气息是对的,但气吸得还不够深,所以声音有点弱。"周先生的"声断情不断"给了我很大启发,与表演学科一样,从艺术上的有意识训练到无意识的"自觉",这是一种境界,需要艺术家毕生的历练。

周先生很高兴，话也不断，她说今年她的学生们提出要给她做百岁寿辰，廖昌永还建议把在全国各地的学生都请来，开音乐会。但周先生笑说："人那么多，开一场音乐会不够，如果开三场，我就没命了……"说完又是哈哈大笑，快乐极了。虽然高兴，但她说不愿意做百岁寿辰，"做虚岁，不是要让我少活一年吗，我不干，哈哈哈……"看到老人这样的精气神，顿时觉得病房里充满了好气场。

想起几年前，也是兰英领着，第一次到周先生位于复兴路的府上拜访，周先生亲手用精美咖啡具调煮咖啡，温馨的居家感让我始终难忘。周先生的身上总有热情往外涌出，让我们感到放松自如，觉得可以和她平等交流对艺术的感悟，可以在一起开玩笑，一起开怀大笑。我想，这是周先生修炼而成的心境，也是她血液里流淌的自然情怀。我喜欢这样的前辈，这样的艺术家！

我们利用周末时间初衷是来医院探望周先生的，居然在病房里和我心中的女神交流起艺术来，真是让我开心之极，获益匪浅。

祝福周先生健康长寿！

2015年3月30日于上海寓所
刊于《文汇报》2015年4月16日

纪念前辈韩尚义

今年是韩尚义老师百岁诞辰。韩老师是原上海电影制片厂的著名美术师，曾在《一江春水向东流》《林则徐》《聂耳》《子夜》等二十多部优秀影片中担任美术设计，并有学术专著《论电影与戏剧的美术设计》《电影美术散论》等传世。韩尚义老师多才多艺，兼长木刻版画、水彩画和散文，但是给我永远的印象，则是他擅长的人物漫画。早年在电影画报上经常看到老师寥寥几笔勾勒的人物头像，还包括他的自画像，都惟妙惟肖地传达出电影人的不同风采。

上世纪八十年代，我还是一个在上海人民艺术剧院致力于舞台剧演出的青年演员时，韩老师的大名就已经如雷贯耳。当时经常能从上海人艺前辈们的谈艺和闲聊中，听到韩尚义的名字。但我无缘识荆，也没有任何工作上的交集。上世纪八十年代至九十年代初，舞台剧演员参与电影创作的机会以及艺术上的相互渗透，远不如现在这样密切。

但是命运却给了我一次难得的机缘，获得了老师的墨宝。一九九一年，我应邀参与上海电影制片厂和浙江电影制片厂联合出品的故事片《假女真情》，我担纲了女主角，在当年有幸获得第十一届中国电影金鸡奖最佳女主角奖。那时候，我国的电影事业刚刚从"文革"的创伤中逐渐恢复正常，国家给予电影工作者极高的社会地位，金鸡奖的主要获奖人名单，在当年的颁奖活动前，都会适时在中央电视台的晚间新闻节目中隆重予以公布。这样一来，获得此项殊荣的演职人员，还没领奖就几乎是家喻户晓了。

就是在众多的祝贺声中，有一天，我在上海人艺的传达室意外收到一封来自上海电影制片厂的信件。打开一看，竟是韩尚义老师寄给我的，信封里有一幅小小的漫画，画的是我的头像，他真诚地祝贺我荣获金鸡奖最佳女主角奖。这真是让我受宠若惊。我看着纸上那个有点陌生的、被艺术化了的"我"，就像在授奖台上捧着金鸡奖奖杯一样，我的心被一种幸福和感激之情所融化。那位在前辈们传说中的电影美术大师，竟然以这样朴素的形式，呈现了他对青年演员的关爱。

由于后来频繁地参与拍摄和影视创作，我和电影的联系愈来愈深入，上世纪九十年代中期以后，我的表演工作渐渐以影视拍摄为主了。但是我始终没有机会和韩尚义老师有近距离的交往，也没有当面向他表达我收到他送的漫画时的感激之情。所以，他给予我的这份欣赏与鼓励一直久久地深藏在我心里，让我独自品味。

经常地，我想象着韩尚义老师，我想象他应该是这样一位电影界前辈：

首先，他一定热爱生活，他选择了用画的语言来表达自己和世界的联系，用从事电影美术的岗位落实自己的艺术人生。一个对生活中的点点滴滴能有呼应、能用心灵去和大自然作交流并真有感悟的人，才具备发现美的能力。他热爱生活，能发现自然和人性之美，这种发现在他已经无法用一般世俗的形式去表达时，他选择了既能具象又更能让艺术与思想连接天地之阔的美术绘画形式，用画笔去倾诉，去表达，去爱生活。

其次，尚义老师不仅是个热爱生活、生命开花的人，还是一个愿意分享的人。我后来听说，业内不少人都得到过韩尚义老师的墨宝，尤其是他的随性恣意、信手拈来的人物头像漫画。我想，韩老师能够这样用艺术的方法来表达对生活的感悟和爱，说明他并不想小气地独自享用，而是要热心地与人分享。于是，许多相识与不相识的电影人，都得到过他的作品并从中读懂了他的爱美之心，我也幸运地成为这个受惠者行列中的一员。

再有，韩尚义老师一定又是一位爱惜人才的前辈。我当年与他不曾相识，只是一名在电影界名不见经传的新人。但当他获知一个青年演员尚幼稚的银幕之旅得到了业界肯定，便毫不吝啬笔墨和对晚辈的欣赏，用一幅充满温暖的漫画头像，鼓励我更加自信地走在前行的路上。包括韩尚义老师在内的前辈艺术家们的肯定，使得表演艺术工作成了我此生专一不变的安身立命之本，从中享受着艺无止境的迷惑与解惑之乐趣。

还有，他一定是一位有责任心的电影人。只有对于自己从事的电影事业极其热爱并有责任意识的人，才会经常自觉地把眼光投放到年轻一代的身上，才会由衷地为青年同行的点滴进步感到欢欣，并用力所能及的方式给予鼓励。这样的善意表达，我以为就是我们这个行业里最宝贵的艺术良心。回想第一次获得金鸡奖，到今天，二十六年过去了，如今我自己也到了经常被邀请去各种电影节担当评委的年龄。我在评奖工作中常常体会到，有时发现青年电影人中的佼佼者脱颖而出，自己也会兴奋不已，一心想要给予举荐鼓励，更会为自己从事的事业后继有人而欣慰。我想，当年韩尚义前辈给年轻且不曾谋面的我画那张漫画头像时，一定也是抱有这样的心情吧！

感谢韩尚义老师二十六年前给我的那幅漫画以及那样的鼓励。谨以此文表达我心中由衷的缅怀！

2017 年 10 月 8 日写于上海寓所
刊于《解放日报》副刊《朝花》2017 年 10 月 20 日

不曾谋面的记忆

——纪念李敖先生

李敖先生去世以后，才短短几天，媒体上已经有很多与李敖熟悉或不熟悉的人发表了文章，表达哀思。我与李敖从未谋面，可是心有戚戚，自此好像是失去了一个熟悉的大朋友。就在三月十一日晚上，我在北京天桥艺术中心结束舞台剧《北京法源寺》新一轮的演出，看见李戡也在场，感到格外高兴，也就以为他的父亲病情可能趋于平稳了。我们一起夜宵，离席时大家还让李戡回台湾后转达对李敖先生的问候，希望他能够战胜病魔出现奇迹。像李敖这样一个传奇人物身上，我相信什么样的奇迹都是可能的。但是，没想到才过一周，就已是天上人间了。

以前在报刊文章中常看到李敖这个名字，犀利、好斗，笔不饶人，嘴不留情。后来上了电视，看到他外表倒是干净利落，衣着色彩搭配从不乱套，言行中透出文人的儒雅。但这个倔强的斗士，虽在华人社会叱咤风云几十年，留给我的只是一个远远的，甚至有些不近人情的形象。

与李敖先生的人生交集，缘起他的小说《北京法源寺》。二〇一五年，田沁鑫导演要把这部小说搬上舞台，力邀我加盟国家话剧院《北京法源寺》剧组，出演剧中慈禧一角。我欣然同意，开始认真阅读这部小说。说实话，我对慈禧的认知与李敖先生不尽相同，他是极力把慈禧塑造成一个历史罪人，但我作为演员，即使演一个坏人，也需要有合理的心理逻辑来演绎人物，坏人也要坏得有理由。于是我从慈禧与光绪的母子恩怨入手理解人物，把戏剧中最高潮的一场戏，理解为慈禧震怒于儿子光绪对她的背叛，这是最伤害母亲的一击，她欲哭无泪，呼天抢地，觉得无颜面对列祖列宗。这样来理解慈禧这个历史人物，不知道能否通得过李敖先生的法眼？心里总是有一点忐忑。可以说，我在参与演出的过程里，内心一直在与李敖先生对话与辩解。李敖这个名字，也就伴随着他的小说以及我参与的话剧，从远处走近了。当时以剧组每天有人提到他名字的概率来看，更感觉他似乎参与了我们的排练过程。二〇一五年十二月五日，此剧在北京天桥艺术中心首演，剧组人员翘首以盼，希望李敖先生能够出现在北京首演的现场。这毕竟是他的作品第一次被搬上舞台啊。可惜病魔阻碍了他。那时，我们从导演那儿得知李敖患病的消息。在北大上学的李戡,代表父亲观看了《北京法源寺》的首演,并与我们结识,交往至今。我想,也许这是上苍让李敖先生用另一种形式,与剧组人员结了缘。

二〇一七年十一月六日,我终于随国家话剧院《北京法源寺》剧组来到台湾。十一月八日和九日,连续两天在台北孙中山纪念馆大会堂进行三场演出。李戡此时已经在英国牛津大学攻读研究生学位,他趁着学业的间隙,特意飞回台北迎接我们的到来。那天在桃园机场,他让我和剧中扮演光绪帝的周杰坐上了他自己的车,由他开车送我们到下榻酒店。在我们临出发前,李戡曾电话告知周杰说,李敖先生如果身体状况允许的话,要想见见周杰和我。为此,我俩还特意带了大陆版的《北京法源寺》小说,期待着见面时请李敖先生签名。但是到了台北,李戡告诉我们,他父亲因脑肿瘤病情加重,这段时间入住在台北荣民总医院。原本安排我们当天下午去探望的,但李戡给医院的护士打了电话,护士说今天李敖先生状况不好,不适合去探视。我们都觉得非常遗憾,也更为先生的病情担忧。我说,原本还想着要请李敖先生在小说《北京法源寺》上签名呢。李戡说:已经很久没有看到父亲拿笔写字了……

《北京法源寺》在台北的演出很顺利。剧情表现了两岸华人共同的历史,观众反映很是热烈,对整台演员的表演给予了很高评价。十一月七日晚上,我们连排结束后,李戡特意把剧中三位主要演员贾一平(谭嗣同扮演者)、周杰以及我请到家里聊天。一进门,李敖先生庞大的书房兼客厅让我们目不暇接,各种类型的书目文献整理堆放得井井有条。他历年来收藏的大小字画等,都有背景故事可言;比如墙上挂着一幅胡适先生的字,李戡说,父亲刚到台湾时,在一家旧货店里看到这幅字就很喜欢,但没有钱买,过了几年再路过那家店,那幅字竟然还在,就当机立断买下了。李敖先生是个有故事之人。李戡带着我们楼下楼上地参观,并作一一介绍。

待我们在书房的沙发上坐下,李戡打开了一瓶红酒,大家举杯预祝《北京法源寺》在台北演出成功。他还代他父亲给我们三人送了《北京法源寺》小说的台湾经典版。但在高兴之余,似乎总有一丝遗憾。如果李敖先生也能够观看演出,并在自家书房和我们痛快畅谈,那该有多好。现在,宽大的客厅总是显得空空荡荡。临走时,我们三人又一次举杯,祈愿李敖先生能够恢复健康。那晚回到酒店休息时,我想起上海的挚友对我说的一句话:《北京法源寺》剧组这次去台北演出,就像是专为李敖先生喊魂的,喊住他,让他再多留些日子,慢点走……想到此,我心中突然很是感慨。看到他的才九零后的儿子如此小心周到地陪着我们,同时又要牵挂病重的父亲,我心里有点难过。

在台北的三场演出圆满结束。九日晚上，《北京法源寺》剧组演出完了，在一家火锅店夜宵庆祝。李戡代表他父亲，当场给剧组二十六位演员赠送了台湾版小说《北京法源寺》。第二天，我在朋友圈看到他发的微信："昨晚《北京法源寺》在台北三场圆满结束，在庆功会上，我送剧组二十六位演员每人一本台湾经典版本《北京法源寺》小说，并盖上爸爸印章——我可以代他接待剧组、出席记者会、话剧首演、赠送仪式，但我没有资格代他签书，因为他的才华和学问，我远远赶不上。我还对所有人说，爸爸将来离开以后，他的著作会继续出版，《北京法源寺》话剧也会继续演下去，但书毕竟是冰冷的文字，只有这部话剧，才能有血有肉地诠释爸爸的想法。若干年后再看这部话剧，不但会想起爸爸，还会想起这几天和剧组朋友在台北朝夕相处的美好时光。感谢田沁鑫导演三年来的辛苦付出，以及二十六位了不起的演员和所有剧组成员的努力，希望我们能当一辈子的朋友。"

二〇一八年三月十八日，李敖先生走完了他众说纷纭、精彩纷呈的人生。曾几何时，他在台湾昂首挺立叱咤风云，却离我辈很远，遥不可及。现如今，勇士虽然远逝，但借着他唯一的长篇小说被搬上舞台，《北京法源寺》仍在戏剧舞台上高扬着不屈不挠的秉性，宣扬他的不折不弯的思想。三年来，李敖先生已经随着此剧，渐渐地走近了我们的剧组，让每一位剧组的演员们都觉得自己和李敖的名字有了某种联系。当天下午,我和周杰、贾一平联袂给李戡发了唁电。我们还拟了一副挽联,请李戡代为献在李敖先生灵前:

> 昔有缘来,戏中纷纭说太后;
> 今无公在,岛上多少演帝王。

我从未想过,我和李敖先生会有这样不曾谋面的记忆。
谨以此文,纪念李敖先生。

2018年3月20日写于上海寓所
刊于《上海采风》月刊2018年第3期

纪念吴贻弓老师

大约是今年六月的一天，我去瑞金医院看望吴贻弓老师。那时老师虽然已经被病魔折磨得瘦骨嶙峋，但他的精神还是很好。我们聊了很长时间，还分享了文联送去的蛋糕，老师说他最喜欢吃甜的东西。那天分别的时候，我们都没有恋恋不舍，因为都觉得还有很多时间可以见面聊天，一起吃蛋糕。可是，老师就这样悄悄地走了。

吴贻弓老师深深印刻在我记忆中的，不仅是他温文尔雅的笑容，还有他创作的一系列不可磨灭的影像作品。吴老师是一位个性鲜明的艺术家，如同一道清流，在大时代的洪流中留有自己清晰的印记。

记得一九八〇年，中国的电影事业还处在拨乱反正阶段，许多现实主义电影把批判锋芒指向极"左"路线造成的灾难，因此，揭露"伤痕"的社会悲剧成为时代主流。然而吴贻弓老师独辟蹊径,导演了《巴山夜雨》,在山河美、人性美、抒情美的电影叙事中,描写出黑暗时代的一线光明。真是"君问归期未有期,巴山夜雨涨秋池。何当共剪西窗烛,却话巴山夜雨时",影片的缠绵风格和唯美艺术,就像李商隐的诗一样,让人们在惆怅中感受到浓浓的人情和生活的暖意。

上世纪八十年代,是思想解放的年代,文学创作越来越强调思想的深刻性和内容的尖锐性,甚至成为一个时代的影评标准。然而吴贻弓老师又一次别开生面地奉献出怀旧电影《城南旧事》,这部影片跨越海峡两岸,把台湾作家林海音的怀旧之作搬上银幕,通过呈现老北京的日常生活细节,推出了"文化电影"的新视野。

一年以后,第五代导演拍出了标志性的文化电影《黄土地》。但是作为第四代导演代表作《城南旧事》,已是春江水暖鸭先知,预报了中国当代电影艺术春天的到来。

上世纪九十年代,电影开始走向市场,出现了多元发展的探索格局。我那时候已经从一个话剧演员转向了电影领域,一九九二年参与拍摄电影《蒋筑英》,有幸获得中国广播电影电视部优秀影片奖的最佳女主角奖。那一年,上海获奖的电影是吴贻弓老师导演的新作《阙里人家》,吴老师获最佳导演奖,朱旭老师获最佳男主角奖。

在那一次颁奖会上,我第一次近距离与吴贻弓老师在一起，与他分享了艺术创作的荣誉和喜悦。《阙里人家》直面当下社会生活，描写了市场经济的发展与古老中华文化传统的冲突，影片题材是重大的、尖锐的，但一如既往地寄托了"淡淡哀愁"的叙事风格，显现了文化电影所达到的高标水平。

《巴山夜雨》《城南旧事》《阙里人家》三部影片，是吴贻弓老师成熟的艺术风格的代表作。老师用精致美好的艺术表现手法创造了独特的抒情风格，在电影综合艺术上整体性地提高了国家的电影创作水平。

这三部优秀电影成功地展示了张瑜、李志舆、张丰毅、郑振瑶、朱旭等老中青三代表演艺术家的精彩风貌，并且在如何把重大社会题材与美好抒情叙事相结合的探索实践中，提炼出宝贵的经验。这是我们要感谢吴贻弓老师的。

最后我想表达我个人对吴贻弓老师的感激之情。

我与吴老师平时接触机会不多，很少直接面聆他的教诲。只有一次，还是在上世纪九十年代中期，上海妇联牵头为我举办过一次表演艺术的研讨会。吴贻弓老师也来了，并作了压轴的发言。吴老师在发言中没有一味夸奖我，而是对我的表演提出了很多希望，指点了将来努力的空间。听得出来，他对我表演的优点和不足都作过认真思考，语重心长，我听后很感动。

本来想在会后找个时间专门去向吴老师道谢和请教,但那个时候的我总是不会抓紧时间,忙来忙去的,反而把这件要紧的事情耽误了,最终也没有能向吴老师表达自己内心的感激。现在我要把我的感恩说出来,以表我对吴贻弓老师永远的思念。

2019 年 10 月 25 日在上海文联举办的
吴贻弓导演追思座谈会上的发言

说不尽的秦怡老师

每次见秦怡老师,我都会不由自主地浮想联翩。

略过对她远远仰慕的时代,我初次和秦怡老师见面,是在上世纪九十年代初。那时,我三十多岁,虽然在话剧舞台上风风火火了十来年,但初入影视行业,在前辈明星面前还是有些拘谨的。记得是某个下午,上海大光明电影院放映故事片《假女真情》。放映前,我作为主演被引到电影院的第一排就座,没想到我的旁边就坐着秦怡老师。此时影片还没开始放映,我尊重地和她打了招呼,马上感到词穷了——我不是一个能够见面就熟的人。秦怡老师大概看出我有些忐忑,就主动和我说话,她说:"我看过你的话剧,没想到我们今天坐在一起看你主演的电影了。"接着还问了一些我拍摄中的情况。她是那么善解人意,三言两语就让我产生了亲切感。这种感情一直延续到今天。

我常常想到秦怡老师。她的气质里，有女性的美丽高贵，有朴实的善解人意，有对艺术的不懈追求，有遭受生活不公时的坚韧不馁，还有对爱的坦荡。她既自尊又淡定，既高高在上又落落大方、平易近人，她拿得起放得下，经历过人生坎坷儿女情长，得到过至高荣誉辉煌成就，丰富绚烂又简单如水。好像上苍在她的那盘天生丽质的人生菜肴里添加了各种佐料，翻炒不息，可是我们秦怡老师，总是波澜不兴坦然面对，稳稳地把人生走得更远更远……为此，我常常心底里起了冲动，我想问问秦怡老师：在您将近百年的人生中，哪个时段（哪怕是瞬间）是您最自我、最放松、想哭就哭、想笑就笑的时光呢？

我想起二〇一六年十一月底，第十届全国文代会召开，秦怡老师作为上海代表团成员和我们一起入住北京京西宾馆。报到的当天晚上，中国文联和上海代表团的领导、上海影协的工作人员，还有我们几个晚辈，满满一房间人，都是去看望她的。秦怡老师年事已高，会务组特意给她订了一个里外套间。那时大会规定代表不能带家属，所以秦怡老师一个人住在空荡荡的套间里。等大家散去后，我和上海影协的一位女同志留了下来，想照顾她洗漱休息。没想到秦怡老师坚决不让我们照料她，态度异常坚定。见她这样，我们既不放心又没办法，就妥协说："那我们俩坐在外面房间休息，等你洗漱完睡下后，我们再走。"即便如此，秦怡老师也坚决不从，甚至斩钉截铁地

说不尽的秦怡老师

说:"你们要是不走我就不洗了。"——那一刻,我突然意识到,我们这样做,也许是对她的打扰。她那年虽然已经九十五岁高龄,但还是自我意识饱满,那样自尊,希望保留私人空间。这是多么令人尊敬的个性啊!她在生活中需要私人空间,只有在那个空间里,她才可以彻底放松自己。那一回我在秦怡老师身上学到了许多做人的道理:对人施以帮助,哪怕再有诚意,也必须得到对方的同意。这是人类文明的要求。

又想起有一年,武汉发生水灾,我和上海文艺界同仁去慰问演出,其中也有秦怡、张瑞芳等前辈艺术家。秦怡老师因为担心儿子小弟没人照顾,特地带上他一起出行。在浦东机场安检时,她突然发现忘了带儿子的身份证件。那时离登机时间已经不远了,我看到她焦急万分地和机场安检人员协调商量。后来,张瑞芳老师等上影厂的艺术家们写了证明,确认她的儿子有疾病需要母亲照料,团队又出示了我们去武汉慰问演出的邀请函。在特殊情况下,机场方面做出了人性化的处理,给小弟办了临时身份证件予以通行。这才见秦怡老师千恩万谢地松了一口气。我想,那个时刻,她的头上没有光环,她的内心只有儿子,她的身份只是一位母亲,她焦急的神情与天下所有母亲如出一辙。这也是真实的秦怡,在子女面前,她永远是一个凡人。

秦怡老师九十岁生日那天,中国影协委托我代表影协主席团去看望并祝寿。在她吴兴路的府邸，整洁干净的客厅里有一股后人望尘莫及的气息。我们欣赏着她和周恩来总理的合影，看着她年轻时在舞台上扮演莎士比亚名剧《第十二夜》的剧照。我们夸她身上的衣服好看时，她笑嘻嘻地轻声说："这都是几十年前的衣服，舍不得扔，没想到这几年又变成时髦货了。"在她的家里听她轻轻说话，和她坐得那么近，与她已经那么熟，但她的独特气质，她的如影如幻的美貌，又分明与我们不在一个等级上。她是上海的，也是全国的；她是当代的，又是从上世纪三四十年代款款走来的；她似乎是虚幻的，但更是真实的。

我曾经听过两次秦怡老师公开发言，印象极深。一次是多年前在外滩附近的北京东路上海文广局，那是一次小型的纪念白杨老师的座谈会。我记得在场的多数人都是即兴发言，只有秦怡老师认真做了准备，还写了发言稿。她发言中特意提到，从白杨的表演风格以及艺术成就来看，她每一次都是在生活中苦苦思考，积蓄能量，为下一次跃上更高的艺术台阶做着准备。秦怡老师指出，白杨的成功，不仅仅是靠机会，她是一个非常努力、勤奋钻研的人。她说，白杨读书很多，善于思考，白杨成为电影表演艺术大家不是偶然的。秦怡老师这段对白杨前辈的评价，饱含着感情，且逻辑清晰，揭示了艺术家成长的规律。另一次，还是在二〇一六年底的第十届文代会上，已经九十五岁高龄的秦怡老师在小组发言时,依旧思路清晰,态度鲜明,她说她理解的中国特色社会主义,就是要突出"中国特色"这几个字。——她是如此与时俱进,到耄耋之年还能在精神上挺立着,我想,这也不是偶然的。

二〇〇九年,秦怡老师获得中国电影"金鸡奖"终身成就奖。我作为电影界的晚辈,在颁奖台上担任她的讲述人,给大家讲述了她的艺术成就,还讲述了她在汶川地震时把原来为儿子准备的二十万元积蓄,慷慨地捐给了灾区人民的事迹。当我把秦怡老师从后台引出来时,全场老中青电影人眼含泪水,纷纷站立鼓掌,对她表示了深深的敬意!

秦怡老师啊,是个有大爱有胸怀的人,大家都知道秦怡老师福高寿长,而我以为,除了基因以外,人的健康长寿一定是和良好的心态、宽广的襟怀紧密相连的。我们不知道她是如何平息丧子的苦痛,如何走出爱的纠结,等等等等对她的不可知,使我觉得离她既近又远。我们爱她,心痛她,羡慕她又敬畏她。我们学不会她的高洁通透,我们只知道她厚德载物,她一定会长命百岁!

近年来,秦怡老师福寿很高,活动很多也很忙碌。她的美貌、豁达、有求必应,有时会让人们忘了她其实已经是个接近百岁的老人了。二〇一九年春节前夕,我在青岛拍摄电视剧《燃烧》期间,给她女儿菲菲姐打电话问候秦怡老师,告诉她我拍摄结束后就去看望她。菲菲姐在电话里说，她母亲最近身体有点状况，住进了华东医院病房。挂了电话，很长一段时间我心里五味杂陈，焦虑不安，但后来我释然了，我想，也许秦怡老师用这种方式把自己保护起来了。我真的愿意理解为，这是她的大智若愚，她太需要为自己能够安度晚年找一个理由了。

去年下半年，我由于过度劳累，身体也出现了一点状况，在华东医院住了一段时间，竟然巧得很，和秦怡老师同一个楼层。待我康复出院前一天，我总觉得心里有件事还没有做，有点坐立不安；忽然想到，今天一定要去看看秦怡老师。下午四点左右，我问了护士小孟，说老师正好坐在椅子上休息。于是我就过去了。

和以前一样，秦怡老师依然干净美丽，清清爽爽，发型是小孟帮她剪的，利落大方。她看着我，眼睛一亮，先缓缓地说，你这件衣服很好看。然后又仿佛记起来了，说：嗯，奚美娟……长期陪护她的阿姨见我去也很开心，阿姨告诉我，秦怡老师已经知道我在这儿住院了，还说，秦怡老师一直讲到你，以前在家里也一直提到你的……我不断地与秦怡老师讲话，开着玩笑，慢慢地，她的话也多起来了。我站起来去看窗台上的花，秦怡老师就说，你好高呀。对身边护士说，她比我们都高，腿长。大家开心地哄着她，说了好多话。我尽量和她拉家常，有一句没一句，随着她无边无际的思路走，心里想，平时拉家常，不就是这样有一句没一句的么。说开心了，她的话也越接越快……这个时候，我心里真高兴。

但尽管如此，看着眼前的秦怡老师，我三十多岁就认识、私心仰慕的艺术前辈，内心深处还是泛起层层波澜。在自然生命面前，人是那么渺小。可眼前的秦怡，分明又是了不起的、大写的，她似乎能穿越时代，被人传颂着她的精神、她的故事，能够不朽……

下午五点左右，晚餐时间到了，我和她告别，告诉她，我明天出院了。她挥挥手，眼中有留恋。我也挥手和她再见，一直到门口，我发现她的目光一直追到门口……

我知道，我和秦怡老师的缘分还会延续下去的。那天看望了她后再准备出院，我心里也就安定了。

2020年2月2日写于上海寓所

刊于《上海采风》月刊2020年第2期

我喜爱的那个作家去了
——怀念作家张洁

壬寅春节假期结束的当晚,从微信上意外看到了作家张洁于一月二十一日在美国离世的消息,我突然陷入了一种复杂的感情中……

张洁的作品,是伴随着我们这代人一起成长的。或者说,我们这代人是读着张洁那一代作家的优秀作品而成长的。

回想起来,在我的生命轨迹上,曾经与张洁有过两次小小的交集。

第一次在上世纪九十年代初,上海电视台曾经为张洁制作一个节目,是用 MTV 的形式来朗读和传播张洁的文学作品,作品是张洁和节目组编导一起选定的,都是她写的散文和小说作品中的片段,配上音乐和画面。节目组找到我,希望我来担任作品里的朗读者。他们说,是张洁希望我来朗读她的作品。

当时我对这种拍摄的形式比较陌生,但又觉得有新意。我问编导,这个节目播出时会是什么样的形式?他说,是类似MTV的形式,不过内容是文学作品,而不是娱乐性的歌曲。编导还说,后期制作时张洁本人可能会出现在画面上,与朗读的文本内容叠加呈现……这样一个新鲜的表现形式很吸引我,我一口答应了。记得那段时间张洁好像在国外,我在节目录制的过程中,始终没有见到张洁。拍摄点是在上海市区的一个摄影棚,我独自站着,或者坐着,朗读她的作品,一篇一篇……这几天我不断从微信上读到文学界人士纪念张洁的文章,我脑中一再出现在那个小小摄影棚里录制这组节目的画面,挥之不去,好像是在重温自己年轻时热切地阅读文学期刊上充满新意的文学作品的感受。

那档文学MTV节目录制完成后,我就参加了另外的拍戏任务,再也没有注意这个节目正式播放的信息。那时候没有智能手机和微信,消息相对闭塞。有一天晚上,大约十点左右,我正靠在床上读闲书,家里的电话铃声响起,竟然是张洁从国外打来的越洋电话。她自我介绍后就告诉我,她是从节目的编导那里要来了我家的电话号码,还告诉我,她看了电视台托人捎给她的节目录像带,很满意我对她作品的理解和朗读。张洁的态度是亲切的、自然的,就像一个很熟的老朋友在拉家常,丝毫也没有那些传说中的"才女"给人的矜持之感。我们在电话里聊的时间不长，但聊得很开心。挂电话前，她还特意给我留下了她在国外的联系电话。

这样又过了十来年。新世纪初的几年里，我参与拍摄了北京紫禁城影业公司投拍的电影《法官妈妈》，由穆德远导演，我主演女法官安慧。这部影片后来获得北京市委宣传部系统的表彰，我代表电影制作组去北京参加表彰大会。碰巧的是，那一年张洁的新作《无字》也同时获得表彰。我们竟在表彰大会上相遇了。这是我与张洁的第二次交集。那时，大会已经结束，人们都匆匆忙忙地往外走，走廊上有些拥挤，张洁的脚好像受伤了，坐了轮椅，让人慢慢地推着出来。一瞬间我们四目相对，都同时认出了对方。其实我们已经知道彼此都在会场里受到表彰，但没有想过是以这样意外的形式见面了。我们的眼光里都充满惊喜。她马上让推轮椅的人停下来，我喜出望外，走上去喊了一声：张洁老师；她也马上叫出了我的名字。我们就是在这样一个嘈杂的环境下，有过一次短暂的交流。尽管从我们通越洋电话到此时此刻，已经十年过去了，尽管我们似乎都没有思想准备在这里相遇，两个性情都有些内向的人，乍一见面也无法用更多的语言来表达内心感情，但是我们都分明感受到了对方真诚喜悦的心情。那一年，张洁大约刚过耳顺之年，她的举止言谈里散发出一个知识女性的淡雅气息，如此不失分寸，又满溢着美丽生命的能量。那天，我们匆匆相见，匆匆告别，我站在原地，目送着她坐在轮椅上，被人推着渐渐远去……我凝视了很久很久。

从上世纪七十年代末，到整个八九十年代，我们这一代艺术工作者是在繁花似锦的文学氛围里成长起来的。张洁那一代作家，其实只比我们年长十多岁，至多长二十来岁，我们可以算做是同一个时代的文艺工作者。但在习惯上，我们把他们看作是前辈的作家，他们引领文学新潮披荆斩棘，开拓新路，用他们不断引起争议和关注的勇气、痛苦，甚至是失败的教训，与我们分享，教会了我们对时代和生活的理解，助力我们的成长和成熟。我们经常会说，我们是读着他们一代的作品成长的。但是我也相信，他们那一代作家也真的需要我们这一代相对年轻的读者、同行、追随者的爱戴和阅读，他们是在青年读者的热爱和拥护中发奋而作，不断调整自己的创作能力，使自己从优秀走向更优秀。张洁那一代优秀作家的文学创作，成熟于我们这一代青年人正在努力摆脱幼稚、奋发向上的年代，我们两代人一起成熟起来，一起投入文学艺术的神圣事业。他们所创造的艺术群像和文学世界，我们读了会倍感亲切，就像熟悉我们自己的内心追求一样。尤其是对我这样一个艺术工作者来说，优秀作家的文学创作常常成为艺术创造的滋养物和触发点，文学和艺术就是有着天然的血缘关系。

在以后的日子里，我们再也没有见过面，但我一直在断断续续地阅读张洁的创作，她后来的作品，寄托的感情有些复杂，文字也有些沉重，我偶尔无法一口气读完，譬如《无字》。那些文学意象和叙述，总是会重重撞击着我的心灵，让我不得不停下阅读，有时候，在歇一歇的同时希望对作品有更深的理解……

现在我喜爱的那个作家去了。不知为什么，这几天我的脑海里会无休止地翻腾着当年阅读文学作品、拼命吸收着作家提供的文学养分而成长的年代，那段青春的岁月。

2022年2月9日于上海寓所

刊于《文汇报》副刊《笔会》2022年2月20日

缅怀王玉梅老师

在我上小学期间,曾经看过一本传播很广的电影连环画《丰收之后》,由此知道了一位叫王玉梅的演员。《丰收之后》被拍成电影之前,是由山东省话剧团公演于上世纪六十年代的一出舞台剧。王玉梅老师在同名舞台剧和故事片中,都饰演了剧中主要人物赵五婶,口碑极佳。

上世纪八十年代,我已经是上海人艺的一名青年演员。那时上影厂出品了一部轰动一时的电影《高山下的花环》,王玉梅老师在影片中饰演一位英雄战士的母亲,给人留下深刻的印象。

当年我读到一篇电影座谈会的报道,文章里写到谢晋导演专门赞扬王玉梅老师的表演状态,他介绍说:王玉梅在拍摄前与他谈戏,谈到"母亲"这个角色时,她说,当她听到儿子在前线牺牲的消息后,顿时觉得整个人像是"矮"了一截。王玉梅老师这种感受是很独特的,浸透了演员对角色的深刻体验和感悟,完全是用自己的心去紧紧黏连住一个血肉之躯后才能产生的独特感受。这句话给我留下了很深刻的印象:原来真正的表演艺术家,是在用这样的态度,让一个角色诞生的。在我年轻的心里,感同身受地触摸到了一个词,并知道了什么才叫作"全身心"地投入。

我与王玉梅老师真正相交相知是在上世纪九十年代。我们一起参与了电视连续剧《儿女情长》的拍摄,饰演剧中一对母女。

《儿女情长》是一部现实主义都市家庭剧,描绘了改革开放进程中,城市改造工程涉及到普通人家的切身利益,以及住房搬迁等工作给每个普通家庭带来的振荡。王玉梅老师扮演的这位上海石库门弄堂里的妈妈,有六个子女,老伴从剧情开始不久就中风躺在床上被人照顾。

众所周知,石库门弄堂的市民文化,具有鲜明的上海地域特色。《儿女情长》剧组的主创演员,除了王玉梅老师,其他几乎清一色都是上海籍演艺人员,而妈妈这个角色又是剧中的灵魂人物,在"像不像"上海妈妈这个敏感话题上,不知当年王玉梅老师有没有感到压力?

从一个同行的角度来忖度,我想,压力肯定会有的。不过任何事情都有它的规律和个体解读。我想起著名编剧刘恒说过的话:"凡是敬业的人,有一个算一个,都是惯于自己给自己施加压力的主儿……"王老师无疑是一位敬业的演员,当她从山东话剧院来到上海的剧组,立刻与剧组成员融为一体,生活中与我们扮演她子女的六位演员亲密如一家。

记得当年的主场景是在上影厂的一个摄影棚里搭建的,开始进入拍摄后,玉梅老师就出手不凡,表演过程中点点滴滴的细腻老到,都融化在剧中对各个子女小家庭的操劳中。对于躺在床上需要照料的老伴,更是事无巨细眼不离身。我记得她还特意用碎布条编了一根粗粗长长的绳子,当作戏中的道具,一头拴在老伴的床头,一头拴在自己腰上,就怕万一自己坐下打个盹,老伴叫她她听不见的时候,可以用拉绳子来唤她。这个特殊的又具有"这一个"人物性格特点的道具设计,我至今记忆犹新。我觉得这是一个表演专业上值得重视的艺术典型。

因为在影视作品里表演上海妇女,尤其是老年妇女的形象,经常会夸张地展示某些地方特点。而王玉梅老师当年的表演完全没有这方面的考量,我认为王老师塑造艺术人物的标准只有一个,那就是专业标准,她从来不会让自己拘泥于所谓"像不像"的表层解读,她没有夸张地搬弄一两句地方方言,或者概念性地表现一些世俗性的习惯动作,以为那样做就能解决所谓"像"上海人的问题了;她是从更高层面为观众献上了一个智慧而善良、朴实奉献的东方母亲的形象。王玉梅老师演绎的上海妈妈，让看过电视剧《儿女情长》的观众都牵肠挂肚，交口称赞，却完全忽视了她是一位来自北方的演员。

我常常想，作为一名专业人士，我们到底要向前辈艺术家学习什么？他们身上到底有什么值得我们后辈学习的东西？显然，我在王玉梅老师身上，看到的是一位职业演员的专业精神，我所说的专业精神，实际上就是一种专业素养。每次她与我见面聊天时，无论时间长短，我都能淡淡地感受到这种素养：

其一，是学习的自觉意识。当她意识到时代在飞速发展时，她什么都想了解，什么都想学习。我们平时不在一个城市生活，和王老师见面聊天的机会当然也不算多，但每次见到王玉梅老师，不太会听到她碎碎念自己"已经老了"之类颓伤的话，她是一位自觉要融入到生活的洪流中去的表演艺术家。

其二，是她对表演专业痴迷而谦虚的态度。王老师多次与我说，我们是和其他职业从业者一样的劳动者，只是职业不同，我们从事的是艺术劳动，这关乎到精神层面的创造需要，因此我们更要通过学习去看透眼前那个宽泛深层的现实世界。在这一点上，我深以为然。我以为，在平凡生活中，你只有用平视的眼光来见识生活，才能透过现象看到本质。对于艺术工作者来说，看待生活要用平视而不是居高临下的视角，是异常重要的。

这个世界自古以来一直在流动，风云际会中我们也不知道一辈子要与多少人擦肩而过。然而，该留在心里的，她（他）一直都会深深地存在；留不住的，那也只是过眼烟云，不必在意。王玉梅老师从事了一辈子的职业，是一位表演艺术工作者，但她用心用情为广大观众留下的艺术形象，一定会经久不衰永存于观众心中！

2022年4月27日写于苏州外景地

刊于《新民晚报》副刊《夜光杯》2022年4月28日

第二辑

一位土耳其导游

《花样姐姐》摄制组于今年一月二十八日从上海出发，二月十六日回国，历时二十天。我们有机会游走了土耳其和意大利的一些很有特色的城市与地区，比如，土耳其的伊斯坦布尔、卡帕多奇亚、伊兹密尔等等；还有意大利南部的那不勒斯和西西里岛。记得在土耳其的艾费所古城拍摄时，我们雇请的一位当地导游，给我留下了很深的印象。

那天的日程安排有些紧张。节目组赶到当地著名的景点艾费所古城时，已将近中午，节目组给我们七个人安排了一个做游戏的"任务"：让我们分两个组，各自以最快速度找到古城的三个著名景点，拍照打卡，然后比哪一组先回到大门口——这个小组就"赢了"。徐帆、林志玲、马天宇分在一组。我和李治廷、宋倩、王琳四人分为一组。节目组要求我们这一组在古城里寻找三个遗址：当年最大的赛尔苏斯图书馆、罗马公厕，还有据记载世界上最早的妓院。

艾费所是罗马帝国亚洲区域最重要的城市之一。有关它的信息，最早来源于公元前七世纪中期，有着悠久的历史。放眼望去，古城面积非常之大，正对着大门的，是一条看不到头的大道，就像现代城市中的主干道，两旁伸出许多支道，已经修复和尚未修复的古建筑层层叠叠。我们都是第一次来到这里，对它的布局一无所知，怎么才能迅速找到那三个景点呢？为了赢得这个小游戏，我们这一组决定在大门口临时雇一个会讲英文的当地导游（在景区门口赚外快的土耳其人，一般都会讲英语），这个建议得到小组成员一致同意。我们花了二十土耳其里拉。于是，一个土耳其中年男性导游带着我们四个人一路小跑着往古城里面走。走到一个拐弯处，有几个岔道，我们不知要找的景点在何处，慌忙查看景区内的指示牌，那导游见状，说："你们要找的三个景点我都知道在哪里，不用急，我先带你们去看别的景点。"但我们急急地告诉他，希望能尽快带我们找到所需的景点。他连声说知道知道。于是，大家又跟着他往里跑。

人的心理真是奇怪，不管年龄大小，当面临要和别人竞争的时候，求胜欲就会不由自主占领我们的心。在这种心理驱使下，我们在古城里一路小跑，絮絮叨叨又急急切切地和那导游用英文交流，对周边其他的古建筑景点视而不见。倒是那导游，一路上不紧不慢和我们讲解着艾费所古城的历史文化，但我们求胜心切，一心想快速找到那三个景点，所以对他的讲解听得很不上心，甚至在有些景点处，他刚讲到一半，我们就会有礼貌地打断他，说："你能不能先带我们找到景点，然后……"一路上我们重复着这句话。宋倩还在景区内租了一个语言同声翻译耳机，希望能够在耳机中听到中文讲解，但作用似乎不大，看来只能依靠那土耳其导游了。眼看二十分钟已经过去，这时候，我们路过一个用玻璃材质搭建的大棚，背靠着山，沿着台阶往上看，有几层楼高，很雄伟的样子。导游说："我带你们进去看完这个景点，就帮你们去找图书馆、公厕和世界上最早的妓院。"他强调，这是一个非常重要的景点，艾费所鼎盛时期的主要行政区域，有当年的议会大厅等建筑，甚至当年议长的家也在这个景点里，可以由此了解当时的政治社会生活，非常值得一看。我们四个人担心时间不够，正犹豫着要不要放弃这个景点，那导游回头深深地看了我们一眼。这一眼，突然刺激到我，那眼光分明在说："这是我们国家重要的历史文化遗产，你们不远千里来到这儿，我多想带你们看更多的东西，你们这几个中国人是怎么啦？"

他只是一个在旅游景点门口"蹭活"赚外快的普通导游，但一路上从他给我们讲解时的神情口气，都透露着一种民族自豪感，是的，他有自豪感。他的国家、民族有这样悠久的历史，这样古老的文化。作为一个导游，他熟知艾费所古城的点点滴滴，介绍起来如数家珍，他有很强烈的愿望要告诉慕名前来的各国游客，这是他的国家独有的历史文化，这是土耳其的骄傲。他的神情深深触动了我。当然，他并不知道我们有拍摄任务，我们一心想着这是在拍摄节目。其实，在这个导游的指引下，那三个景点我们早晚是会找到的，我们这么着急地寻找，不就是怕"输"掉这场游戏么。但节目组从一开始就和大家说过，这次《花样姐姐》的宗旨，是一场文化之旅。既然是这样，我心里就想，哪怕输掉这次游戏，也要多看看，多了解世界的名胜文化。我把自己的想法告诉李治廷，和他商量说："我们来这儿一趟很不容易，我们四个人再同时来艾费所就更不太可能了，我们今天情愿输了节目安排的游戏，也应该多看多了解古城历史文化的变迁，你同意吗？"治廷立刻表示赞成。于是，没有了之前的慌乱匆忙，我们四个人达成共识，这才放下心来踏踏实实地尽情参观。

导游带着我们进入这个巨大的、同时又在修复中的古代行政中心。这是一个边修复边开放的场地，整个景点被透明材质包裹起来，里面居然高大通透。导游带领我们参观了复原中的议会大厅、法院，以及议长的家等场所，对当时的人文政治介绍得非常详细。我看到在我们经过的旁边，有许多木制的长条桌，起码有二十多个，上面满满摆放着大小不一的大理石碎片。我问：这些用来修复的大理石是真的还是现代石材？导游说，这里所有的大理石碎片，都是考古人员挖掘出来的原物真品，所以负责修复的工作人员非常小心，一块一块平放在大型长条桌上，再小心翼翼地把每一块碎片贴到当年建筑的墙面上，工程浩大。这些摆放大理石碎片的长条桌区域，有围栏围着，一般不让游客靠近。看着眼前的情景，我突然想到在修复文化古迹时，世界各国都会遇到资金短缺的问题。于是又问：在土耳其像艾费所这样的修复工程，资金从哪里来？那导游似乎对这些情况都有些了解，他告诉我们说：修复资金一半来自政府，一半来自社会各界和世界各国知名企业等的慈善捐助。他边说边带领我们走到一个台阶旁，那里竖立着一块牌子，他告诉我们，这牌子上写着的是捐助此处修复者的名单，个人与企业都有。我还发现了几个熟悉的世界大企业名单，心里感到莫名欣喜，我们似乎真切地理解了什么才是回馈社会。这样的举动，让来自远方的我们感到很暖心。

还是要感谢那位导游，没有他的坚持，也许我就错过了仔细参观和了解其他国家是如何实实在在保护文物的机会。后来在他的引导下，我们毫不费力找到了那三个著名景点，导游分别给我们作了详尽介绍。在我们准备结束此行时，他意犹未尽地说："我再带你们去看一处当年最繁华的市场吧。"大家兴奋地连连说：好的好的……那一天，我们这一组甘心情愿输了游戏，开开心心地见识了土耳其古老文化之魅力。《花样姐姐》播出到这一集时，我在镜头里看到了这个导游的形象，感到很亲切。但观众可能看到的，只是他带着我们匆匆赶路寻找景点的印象。

在艾费所古城，这名普通的导游，他的一言一行都下意识地流露出民族自豪感，他在讲解时兴奋的样子与他那丰富的历史知识，他的职业道德，都给我留下深刻印象。如果照一些习惯思维，导游拿了游客的钱而可以少说话少跑路，不是更省力吗？回国以后，我多次和朋友们聊起这次经历，听者也都为此感动。我想，在国外游历，有时候面对大自然，会觉得人很渺小，但有时候，面对一个个体的人，在他身上折射传递出的信息，又会觉得人强大有力。起码，通过这个导游的行为，我对土耳其的普通劳动者有了很好的印象。

2015年5月5日写于上海寓所

刊于《文汇报》副刊《笔会》2015年5月16日

原题为《一位土耳其导游——镜头外的"花样"（一）》

那不勒斯，二三小趣事

从土耳其的伊斯坦布尔机场出发，飞行两个小时，终于抵达意大利南部城市那不勒斯。机场不大，显得有些陈旧，从国际航班入境处过关时，拥挤着刚下飞机的土耳其旅客以及我们的摄制团队，屋顶矮矮的有种压迫感。和世界各国的边境海关一样，这里的安检也是异常严格，气氛肃穆，大家守着规矩默默前行。但是，我此刻的心里揣着一丝莫名的兴奋感。意大利真是一个浪漫的国度，十年前我随文化代表团到访过罗马、佛罗伦萨等地，回想当年在罗马举行的欧洲戏剧节开幕式，还有欧洲文艺复兴发祥地佛罗伦萨美轮美奂的人文气息，心里泛起了一阵兴奋。那么，南部的那不勒斯会给我带来怎样的惊喜呢？

取行李，出机场，打出租。

我们七人分坐三辆出租车。在机场的出租车站，我们通过翻译和那不勒斯的出租车司机谈价格。在土耳其境内生活拍摄了十天左右，猛然听到周围的意大利语，以及司机用生硬的英语与翻译在讨价还价，觉得好新鲜。意大利司机说话的声音、手势都很夸张，加上语言特点，很有些奇怪的"意大利"味儿。几分钟后，翻译回来说，他们谈定的价格是每辆车十五欧元。于是，汽车发动，一路前往老城区的住宿地。呵呵，那不勒斯，我们来了！

预订的住地是民宿酒店，在老城区，靠着海。出租车快到酒店大门时，摄制组有人说要让我们在民宿酒店的另一边的门下车，这样有利于拍摄。那不勒斯街道狭窄，开车多半是单行车道，这时候天又突然下起了雨，还夹带着小小的冰雹，我们无法拖着箱子在雨中行走，只能让司机把车绕一圈到酒店的另一边。就这样，车又启程，绕了一大圈，终于到达目的地。这时候意大利司机突然说，刚才在机场上车时和我们谈定的价格不是每辆车十五欧元，而是四十五欧元，加上刚才从正门绕到边门，还要另外收费，他们提出，每辆车需要交五十欧元。大家都愣了，语言不通交流不畅不知所措，有点受骗上当的感觉。那不勒斯的出租车司机很抱团的样子，有了问题就会三人一起围上来争取自己的利益。他们说，是翻译没有说清楚到底是十五欧元还是四十五欧元。我们通过翻译试图说明当时的情况，但司机们坚决表示，这不是他们说错，而是我们听错了。

初来乍到，天上下着雨，大家都不愿意这样没完没了争执下去。最后也不知谁对谁错，就糊里糊涂付完车费，赶紧拖着箱子冒着雨，走进了我们在那不勒斯的驻地。

再浪漫的地方，在实际生活中还是要还原为世俗的。在浪漫与现实之间，现实毫无防备地先扑面而来了。

民宿酒店坐落在一条旧旧的小马路边。这是一幢沿街的老建筑，高高的木质大门反射出陈旧的绿色，很有质感，门槛很高。跨过高门槛进到里面，是一个大大的院子。院子四周每一家门楣上都挂有门牌，以及出租给某家公司的广告牌。我们住宿在庭院四楼，团队里每人拖着两三个箱子，不知如何上楼。懵懂了半天，才在院子左边的角落里找到了上楼的小电梯。从来没有见过如此憋屈狭小的电梯，以至于走到它面前还不太相信这是一部电梯。放进一个箱子以后，只够站一个人的空间。也许刚才遭遇过出租车司机出尔反尔那一幕，让大家对即将入住的那不勒斯民宿酒店也有些暗暗警惕。摄制组是一个团队，在外遇到不顺，大家的心反倒走得更近了，每个人都不顾疲惫，拿出比平时更多的热情互相帮忙，在拉拉扯扯中，通过名副其实的小电梯，终于把所有行李搬上了四楼。

令人惊喜的是，大家完全没有想到，四楼的民宿酒店却让我们感到无比温暖。

说是酒店，实际上只是四楼的一层楼面，门厅高大宽敞，四周墙壁上悬挂着古典西洋画。在暖色调的灯光下，一位中年女士穿着袒肩黑色小礼服，发型蓬松飘逸，从容微笑着接待我们。她的衣着平常中略带高贵，不失矜持的气质里散发出淡淡的浪漫舒展，让人眼前一亮，我感觉这才真叫很有意大利味儿呢！

人与人之间传递友好是多么重要！刚刚还打不起精神的我们，在酒店女主管热情细致的安排下，人人脸上露出开心的笑容，莫名的紧张感消失了。

天光渐暗。晚饭时间还没有到，我舍不得让时光白白过去，独自一人走向海湾。穿过酒店边上的小马路，那不勒斯著名的蛋堡立刻展现在我的面前。啊，又一惊喜，原来我们离它如此之近。蛋堡位于 Megarides 岛上，是那不勒斯的一座古城堡。公元前一世纪，罗马贵族卢库勒斯在此建造华丽别墅 Castellum Lucullanum。公元四九二年以后，此处又修建了一座修道院。城堡名字和著名的罗马诗人维吉尔有关，传说他曾在城堡所在地埋下了一个鸡蛋，并警告说，如果鸡蛋破碎，那么城堡和那不勒斯都会坍塌……我在暮色中打量着不远处的城堡，心想，这个传说现在听起来就像是小孩子做游戏，可人们愿意相信这样的传说。大概就是因为蛋堡紧邻着大海，任凭风吹浪打，屹立千年，照样守着古老的那不勒斯。人们愿意相信蛋堡对这座城市的忠诚，因此也就相信了这个神话。

那不勒斯海湾的灯光开始显现，星星点点，层层叠叠。我奢侈地享受着夜的美丽，沿着海湾的堤坝随意漫步，敞开胸怀，拥抱着海风。有几对年轻情侣和我擦肩而过，我看到路边有花童在卖花。在浪漫的夜色下，我幻想着自己就是花童，带着满满的祝福，把鲜艳的玫瑰分送给每一位经过这里的青春男女！

晚餐是安排我们吃披萨。说是晚餐，其实也是一个拍摄游戏。据说那不勒斯有意大利最古老的三家披萨店，摄制组就让我们分三组去找，说是找到了就可以在那家店里就餐了。可是他们只在一张小纸片上写了一个披萨店的名称，偌大的城市，上哪儿去找啊？

本以为趁着晚餐时机可以悠闲浏览中心城区，却因为有时间限制，我们又开始匆匆而行。徐帆、志玲和我三人在一起，盲目地在马路上瞎转，问了一些行人，也都不知道这家披萨店的具体位置。手机上的地图定位似乎也不准确。正饥肠辘辘间，遇到了一对中年男女，我们上去用英语交流问路，居然很通畅。他们说知道那家著名的披萨店，并且友好地说愿意带我们走一段路。交流中，我们得知两人是在那不勒斯做音乐剧的，正要去音乐剧场工作。

这是今天到达那不勒斯后的第三个惊喜！

在那不勒斯问路，居然巧遇意大利艺术界人士，互相之间马上有了亲近感。这对夫妻带着我们在熙熙攘攘的中心城区，穿近路，走捷径，有了当地人的指引，我们立刻有了些许安全感，心也渐渐安定下来。这是一对热心的夫妇，在如此短暂的时间里还特意带我们去看了一处著名建筑，让我们有幸见识了一座有着高大拱形玻璃顶、以德国教堂的建筑风格为蓝本建成的购物中心。拱形屋顶的镂空造型气势恢宏，只是如此高贵的建筑元素应用在接地气的购物中心，着实让我意想不到。

因为边走边聊的快乐心情，我们不知不觉就到了那家著名的 BRANDI 披萨店。然后，这对热心夫妇才急急赶去音乐剧院工作。

总有类似这样的一些细微之处，让我们触摸到一个城市的文明脉搏。每个个体的市民所表达的美好情愫，点点滴滴汇入了世界文明的暖流，我们看到了那不勒斯城市的真正风貌。

初到那不勒斯的这顿晚餐，我们品尝了意大利最为古老的披萨美味，喝了真正醇厚浓香的红酒。三个女人一台戏，我们还借着酒劲说了许多话。

——感恩生活给予我们的大爱。

2015 年 8 月 25 日写于上海

初刊《杨树浦文艺》2015 年第 6 期

庞贝石与诗

最早我对庞贝的印象,是十多年前一位从事服装设计的朋友从那儿旅游回来带给我一块小小的火山岩石,深灰似铁,布满密密的小孔。它一直放在我的书柜里作摆设。记得朋友对我说,她去意大利米兰参加了服装展示活动后,特地去了一趟庞贝古城。她的神情在无意识中透出一种敬畏,激起了我对庞贝的向往。

前几年,又有一位好友,在那不勒斯东方学院授课期间游历了庞贝。那是春节的寒冷时节,他当天从庞贝古城回去后写了一首贺岁诗,至今我也记忆犹新:"庞贝无声问苍穹,火山犹见绛云浓。地中海客迎龙岁,袖手听涛过暖冬。"

两位友人间隔几年先后带回来的庞贝古城信息,是石头与诗,但更像是一种召唤。召唤我的心灵飞向遥远的地中海,遥远的那不勒斯和庞贝。这个机缘,终于在二〇一五年的二月出现了。

我们的摄制工作团队,其实在那不勒斯不到一天半。头天傍晚到达,第二天晚上我们就离开了。节目组在境外拍摄期间,每到一个城市都安排了满满的拍摄工作,唯有在那不勒斯,我们只安排了一个正式内容:参观著名的庞贝古城。此行的重头彩呼之欲出,到达那不勒斯后,大家就在盼了,我更是心向往之,百闻不如一见呵。

二月八日那天起了个大早,我们分坐几辆出租车赶往那不勒斯火车站,搭乘火车前往庞贝古城。路程不远,只需四十分钟。老旧的火车发出很响的哐当哐当的声音,车厢外满是涂鸦,倒显得很是现代,列车载着我们奔向公元前就建造的那个古城。庞贝火车站很小,因为是春寒季节,前去参观的人不算多。下了火车,我们步行几分钟,就到达了目的地。

庞贝(Pompeii)建于公元前六世纪,是亚平宁半岛西南角坎佩尼亚地区的一座城市。它距离维苏威火山东南脚下只有十公里,而朝西二十公里外,就是风光绮丽的那不勒斯湾。这是一个背山面海、风景绝佳的避暑胜地。然而,公元七十九年八月二十四日,因维苏威火山突然喷发而毁灭。厚约五点六米的火山岩灰从天而降,庞贝的一切痕迹都从地球上被抹去。

有关它的信息举不胜举。当文字变成现实,从一七四八年就开始了考古发掘一直延续至今的一座古城废墟真正展示在眼前的时候，它给我带来的震撼是无法用言语来表达的。人在大自然面前多么渺小而无奈，千百年的文明瞬间就会被摧毁得灰飞烟灭；然而人类又是如此坚韧而伟大，几个世纪后的某一天，由火山脚下的农民不经意间发现，并通过两百多年的历代考古学家们的发掘与研究，将一座在公元七十九年就从地球上消失的古城，逐步恢复，使之重新展现于世界。这是何等的智慧，何等的伟大！人类的文明进步伴随着科学新技术的发展，使庞贝古城的考古工作进入了一个新纪元。就在我参观庞贝古城后三个月，据报道，二〇一五年五月，考古学家和科学家对千年前被掩埋在火山灰下的庞贝城居民化石进行了修复，为我们了解古罗马社会生活和文化艺术又提供了重要资料。

那天，在庞贝废墟的入口处，我们看到一块石碑上写着：景区有不同国家与地区的语言同声翻译耳机供租借。尽管我们没有找到中文的耳机作向导之用，但还是兴致勃勃地分成两组人马，进入了向往已久的古城。

我走在残缺但不失雄伟的古庞贝主干道上，看着那些具有物质生命的广场、市场、庭院、戏台、竞技场等等，不由得浮想联翩。据介绍，庞贝曾经是古罗马帝国的第二大城市，它从一个小小的渔村发展起来，创造了极其灿烂的文明。在那不勒斯博物馆里陈列着当年庞贝艺术家们创造的让人惊叹不已的艺术作品，一种类似马赛克拼贴的动物画面，羽毛毕现；一些青铜雕塑的神话人物，栩栩如生……当我行走在废墟的街道里，每每抬头望天，才能意识到自己正漫步在阳光照耀着的现实之中，但我的精神与想象，却时时穿梭在古人、古文物、古场景中间，与之对话。我想象着这里的人们曾经有过的生活，发生过的风流逸事以及他们创造的器物文明。当我坐在那个以现代标准来看也显得足够辉煌的古罗马风格的剧场里，试图向先哲们提出心中的疑惑：当初，是什么样的生命能量与生命密码，让他们拥有了后人无法企及的建筑艺术观念，还有那么丰富的高品位的戏剧艺术想象？

回顾这次难得的旅行，由于是随拍摄团队前往并带有制作节目的工作任务，因此就参观而言，还是没有能够尽兴。翻看参观当天的记事本，我自己这样写着："二月八日，游意大利庞贝古迹。从那不勒斯坐火车，四十分钟车程到达庞贝。昨晚还是冰雹风雨交加，今晨却阳光普照，在古城一路游走，被震撼！只是节目组又出'花招'，让我们七人分两组，必须在一个半小时之内寻找十个最著名景点。这样一来，又重复昨晚在城里寻找三个古老披萨饼店那样，只顾急跑寻找而失去了参观领略古迹的意义。不过，大家今天似乎都吸取了昨晚的教训，没有快速跑步寻找。但还是有点被为找而找的任务所羁绊，走得匆忙。我在寻找中尽量不放过一些细节，比如，我注意到古代戏剧场内的座位号都已经在修复时，照原来的序号刻在一块小铁皮上，并钉于每个座位上，让参观者看得清清楚楚，这很有现场感。可惜还是太着急，看不尽兴。多么想坐在那有着千年历史的剧场座位上，细细遥想先人们创造的戏剧辉煌啊！——呵呵，但无论如何，重要的是我来了。我到了庞贝，感受了她凄美壮阔的前身，这已经足够！"

这次旅行在外期间，我身边一直带着德国诗人歌德著的《意大利游记》。歌德在一七八六年九月三日赴意大利旅行，历时两年之久。这次旅行中，他的思想起了重要的转折，不再通过狂飙运动的浪漫情绪来表现大自然和人类社会，而是深沉地探索大自然的无穷奥妙，追求古希腊古罗马艺术中体现的宁静、淳朴、和谐和古典人道主义理想。歌德曾在一七八七年三月二日、三月六日、三月二十日三次亲临维苏威火山，那时候，庞贝废墟刚被发现不久，他作为一个自然科学家，对于火山喷发后的熔岩流向、熔岩冷却后的岩石形成等等，都进行了非常专业的考察。他指出，维苏威火山的熔岩灰浆，正是毁灭庞贝古城的元凶。

然而，文学艺术对历史的解释更具有人文色彩。去年好莱坞史诗大片《庞贝末日》在中国放映，用英雄美人的故事模式再现了千年以前奴隶主专制时代贵族们万劫不复的罪恶生活，大自然表现了一种诡异的力量，用自己的方式来阻止人们作恶。真是天作孽，犹可违；自作孽，不可活。但我记得，在影片结尾处，男女主人公在火焰熊熊岩浆滚滚的末日世界里仓皇出逃，他们终究没有像一般的好莱坞电影那样给人喜庆的大团圆，而是，女主人公突然站定了，紧紧拥抱身为奴隶的男主人公，说，我们干吗还要逃命呢？赶快接吻吧。于是他们在火石流星的壮丽天幕下，深深地相吻到死，这一吻一死，似乎是赎罪又是超越，成为生命永恒的象征。

走出庞贝废墟，天空是湛蓝湛蓝的，远处的火山顶冒着缕缕绛红色的烟雾，深褐色的废墟沉默地屹立在大地上，它们各自以残破的形状，遥遥相守了将近两千年。我脑子里盘旋着歌德的文字和电影的镜头，想到了岩石、诗歌和爱情。我写了一首诗，献给一切为了爱而艰难生存的人们——

> 地球就是一团燃烧的火，
> 心底里喷发出熊熊火焰，
> 你看那沉默的山顶突然开口，
> 倾吐了千年的浓烟不会熄灭。
>
> 只有黑色的庞贝在倾听，
> 受难的爱神岩浆里永生，
> 爱情的火焰把它烧成废墟，
> 她依然默默相守直到永远。

我捡拾起一块庞贝的岩石，
黑色的小孔蕴藏无限信息，
谁知道日日夜夜怎么过来？
天荒地老无非废墟对浓烟！

2015 年 8 月 8 日写于上海

初刊《美文：上半月》2015 年第 10 期

获首届全球丰子恺散文奖

西西里岛的木偶剧世家

许多人对意大利西西里岛最初的印象,大概都来自于好莱坞电影《教父》吧:地域有些诡异,你在街上或乡村走得好好的,猛不丁出现几个人,掏出枪支就扫射。哪怕是艾尔·帕西诺扮演的教父最后在影片末尾告老还乡,孤单一人离开纽约的是非之地,在西西里老家宅院里半睡半醒地晒着太阳时,观众都会莫名担心是否会有黑手党的下一代复仇者突然从天而降,杀他个死无葬身之地。意大利西西里岛是黑手党的老窝,这个印象通过电影,传遍世界各地。

在西西里历史上的某一个阶段,事实大概也是如此。当有一天我们节目组驱车路过西西里岛的警察总署所在地时,当地人指着总署大楼外墙上密密麻麻的照片告诉我们:那些照片上的人,都是历年来,在和西西里的黑手党斗争中牺牲的警察以及司法人员。

但鲜为人知的是，在意大利，西西里岛不仅蓝天大海，景色迷人，还是一个有着丰富人文传承的地域。它历史悠久，文脉丰富，连一些极小众的人文艺术、家庭剧团，也能传承百年延续至今，令人肃然起敬。今年二月，我们到达西西里岛的当天下午，参观了一个家庭木偶剧团，就是其中之一。

在西西里岛的旅游宣传广告中，有一句很醒目的话：去西西里，不能错过了木偶剧。据介绍，西西里的木偶剧形成于十九世纪初期，人称"普皮（Pupi）"。木偶的大小约在八十公分到一米二之间。它讲述的故事一般取材于中世纪的骑士文学、文艺复兴时期的意大利诗歌以及圣徒或者江洋大盗的生活。大部分对白都是木偶艺人在演出中即兴发挥的。当年，这个戏剧形式一出现，就在平民阶层获得了成功，一直到上世纪五十年代，这种傀儡木偶剧在意大利还十分流行。它的经营形态一般为家庭剧团，以家族传世的方式，使木偶剧的传承和技艺代代相传，家族成员为祖传的表演技艺而骄傲。

西西里木偶剧主要有两个流派：巴勒莫（Palermo）和卡塔尼亚（Catania），主要区别在于木偶的大小和形制以及操作的技巧，还有各具特色的舞台布景。木偶剧艺人在艺术上一直试图超越传统，尽力感染观众。在过去，延续几晚的木偶演出，给不同阶层的人提供了可以走出家门随意聊天的机会，反映了西西里人共同的归属感。

在巴勒莫，我们参观的CUTICCHIO木偶剧团就是以他们的家族姓氏命名的。从其祖父创建以来已历经百年。据说在西西里，这样的家族木偶剧团历史上有三十多个，但是随着时代变迁，观念更迭，目前在整个西西里，这类小型小众的家族木偶剧团仅存三家了。CUTICCHIO家族木偶团就是硕果仅存的其中一家。由于他们家族对传统文化的良好传承，也为了延续和保护这一古老的戏剧表演形式，二〇〇一年，联合国教科文卫组织将西西里木偶剧列入"人类口头和非物质文化遗产代表作"的名录，联合国遗产保护委员会还制定了保护计划。我们参观的这个木偶世家应该也是受益者之一。

以往在我的印象中，意大利这个国家让全世界刮目相看的东西有许多：米兰的服装，罗马的戏剧节，佛罗伦萨的美第奇家族博物馆，著名的大卫雕像，还有威尼斯电影节等等。可我们对盛行于西西里岛几百年的木偶戏却知之甚少。

是什么原因让木偶戏这样的艺术样式延续到今天，又是什么原因能让这个家族的艺术精神传承至今呢？这个问题，在节目拍摄与参观时，一直盘旋在我的心中。

西西里市中心有许多小马路，两旁的建筑都比较陈旧，但依然气派、坚固，街边的小咖啡店鳞次栉比。在我们参观的那个下午，天还下着蒙蒙细雨，有些阴冷，恍惚间觉得气候很像上海早春的雨天。我们要去观摩的 CUTICCHIO 家族木偶剧场，就坐落在老城区弯弯曲曲的小马路边。

知道我们要来，这个家族木偶戏的第三代传人，一位八零后意大利帅小伙已经在门口迎候。但在临街的门口，丝毫看不出这是一个可以观看演出的地方，门面倒类似一家小小的咖啡店。走进去，发现"深藏"在里面的一个小剧场实在太"迷你"了，六七十平米的样子，呈长方形，长条板凳的观众席上大概只能坐四五十个人。剧场两边的墙上贴着一些色彩鲜艳的装饰品，好像还有来自我国贵州的傩戏面具。

我们坐定下来，主人把今天要演出的剧情稍作介绍，就开始演出。担任音乐伴奏的是这家人家的女儿，乐器是一架家传的有上百年历史的手摇风琴，就放在观众席第一排的右前方，她可以看着台上的表演、配合着剧情进行音乐伴奏。随着音乐奏起，幕布拉开（这是一块很小的绛红色幕布），突然听到一个声如洪钟的男中音，叫到："卡特丽娜——卡特丽娜——"，剧情开始了。由于我们连续拍摄和劳累的行程，说实话，当我坐下来看戏时，感觉好些人已经昏昏欲睡了。但这男中音磁性响亮的声音那么专业且具有美感，一下把我们惊醒了。我甚至恍惚觉得这个破旧狭小的剧场，受用不起这样俊美有力的声音。它瞬间传递给我一个特别的信息，这个家庭剧团不是草台班子，而会呈现一场极为专业的演出。

台上有三个演员参与出演剧中所有角色，分别是这个家庭的父亲、叔叔以及儿子。父亲是家庭剧团的领军人物，也是剧中的主角扮演者。他们托举操作的木偶技艺活灵活现，精湛无比。这是一出欧洲历史剧，木偶人物中有国王、皇后、大将与士兵，有战争场面，也有永恒的爱情主题。

随着剧情发展，一时间，我们忘了自己身处一个破旧狭小、只有长条板凳的迷你剧场里，而被台上的战争厮杀所震撼，为奸臣的阴谋篡位所担忧，也被忠贞不屈的爱情所打动。演员投入的声音造型和木偶操作表演把我们带入了规定情境中，我们目不暇接，观众与剧中人物一起喜怒哀乐。这个感觉实在是非常之好，旅途的困顿一扫而空。

待演出结束，演员从台上走出，我们也纷纷鼓掌站立起来。因为错觉于真人和木偶的比例，让我感觉好像是巨人从台上走下来了。这家的爸爸，也是他们家庭剧团的团长，是一个满头银发的意大利帅老头，五官轮廓鲜明，有一米八的样子。经他的介绍，我们了解到他们家族剧团是他的父亲创办的，到今天已经是第三代了。台前的手摇风琴已经有一百多年历史，他们所有演出没有其他乐器，只靠这架手摇风琴作各种声音效果。目前，家庭的经营和经济运作职责由他的太太担任。叔叔不仅作为演员参加演出，还是这个家庭剧团的木偶制作人，演出所用的大部分木偶制作都出于他的手工。看我们饶有兴致，他又热情地带我们去参观剧场对面存放木偶的仓库。

在木偶仓库里，我们惊喜地看到了排列整齐、大小不一的上百种木偶，分种类齐刷刷挂在墙上，好壮观。木偶仓库比我们观看演出的剧场还大，大约有国内一个小剧场排练厅的面积，还放了一架现代的黑色大三角钢琴。这家父亲给我们作介绍说，在他小时候，西西里人很爱看木偶剧，但随着时间推移、娱乐方式增多以及电视的出现，他们经营的木偶剧面临的威胁日渐显露。西西里木偶剧已经呈衰落趋势，大量木偶艺人放弃了职业。但是，仍有一批木偶表演艺术家与家庭剧团坚守着这一传统戏剧形式，努力作出创新以更接近现代生活。

这家木偶剧团为了吸引观众，他们的戏票价格定为：大人票八里拉，小孩票五里拉。近年来，由于他们的努力，年轻观众有回归的趋势。我们看到，在排列的木偶中，有六七个醒目的大木偶造型，与正常人的身高相近。帅老头说，这是他的革新与创新成果。因为在他小时候参加演出时，他是在台下担任摇风琴的角色，那时候，在他这个小孩的眼里，木偶都非常高大。近年来他受自己孩童时候的启发，决定将木偶制作成正常人的比例，并将莎士比亚的名作《麦克白夫人》改成木偶剧，准备和真人同台演出。他拿出其中一个留着金色长发的女性木偶，一边和她说着台词，一边指着她说：这个就是麦克白夫人。他那么随性自然地和木制的麦克白夫人交流着，似乎让我明白了为何在残酷的西西里木偶剧淘汰竞争中，这个家庭剧团能够得以维持并稳稳地坐在头把交椅上。

世界文化遗产的传承与保护，不只是西西里木偶剧，我国也有众多文化遗产面临资金短缺以及传承人绝迹等问题；传统文化的保护发展继承，已被历届政府高度重视，发展中的东方古国不能断了文脉。我想，这其中，只有一个硬道理，就是：继承发展与创新的关系。只有在传统的基础上与时代相依相存，用创新去赋予传统文化更好的内涵，文化遗产才能得以有效发展并保存。

出于好奇，在我们结束参观前，我问了那个八零后意大利小伙子一个问题：你是这个家族的第三代传人，但外面的世界很精彩，诱惑也很多，你是真心热爱木偶剧，还是出于家族事业被逼无奈？没想到，这个年轻人听完我的问题脸涨得通红，连连说：是我自己非常喜欢木偶剧，家里人没有逼我。他还说，为了改进他们家庭演出的音乐效果，他特意考上了音乐学院，读了音乐学系。他一直在考虑木偶剧与时代的关系，考虑改进与革新。啊！这就解开了我心头的疑惑。

为了展示他的音乐功底，这位帅小伙快步走到那架大三角钢琴的凳子上坐下，娴熟地为我们弹奏了一首世界名曲。看着他年轻性感的背影，我心中异常感动：历史文脉让这样的传承人接棒，就有希望发展呵！

2015年5月13日写于上海

刊于《文汇报》副刊《笔会》2015年5月29日

原题为《西西里岛的木偶剧世家——镜头外的"花样"（之二）》

入住贵族后裔的府邸

歌德曾经说过：没有去过西西里，就等于没有去过意大利。节目组在西西里这一站有很多有趣的经历。譬如我们在一个贵族后裔的府邸里待过的那两天，让我难忘。

二月九日早上六点左右，我们从那不勒斯坐了一夜的船，终于到达了传说中的美丽岛屿西西里。我们高兴地获知，当天晚上，节目组将安排我们入住在一个贵族后裔的家里。呵呵，入住欧洲贵族的府邸，对于我们这些来自东方的"姐姐"们来说，大家的心中都有着些许不一样的期待呢。《花样姐姐》的拍摄行程走到意大利，无形中多了些许贵气与浪漫。这感觉从我们第一天入住那不勒斯的家庭旅馆开始，就如影随形伴着我们，这回似乎算是真正要落实下来了。

每到一个新地方，节目组的日程安排都很紧张。一路上，我们几乎都在早上出发时把大小行李放在随行的大客车上，到了目的地就忙着拍摄、游览与参观，晚上入住旅馆时已经筋疲力尽。那天的行程也不例外，上午参观王子山的圣母升天大教堂（又称王子山主教堂）和意大利最大的歌剧院 TEATRO MASSIMO。因为大家看得仔细，午餐时间已是下午三点，汽车把我们载去了一个巴勒莫海湾的传统富人区，餐厅就在海边，不巧那天遇上当地多年未遇的寒流，风大浪急，我们又冷又饿。食物虽美，可每道菜的上菜时间间隔太长，吃的过程中感觉都是凉凉的。但想着晚上能入住想象中富丽堂皇的贵族家庭，心里又有了点小小的兴奋和暖意。

午饭后从海边的餐厅回到西西里老城区，将近傍晚，我们又马不停蹄，观摩了西西里木偶剧，很有一番好感受。从CUTICCHIO家族木偶剧院出来，我们晚饭也没有吃，就饿着肚子上了车，直奔那神秘的老贵族府邸。

贵族府邸掩藏在西西里市中心的老城区，带领我们的导游是一对华人夫妇，他们已在西西里定居十几年，和这家贵族后裔很熟悉，对周边的环境街道也了如指掌。一路上，我看到这里和世界上许多著名城市的老城区一样，街道都显得有些陈旧，对它过去的辉煌，只能在想象中展开。我们一行人疲惫中略带新奇感。在沿途经过的马路上还看到有几家华人经营的铺面，卖的像是一些从国内批发来的日常生活用品之类。从这里弯过两条马路，车子拐进一个灰色墙体的拱形大门廊，在一处私人小场院里停下。终于，到了。

府邸在二楼，楼下的拱门里面是花园，楼梯宽大，楼顶高耸，古铜色墙体有些古老，依然气派十足。走到二楼，感觉就有三四层楼那样高。

大门里面，主人一家四口站着迎接我们，他们是一对老人、他们的女儿和外孙，祖孙三代。小男孩大约是个小学生，看见一帮东方人到来，还有这么多的行李和摄影器材，觉得好玩，在边上跑来跑去直乐。再看主人的穿着，不是想象中的贵族模样，更谈不上华贵。老夫妇都七十开外，男主人的一套黑色西装看着很平常，老太太的穿着更是随意，甚至都没有穿正装，披了一件淡咖啡色的大毛衣。这家的女儿是位四十岁上下的少妇，对我们热情地笑脸相迎。我注意到，站在一旁还有一个服务员模样的人，中年小个子，穿着一身不太合体的蓝色制服，像是临时请来帮忙的，谨慎地看着我们。啊，这就是贵族家庭。一阵寒暄后，我们分房间，取行李，那小个子服务员帮忙拿到各个房间。我和徐帆的卧室里有一个大床，床单像是新买的，因为冷，房间里还有一个电取暖器。老屋子里原先是没有取暖设备的。我们调试灯光，拉上窗帘。我俩房间的外间，是主人家以前的书房，但感觉已经很久没人用过了，只有些书籍作摆设。

接着，那位老年男主人带着我们，一一介绍每一间屋子的历史。我的印象里每间屋子的灯光都有些昏暗。主人说，这幢大屋子是他的祖上在几百年前从另一位贵族手里买下的，历经过战争年代的摧残，但基本完好无损保留下来了。我们带着一丝敬畏，跟着他仔细参观。房子真是大，光厨房就有四五十平米，紧挨着厨房的屋子应该是个宴会餐厅，放着一张很大的长餐桌，大概可以坐几十个人，餐厅墙上的壁画，色彩浓烈，典型的欧洲古典色调。只是一些老家具和座椅上摆放着靠垫，显得很陈旧，更像是摆放的道具。这间大餐厅有两扇高大的双开门，从这里打开，里面是一个大舞厅，是这幢房子里最大的一间，呈长方形，直径有一二百米长，房顶超高，屋顶及墙壁上画满了彩色壁画，墙体是很艳的淡红色，这和我们以往在欧洲电影中看到的场景有些吻合了。大家兴奋地问这问那，主人耐心作答，还说，他小时候曾在这个大屋子里玩过射箭呢。

参观完毕，回到自己房间，感觉很暗很阴冷。突然发现，房间里的电灯和取暖器都被关掉了，我们出去问是怎么回事，发现女主人老太太脸色很严肃，不太开心的样子。后来知道，她看我们走出房间后没有关灯和取暖器，马上就进去关掉，好像是生气了。接着这种状况频频发生，如果有谁离开自己的房间去另一间屋子取一样东西或者问个事情回来，自己屋子里肯定又是暗的。想象中富丽堂皇的欧洲贵族气息，分明被眼前的阴冷取代了，怎么也浪漫不起来。电灯开了关，关了又开，几个回合下来，不习惯的感觉油然而生，我们坐在房间里有些发呆，连箱子都懒得打开了。

节目组的安排，意在让我们这趟旅行接触到欧洲社会的多个方面。这也意外地让我感触到了欧洲金融危机已经给意大利市民生活造成的实际影响。是的，这家贵族的后裔，他们的生活状态已经和普通市民没有多少区别了。在维持和保留这个祖上留下的产业时，可能已经力不从心了。这是许多欧洲贵族后裔们面临的共同问题。因此，他们在每年旅游的旺季，会把大部分房间出租给世界各地游客，增加收入（我们此次入住价格不菲呢）。听导游介绍，历年来，有一些企业和政府机构曾经看上他们的房子，甚至还有过一两个中国人想出高价购买这个大屋子，但都被主人拒绝了。他们靠自己的能力，维持着一份祖上留下的尊严。这让我听了有些感动，对老太太过于节省的举动，也有所理解。

高贵优雅，风度翩翩，大方得体，忠诚勇敢，历来都被视为欧洲贵族最主要的精神。但也有西方学者称，社会各阶层的升降是社会发展的必然结果，这是社会的流动。这样的流动受到社会政治经济的巨大影响。二〇〇八年以后，金融危机震荡了世界经济结构。二〇一一年，欧债危机蔓延至意大利，通货膨胀指数为24.9％。西西里岛也不能幸免，通货膨胀指数达到35.1％。这些因素，无疑是导致社会阶层升降的原因。我在心里暗暗为这家贵族后裔老夫妇祈祷,把他们精神上的坚守视为一种贵族之气的存留。

晚餐十分热闹,在那间旧旧的大厨房里,导游夫妇给我们做了好吃的烙饼、饺子,还煮了稀饭。这间大厨房容得下我们到访的所有人。许久没有吃到中餐的我们,热热闹闹端着饭碗站立着,吃得很不"贵族"。对于入住贵族府邸的向往与期待,也渐渐趋于冷静了。当然啰,第二天我们在那间最大的舞厅里,举办了一场隆重的舞会,那又是另外一番景象了!

2015年5月18日

初刊《杨树浦文艺》2015年第3期

发生在舞会化妆间的故事

西西里岛虽然面积只有 2.54 万平方公里,却像是地中海上的一颗明珠,被秀丽的海岸线缠绕着。希腊人的剧院和神殿,罗马人的广场以及摩尔人的建筑散落于岛内四处。

在这么美丽的岛屿,还住在贵族后裔的府邸里,那么,有一场真正意义上的舞会,是最自然不过的了。节目组决定由我们自己来操办一场化妆舞会。二月十日一整天,我们都在为晚上的舞会忙碌着。那对华人导游夫妇知道我们晚上要举行舞会,兴奋的程度一点也不亚于我们,中国人要在意大利贵族府邸举办正式的舞会,这在他们的旅游接待中是前所未有的。

上午十点左右,他们就带着"姐姐们"从老贵族家出发,经过一个能见到海水山川的美丽风景带,穿越到巴勒莫的另一片老城区,来到一家服装租赁公司,帮我们选择晚上出席舞会时要穿戴的服装和首饰。

车在经过那片风景地带时，迎面远处有一座形状奇特的山峰。华人导游告诉我们：这就是歌德在游历西西里岛时说过的，那座世界上最美丽的山。我们不由地同时伸出头去，直直地朝着那座山张望。后来我翻阅随身携带的歌德在意大利的游记，他在游记里的原话是这样说的："……克尼普今天让我单独一人走了许多路，做了许多观察，以便画出帕勒格里诺山的详细轮廓，它在世界上所有山麓中是最美丽的。"这也是歌德《意大利游记》这本书里的最后一段话。虽然只有短短的两句，但歌德对于帕勒格里诺山的评价，足以让整个意大利自豪了两个多世纪。

我们遥看了世界上最美丽的山麓，穿过老城区，到达目的地。这是巴勒莫地区唯一的专营礼服和戏剧服装的租赁公司。地方不大，里面悬挂摆放着各色礼服，礼服不新也不旧，应该是被出租过无数次了。站在那里，突然感觉很像我在上海人艺时看到的服装仓库。还有一间十平米开外的试衣间。靠墙最里面稍大一些的屋子是缝补制衣间，有两位工人正在里面工作，如果谁觉得衣服尺寸不对，当场可以在那儿修改。公司主管是一位中年女性，在门口迎接我们，很负责很在行的样子，节目组让她帮助我们每个人选舞会的礼服。

那位主管也是设计师，除了礼服，她还负责给每个人挑选合适的项链耳环等挂件，以配搭服装。徐帆像是早有想法，拿了几件男式宫廷装在比试。志玲不断换试着一件件美丽的礼服，在寻找合适的样式及颜色，每试穿一件，都会引来周围人们的欢呼：好美呀！王琳戴上各种舞会面具，更显得妖娆。杨紫是一位九零后，这种经历应该是第一次，看她有点茫茫然，在里面转来转去拿不定主意。那位设计师女主管热情地给我拿来好几件，其实我也好想穿上欧洲宫廷礼服，晚上在贵族家的舞厅里耍一耍呢，可惜没有合适我的体型的，突然想，要是在一堆西方宫廷礼服中，有一两件东方民族服饰，不也挺有意思的吗？这样一想，我就踏实地坐下来，欣赏几位姐姐们的美姿，看着大家兴奋的样子。最后我还是决定，舞会上穿我自己从上海带去的大红对襟中装。

回到贵族府邸，与昨天入住时的情形相反，今天从下午四点多开始就灯火通明。节目组把那间宴会餐厅当成了临时的化妆和服装间。我们开始化妆打扮起来。由于这次节目拍摄强调真人秀演员的自然真实，不主张演员浓妆艳抹，所以造型化妆方面，我们一般都自己淡妆解决了。节目组从上海只带去一位专业化妆师。我估计，这次外出拍摄节目，也许是她近年来最轻松的一次了吧，平时在我们出发前，经常会听到她主动揽活，说："你们谁需要化妆的别客气哦，我随时都候着呢。"

可是今天不同了，那么多人同时需要正式化妆和头饰造型，她一个人显然忙不过来。于是节目组请来了西西里当地一个专业化妆团队帮忙,领队的是一位优雅的意大利男士。再加上那家礼服出租公司派来的服装团队,热热闹闹的人群挤满了临时设置的化妆间。

我想赞美的是,面对一场不亚于小型晚会般的工作量,我们上海去的那位化妆师气定神闲,一点也不慌乱,她负责安排我们顺着秩序化妆造型。她让两个意大利女孩给我化妆,她们都是专业化妆师,我面前的化妆台上摆了各式各样的颜料底粉、口红以及彩妆用品。意大利的服装、首饰设计以及化妆用品,许多品牌一直是领先于世界的。在这个兴奋热闹的舞会前夕,看着一位中国化妆师淡定地一边工作一边指点着那些意大利同行,她的身上散发出一种特别的职业魅力。

当涉及某一个特定专业时,它在世界范围内的标准只有一个,那就是这项工作的职业标准。人们不会因为你是中国人或者意大利人,而在专业上树立两个标准。化妆造型专业同样如此。在我们国家,中戏和上戏的舞台美术系,都设有化妆造型专业。同样,在世界范围内,这也是艺术领域的一个重要组成部分。

回想起改革开放初期,我们如果获悉某个中外合拍片的剧组里有一个老外化妆师,国内这个领域的专家们都会想方设法前去学习观摩,跟在后面战战兢兢地问这问那,拿着国外的化妆用品爱不释手。如今,国门打开,各行各业迅速和世界接轨，三十多年后的今天，在欧洲一个贵族家的府上，我们的年轻女化妆师，在专业上一点不逊色于她的欧洲同行，她毫不怯场且自信自如。

化完妆，我走到她面前让她给我做盘头发型，那两个意大利女孩不太会做，她们就站在旁边看上海化妆师如何操作。正在这时，意大利化妆团队的那位领队拿了一个小钢丝发夹走过来，问我们的化妆师说："这个发夹你是在哪里买的？很好用，我也想去买。"上海化妆师看了一眼，说："这是我从中国带来的，就在上海买的，也是中国生产的。"她还说："我正好还有一袋子，你不用买了，我送你。"因为她手上正在帮我做发型，我就代她取出那包钢丝发夹，抓了一大把送给那位意大利化妆师。那位男士脸上露出欣喜，对上海来的同行精湛的化妆造型技能赞赏不已。

面对如今遍布世界的中国制造，一个发夹的分量实在是太小了，但我还是感到了自豪。

2015 年 5 月 22 日

初刊《杨树浦文艺》2015 年第 3 期

贵族府邸里一场盛大舞会

舞会即将开始了。大舞厅的灯光亮起来了,美酒美食摆上了,为舞会邀请的西西里乐队来到了,还有当地舞蹈学校的师生们,到处都是欢声笑语。我被叫去站在二楼府邸大门口,作为主办方迎接了几位客人。在客人中间,我们高兴地遇到了巴勒莫家族木偶剧团的第三代传人和他的女友,还有这家贵族后裔的友人们和巴勒莫各界人士,他们都是我们邀请的贵客。这时候,一种主人的感觉油然而生。

等我回到化妆间时,大家都井井有条地忙开了。韩国摄制组的小伙子们,早早就在舞厅拍摄。总导演在舞厅里总揽全局,东方卫视的工作人员个个独当一面,他们安排着我们先后出场,一个盯着一个。我们五个"姐姐"和两个"挑夫",自己设计出场亮相的形式和动作,各有绝招。轮到徐帆出场了,她打扮成了宫廷男仆的样子,穿着裤装,利落精神。她步入大厅后，突然发出一阵长久的笑声，这笑声穿越而来，惊诧得我们面面相觑。帆姐的独特笑声把我们里面的人都乐坏了，这么强烈，这么有感染力，是她那小小身躯里发出来的吗？

正沉浸在徐帆笑声的感染中，负责催场的工作人员叫我了："奚老师，该你出场了。"有人立刻帮我拉开其中一扇门，舞厅里的出场音乐涌了进来，我手里拿着一个大红色的假面具，镂空做成了蝴蝶样子，很好看。我背着身，躲在门后面，先伸出一只拿着红色面具的手，本想让舞厅里的人们把注意力集中到那副漂亮面具上，然后我再出去亮相。没想到见我伸着手迟迟不动，那个催场的年轻工作人员以为我忘了，急得在一旁用力直推我。我只能用另一只手抓住她，悄悄告诉她说："你别推我，这是我特意设计的。"

我收回红色蝴蝶面具，挡住自己的脸庞，背身走进舞厅慢慢转身，随着音乐的节奏走向指定地点，然后放下面具，猛地看到那位华人导游居然穿着宫廷服装，打扮得像国王一样，像模像样地过来对我行礼打招呼。由于没有思想准备，我差点笑喷……

府邸的男主人，那位和善的老人今晚身穿深灰色西装，白色衬衣，绛红和白色相间的领带，与他的女儿一起风度翩翩地到来。老太太称身体不适没有参加，但事先礼貌地和节目组打了招呼。虽然舞会的主办方是来自遥远东方的我们，但在他的家里，也许已经很久没有这样热闹的场面了。老先生和他的女儿兴奋地与自己的友人，以及一些他们不相识的西西里文艺界人士交流着，看得出主人父女俩非常高兴。

我看到，请来的乐队坐在舞厅的一角，身着黑色正装，演奏着《蓝色多瑙河》等传统交谊舞曲，我们七个人的进场仪式已经完毕，舞会正式开始了。这间大舞厅被布置得焕然一新，人们翩翩起舞。扮成"国王"的华人导游上来邀请我与他共舞。真是很久很久没有跳交谊舞了，此情此景，我不由浮想联翩……那还是在上世纪七八十年代之交，当时我在莎士比亚名剧《柔蜜欧与幽丽叶》（现译为《罗密欧与朱丽叶》）中扮演幽丽叶。为了能在剧中的宫廷舞会中表演跳舞，人艺请来了上海舞蹈学校的杨威老师来教授，有交谊舞、宫廷舞、吉特巴和伦巴等西方舞蹈样式。那时候国门刚刚打开，我们这一代人的成长过程中，几乎一切文化礼仪的学习都只能从零开始。为了演出，我接触了不少世界各地的舞蹈类型，就像一场场华丽的旧梦，沉潜在意识深处，现在被突然地唤醒了。没想到年轻时学会的交谊舞，今天在西西里岛派上用场了。

舞曲间隔小歇。节目组请来了巴勒莫最好的点心师贝贝，在舞厅中央当场献艺，现做了四道西西里岛的特色甜点。这个安排，让主人家的老先生完全没有想到。点心做好时，我和徐帆正和老先生坐在一起聊天，他迫不及待起身和我们说："我要去吃西西里甜点了，这是我小时候最爱吃的。"

那天在舞会上，我一直有种主人翁的意识。我注意到乐队的演奏员们很辛苦，趁着休息时间，走过去请他们一起来享用美食，但是乐队人员只是坐在原地休息，说他们不吃了。我想，这不只是客气，而是体现出老派的职业精神和规矩，很打动我。欧洲经济发展起起伏伏，影响到了一部分人的生存状态，但职业精神依然坚固，行业规矩依然牢牢扎根在专业人员心中，让人敬重。

舞会办得很成功，大家都兴奋不已。巴勒莫当地客人都非常满意，据说还对我和马天宇的中式服装赞不绝口。那位老先生也说，他们家已经很久没有这样的场面了。

第二天上午，西西里天气回暖，阳光灿烂。我们节目组将告别贵族后裔，前往此行的最后一站——陶尔米纳。昨晚舞会上的气氛大概已经传达给了女主人，印象中严肃有余的老太太，今天也展开了笑容。在门口与我们告别的时候，她拿着一本原来放在大门口的签名簿，热情地和我说："听说你是中国的著名演员，能不能在上面留下你的姓名和国籍？"原来那天入住时，花样姐姐们在签名簿上都签了名，偏偏我漏签了，没想到细心的主人还是发现了。我也高兴地写上了自己的名字。

在楼下庭院里准备上车时，我们发现老先生在二楼的阳台上一直站着和我们挥手。我们异口同声，大声地对他喊："欢迎您到中国来——"

写到这里,我情不自禁想要夸夸节目组的工作团队。他们基本上都是八零后年轻人,在整个拍摄行程中和我们一样起早摸黑,还经常在我们休息后开会商量安排第二天的工作,他们非常辛劳。尤其是组织这一场舞会,对于来自东方的年轻人而言,难度是显而易见的。然而他们做足了功课:从邀请当地客人,邀请舞伴,安排乐队,一直到请来了西西里当地著名的点心师当场制作,在舞会上安排了如此暖人的节目,让贵族老先生吃到了传统美食,从而忆起童年往事,恋恋不舍。

这就是新一代的文化使者。

2015 年 5 月 25 日

初刊《杨树浦文艺》2015 年第 3 期

电影创造奇迹

这是好莱坞名片《教父3》的外景拍摄地之一：西西里岛上著名的 TEATRO MASSIMO 歌剧院。艾尔·帕西诺在影片中曾经坐过的包厢，我们在那儿参观流连、小坐片刻，既带着对艺术的敬畏，也是对同行的尊敬，为自己能有机会来到这里感到高兴。那天，不管作为同行还是游客，我们心里都有些小小的兴奋。

现在谁都知道，电影产业创造的后续影响力无可估量。但前提是，它必须是一部口碑极佳的电影作品。这次西西里岛之行，对于一部好影片为国家与地区带来的影响力，以及所延伸的经济产业链，给我们留下了深刻印象。

意大利电影在世界电影行业中一直有好口碑。中国观众所熟知的，有《天堂电影院》《邮递员》《美丽新世界》《西西里的美丽传说》，还有在西西里岛取景拍摄的好莱坞影片《教父》

等等。其中,"教父三部曲"已经和很多伟大的文艺作品一样,成为了文化符号。虽然这是一部美国影片,但它首先是一部关于意大利民间文化的电影。《教父》对于意大利民间社会,尤其是具有意大利特征的家庭文化的描写细致入微,震撼人心。大导演斯皮尔伯格曾经说过:"《教父》今天已经成为了我们生活的一部分,当我第一次看《教父》时,那种给我带来的震撼感,我第一感觉是要不要退出导演这个行当,我怀疑自己有没有能力达到这个高度,它几乎粉碎了我的信心。"

众多业内高手的此类评价,更加推高了影片的知名度。从上世纪七十年代起,随着影片在全世界放映,加上马龙·白兰度、艾尔·帕西诺等主演们的个人魅力,这部影片在西西里岛的拍摄景地,自然成了全世界《教父》迷们的"朝圣地",众多旅游者趋之若鹜。但我认为,这种现象背后,最核心的元素揭示出:如果不是因为电影作品和艺术家的艺术能量把世界各地的游客吸引到了这里,那么,拍摄景地本身则无意义。我们知道,世界上的美景数不胜数,但唯独一部优秀电影却把我们带到了此地,让我们心向往之。这就是电影的魅力。

我们节目组到达西西里岛的时候,参观《教父》和《西西里的美丽传说》这两部影片的拍摄景地,无疑也是重要行程内容之一。

在巴勒莫城区中心,虽然有不少文化场所集中在这里,但

TEATRO MASSIMO歌剧院还是显得十分雄伟。据介绍，这个歌剧院是意大利最大的歌剧院，始建于一八七五年，在一八九七年完工，其中的经历坎坷复杂，用了二十二年才建成。建筑师本人没有等到剧院建成就驾鹤西去，最后是他的儿子出席了完工仪式。首演典礼上著名音乐家凡尔蒂亲自到场。观众席可坐一千三百八十人，可见这样的剧场规模在当年的不可思议。

一百多年后的一九九〇年，《教父3》正式上映，由好莱坞巨星艾尔·帕西诺主演黑手党头目，影片中有一场难得的家庭温情戏，就是在这里拍摄的：全家人到剧场观看儿子出演的歌剧。他们的包厢位置是最好的，就在剧院二楼的正面，红丝绒的座位彰显着富有奢华。看完儿子的表演，平时离心离德的一家人貌似和睦满意地走出剧场。就在此时，枪声响起，在剧场外那宽大的台阶上，黑手党另一家族的冷枪夺走了教父女儿的生命。这场戏的震撼力，更多来自艾尔·帕西诺无可挑剔的准确表演。由此，这个拍摄景地也为众多的《教父》迷所得知。

歌剧院方面也与时俱进，已经把剧院内的两个拍摄景点当成了旅游景点向世界各国的游客开放，还设置了专门的线路通道。

那个著名的包厢大概可以坐十个人左右，带领参观的女士向我们介绍了艾尔·帕西诺在影片中的座位，大家觉得好玩，轮流地在那红丝绒位置上坐一坐，或许更多是出于对这位表演艺术家的尊敬吧。剧院外面的高大台阶，是影片中的另一个拍摄地点。我们几个人大概都在脑海里回忆那场著名的戏，就在这里，艾尔·帕西诺怀抱死去"女儿"的精湛表演让人难忘。我看到李治廷久久坐在那台阶上眼神迷离，他也许是在体会那位好莱坞大明星在此地拍摄时的感受吧。作为一名年轻演员，艾尔·帕西诺应该是他心目中的男神。

一部出色的电影作品为何有如此神奇的魅力？它可以让世界上不同肤色、不同地域的人们在某个特殊时刻定格在相同的思维、审美、理解的平行线上，这是多么神奇的力量！三天后，当我们又出现在《西西里的美丽传说》外景地时，这样的想法又一次跃入我的脑海。

这部由意大利著名女星莫妮卡·贝鲁奇主演的影片，不仅让世界各国的观众们了解了意大利的小镇文化，其主要拍摄地，西西里岛锡拉库萨（Siracusa）的多摩主教广场，也成了热门的旅游景点之一。二月十二日下午，我们一行也慕名来到此地进行了拍摄。

锡拉库萨建于公元前八世纪，是西西里岛上的一座沿海古城。梭型的主教堂广场是当地人与游客的最爱，这也是电影里的女主角玛莲娜曾经多次走过的地方。身处战争背景下的女主角的悲惨命运，人性的善与恶都在这个广场淋漓尽致地展现了出来。

我们到达的那个下午阴雨绵绵。二月的锡拉库萨潮湿阴冷,但还是挡不住节目组的拍摄热情。根据拍摄安排,韩国的现场导演要求我们五个"姐姐们"学着《西西里的美丽传说》中的女主演莫妮卡·贝鲁奇的步子,在她走过的广场上走一走。真是好玩,也许是综艺节目的关系,大家那天穿得也特别漂亮。拍摄时我们越是有意夸张,走得古里古怪,故意搔首弄姿,好像就越是受到导演的鼓励。我也不例外地被要求在规定路线上走了好几个来回。由于天气的关系和欧洲经济萧条,广场上除了我们之外竟没有几个人,但据说,在夏天的旅游旺季,这里可经常人满为患,大家都是被电影吸引过来的。其实那天,我对于广场四周的建筑更有兴趣,主教堂的设计和建筑风格,彰显了意大利历史辉煌时期无与伦比的美丽和精致,我情不自禁在它的边上流连忘返。每每正在欣赏中,突然又被叫到拍摄区,在广场上的中线区走来走去。这是节目的需要,但就个人来说,无疑也留下了遗憾,我更想对这个著名的广场与小镇做一些深入的了解,可惜拍完镜头就被安排离开了。但无论如何,感谢《西西里的美丽传说》这部电影,让我不远万里来到了这里。

在上海写这篇文章,已是将近六月的夏天,我找出《西西里的美丽传说》的碟片,又特意看了一遍。看着影片中的主教堂广场,以及在那里发生的人与事,是多么熟悉的环境!电影把不同国度的人与环境用这样的方式串联起来，真是不可思议。电影事业所延伸的后续力量中，不光只是旅游业带来的经济增长，它让一个国家和地区产生的精神文化资源的影响力，变得久长而不可估量！

在参加拍摄综艺节目的制作过程中，有关电影事业的后续影响力，它的大众文化属性和高尚情怀引领，还有中国电影如今在数量与质量之间的纠结，中国电影如何能作为东方的文化资源对世界产生影响等等，这些想法，哪怕是在多摩主教堂广场上嘻嘻哈哈、欢笑作态时，也会在我的脑海里不停地闪现。是的，虽然风雨兼程、有说有笑参与了一档综艺类节目的制作拍摄，但对于东西方文化和许多问题的思考与借鉴，都不会只停留在娱乐的层面上。

2015 年 6 月 8 日写于上海

初刊《杨树浦文艺》2015 年第 4 期

阿格里真托神殿之谷

不知睡了多久,我渐渐醒来,朝车窗外望去。见远处延绵不断的群山中,有一处风力发电的基础设施正在建设中,这在以农牧渔业为主的西西里岛,显得很特别,有了一种进入工业城的感觉。

二月十一日上午十一点,节目组告别了贵族后裔的府邸,从巴勒莫出发,前往西西里行政大区的另一个管辖区墨西拿陶尔米纳。这是节目摄制组的最后一站。

车行两小时三十分,我们到达途中第一个目的地阿格里真托。从公路上拐进一处乡村模样的地方,周围都是果园,独有一幢二层小楼,像是一个乡间会所用来接待过路旅客的,我们就在这里午餐。

天气还是很湿冷,屋里的空调设备基本不开。除了一楼有几桌日本游客外,周边看不到其他人。我们被引上二楼用餐。

一下子来了几十号人，店里的服务人员明显不够，上菜的速度还是很慢，但看得出是讲究的，一道一道不紧不慢地上。也许最后一道甜品上来得实在太慢了，我们以为午餐已经结束，就纷纷下楼，在院子里的凉棚下跳跳身子取暖。过了一会儿，服务员来叫我们，说是最后一道点心刚刚做好，可以吃了。啊，还有呀……我们不约而同哈哈大笑，又有点不好意思，觉得自己真老土，我们太急了，真有点招架不住西餐从容不迫的精气神。

午餐后，导演宣布途中我们要在附近的神殿之谷参观古希腊的拉赫神庙遗址。徐帆一听立刻叫了起来："又看神庙呀，我自己都快成神了——"大家笑啊，推着她上车。徐帆近期腰背不好，每天都要抹药，一路长途旅行拍摄的艰辛只有她自己承受着。这次是真累了，挤在七人座的商务车上，加上旅途已近尾声，大家都腰酸背疼，潜意识里有点归心似箭，只是徐帆替大家喊出来了。但神奇的是，每一处景点到达前的疲惫，都会在我们到达后的瞬间，被那些厚重的历史文化积淀一扫而光。

阿格里真托位于西西里岛南部的一座小山上，与爱奥尼亚海岸平行。公元五世纪起，它先后被迦太基人、罗马人、拜占庭人与阿拉伯人所统治。它曾被古希腊诗人品达称为"人世间最美的城市"，也是意大利现代剧作家皮兰德娄的诞生地。著名的阿格里真托神殿之谷的历史可以追溯到公元前五百八十一年，这里的希腊城市延续了一千多年，直至七到九世纪的基督教时代才结束。阿格里真托在古希腊鼎盛期曾有居民八十万，但如今却只是个只有六万人的小镇，在那条位于小镇以南三公里、约两公里长的山谷中，散落着多达二十余座史前古希腊神庙建筑遗址。古城里保存下来的大量的雄伟建筑构成了一片巨大的艺术、历史和自然遗产——神殿之谷。

神庙群中规模最大的是协和神殿，也是保存最完整的，它因在六世纪时被改建成基督教堂而幸免于难。位于最高处的朱诺神庙，建于公元前四百七十年，今天虽然只剩下了二十五根柱子，但我们在它面前驻足，观其结构还是能想象出当年的雄伟。

经过变幻莫测的千年历史风云，拉赫神庙遗址现存的只有七处，其中仅有四处依稀能显现出当年的雄伟霸气。当我们登上那座位于最高处的朱诺神庙残墙，放眼望去，似乎与天地交融，美丽的爱奥尼亚海岸一览无余，眼前残缺的神殿群落默默伫立，既神秘又悲壮，我被深深震撼到，忘记了疲乏。我和大家一起迎风站立在一个绝佳的位置上，在火红夕阳的余晖里，一幕幕的历史剧在脑海中上演，想象着这里曾经发生的风云际会的历史场面，那些宗教迫害、战马嘶鸣，无数次的改朝换代留下的是今天的断壁残垣。我心潮起伏，人类进化的千军万马呼啸而过一瞬间，我们这些后人今天感受着悲壮而残酷的历史带来的悲壮的美、残酷的美，我在此地久久徘徊不忍离去。恍惚中听到又是徐帆喊出了大家的心声："太值得来了！"

在狭长的神殿之谷，我们走走停停，仔细观看，穿行在两千多年前无与伦比的建筑群落中。二月不是旅游旺季，游客不多，一路上零星遇到几个从瑞士过来的中老年旅游者，脸上也都带着神往的表情。我们走到第三个神庙，可以更完整地看到爱奥尼亚海湾。有人说，海的对面就是非洲大陆。在许多巨石断墙的高处，我们背靠残垣，面对大海，脸上沐浴着血红绝美的晚霞，照出了人人一副纯真模样。享受这一刻，突然觉得节目拍摄已经不重要了。我们参观的最后一座神庙遗址，也是有着两千多年历史，几经摧残只剩下了一个平台和两面矮墙。尽管如此，我们还是饶有兴致地在上面听了它的故事，意犹未尽地拍照留念。

神殿谷之旅就此结束，我们也终于从山谷走到了平地。发现在最后参观的那个遗址边上有一个小型花园，几个意大利半老男人在一起站着聊天。街边还有一间小小的现代酒廊，里面放满了红酒。终于见到当地居民了。不远处还看到有一间快餐热饮商店，一下子把我从古希腊时代拉回到现实生活。正在这时，我们看到一个头戴黑皮鸭舌帽，身穿黑色皮夹克、毛料裤子的帅气老男人从那酒廊里走出来，戴着墨镜，拄着手杖，腿脚有点跛，慢慢走向那几个聊天的人。我们见状，觉得他像极了意大利电影里的黑手党形象，于是，好奇地观察了他们好久。

天色开始暗下来了，疲劳感再次袭来，剧组的同仁们又冷又饿，大家不约而同跑向街边那间快餐热饮店。我回头望去，那位拄着手杖的帅老头也朝快餐店的台阶慢慢走来，我见徐帆友好地搀了他一把，那动作，不经意中让我的心动了一下，这分明是一位西西里岛的善良和蔼的老爷爷呢。我静静地环视这个现代化小镇，天光退去，华灯初照，不远处的古神庙博物馆和研究中心结合了现代的建筑元素，显得庄重华贵，只是没有时间进去参观了。为什么我会站在这块神奇的地方？意识开始穿越，疆域似乎不在，世界大同了。我想起了在中国上海的亲人，自己此时竟远离家园跑到大海对面就是非洲的南欧小镇，感受着两千多年前古希腊神殿之谷，真是不可思议。我知道，人类文明的基因作为媒介把我们这些东方人抛到了这里。我仰望苍穹，心怀感激，对人类的大文化充满了敬畏！

2015年6月23日写于上海

初刊《杨树浦文艺》2015年第4期

甲子两登山

那天,在上海看到一则新闻。据意大利新闻网五月十六日报道:二〇一五年五月十四日,西西里岛卡塔尼亚的埃特纳火山发生喷发,熔岩喷涌而出,导致了卡塔尼亚机场关闭。新闻还说,虽然埃特纳火山今年已经不是第一次喷发了,但还是引来了无数摄影爱好者,追逐这样令人窒息但依旧无法自拔的浓烈奇观。

啊!这是多么遥远又多么熟悉的地方。三个月前,我们结束了长达二十天的境外旅行与拍摄工作,就是从西西里岛的卡塔尼亚国际机场启程回国的。这才离开三个月,埃特纳火山就喷发了,记得我们在与之亲密接触的时候,它是那样的静美安然。

我随节目摄制组去埃特纳火山,是二月十三日的事情。那天上午我们一行从陶尔米纳小镇的 EL JEBEL 酒店出发,前往火山区游览。西西里岛虽然地处意大利东南部，但二月的卡塔尼亚依旧寒风习习，沿途山峦上的积雪还没有化完。一路上，看到的山体大部分是黑色岩石类，与皑皑积雪形成了黑白相间的奇特风景。路途一小时三十分，穿过一个安静秀丽的居民区后，到达埃特纳火山脚下。我们的车在火山脚下的居民区穿行过程中，导游介绍说：本地政府出于安全考虑，曾经希望一部分居民搬离此处，但大部分火山脚下的居民都是世代居住在此地的，他们不愿意离开家乡。有一些本地年轻人去到远方，是因为事业与前途，而不是胆怯火山的威胁。在他乡受到坎坷时，家乡是他们疗伤修身的福地。我想，世界上任何特殊的群落与居住区域，外界人的常规思维永远无法深入到原住民的心灵深处。火山熔岩虽然偶有喷发充满危险，然而，生活在这块土地上的人们与它的人文血脉无法割断的亲近感，是我们外人无法探究的。

来到山脚下，刚才还是多云的天气突然云开雾散，抬头望去，著名的埃特纳火山已经巍然耸立在我们的眼前。这是我有生以来第一次如此接近一座活火山，心里不免有些激动。我看到在山下停车场的边上，有一个旅客休息处，还有卖当地特色食品和土特产的小店。埃特纳火山海拔三千二百米以上，是欧洲海拔最高的活火山。参观游览者一般都需要坐景地的索道缆车才能到达接近火山口的地方。海拔那么高，山体有点陡峭，我虽然对坐索道缆车有些担心害怕,但是那天,我心里怀有一个小小的愿望,无论如何还是决定试一试。

我随着大家拾阶而上,团队统一在景区售票处买了票,按照景区规定,我们四个人坐一辆缆车。工作人员细心地照顾着每个人安全进入车内。随着索道的哒哒声响,缆车驶离基地往上攀登,车厢的材质是透明的,悬在半空中忽悠忽悠地摇晃起来……大家紧张地异口同声深吸一口气,心也随之提了起来,但片刻时间后,就稳定下来了。突然间,眼前一亮,天地间是一片晶莹剔透的冰雪世界,还看到远处有一些滑雪爱好者奋臂驰骋在白茫茫中,像雄鹰般自由滑翔,静谧的雪山增添了动感灵气。绵延的山体被厚厚的积雪覆盖着,只有山顶高处不可触及的火山口周围白雪被融化,露出了黑色的火山石。天空湛蓝湛蓝不见一丝云彩,金色阳光描绘着人间仙境,我庆幸自己在二月多雨的季节赶上了南部欧洲的好天气,心里的恐惧一扫而光。

据资料介绍,埃特纳火山已经有两百五十万年的历史了,而且活动中心不止一处。它的名字来自希腊语 Atine,意为"我燃烧了"。呵,我燃烧了,这名字极富动感且有诗意,充满了不顾一切的攻击力量。然而,在它蛰伏无语时,又是那样的沉默灵秀充满诗情画意。

缆车终于把我们送到山上稍稍平坦的地方,最后一段路程

在意大利埃特纳火山 ——————————— 登顶黄山光明顶

需要我们徒步上去，当自己真正站立在三千米左右的高度，火山口近在咫尺，回望山下，眼前是"一览众山小"，心里就像放空了一切，舒畅至极！

回过头来，说我那天心里存放的小小愿望，便是：乙未羊年，甲子登山。去年甲子虚岁，我在安徽屯溪拍摄电影《邓小平在黄山》的空隙，有幸登上了风光绮丽、美不胜收的黄山光明顶。今年，居然还有机会在意大利境内攀登埃特纳火山。连续两年的虚实甲子岁啊，自己体力所及，能够在世界上如此著名的两座山峰登高望远，对于我，是多大的欢喜啊。以这样的机缘自寿庆祝，我心中无限得意！

我的甲子两登山，都不是刻意计划，也没有亲朋好友作特别安排，就像我的人生，总是在自然而然中，水到渠成，随遇而安。

记得去年夏季在纽约看戏时，临时接到陈国星导演的电话，让我速回，帮忙在他拍摄的影片《邓小平在黄山》中扮演一位当地的农村妇女，由于拍摄时间紧迫，我回国休息一周后就赶赴黄山进组工作了。这个影片是表现邓小平亲赴安徽黄山考察农业，在中国历史转折的关口，顺势而为，调整了多项惠及民生的政策的故事。我在影片中的角色戏份虽然不多，但很重要，因为这个角色在剧中与小平同志坦诚交流，上传民情，使农民进行多种经营改善生活的政策得以实现。拍摄过程中，陈国星导演对如何体现影片中邓小平的形象，有过一句诠释，让我印象深刻。他说：邓公当年已经年届七十，但他坚持要自己徒步登上黄山而不坐滑竿，我理解他是想表明作为一个国家领导人，需要有一种敢于攀登的精神高度，来引领全国人民。他必须这样做。导演对于这个艺术形象的诠释，我颇为赞同。

我以为，人的精神力量能够给予自己无法想象的能量，去成全心中的愿望。即使生理上的生命年轮已久，生命体能下降是自然法则，但精神的生命之源，依然能够不断向上，使之厚德载物，稳稳向前。

去年我登上黄山光明顶时，四周大都是青年驴友，或者是年轻父母带着读中小学的孩子，难觅我等同辈人。看到他们登高后的成功喜悦溢于言表，发出呐喊的声音回响于山峦天地之间，那种无法言说的美妙深深地感染着我。我在书写着海拔高度一千八百六十米的光明顶石碑前留影，立此存照，更是在精神上鼓励了自我。大自然的高度让我联想到艺术的高峰，人生的境界，还有那生生不息的爱的动力……有生之年，似乎还有好长的路需要攀登。

今年，在埃特纳火山上游览时，趁着年轻同伴们在嬉戏打闹，我稍稍离开他们，独自一人尽量往上徒步攀登，尽管不可能太近距离接近火山口，但怀里揣着念想，在海拔三千米左右的高度居然脚步轻盈，气息通透。我大口呼吸着白雪自然生发的纯净空气，走到一处已经露出黑色火山石的地方，为我们团队中的其他六个同伴拣拾了每人一块小小的火山石，在下山后的午餐时光，作为我们的分别礼物分送给他们，每人的惊喜按下不说。

那天，在我们准备下山之际，巧遇了当地的一个三口之家，交流后我们得知，是父母亲带着八岁左右的男孩，特意来到埃特纳火山上为小男孩庆生。我们一行听说后也很为小男孩高兴，大家一起热情地为孩子唱起了生日歌，他们一家用意大利语，我们用中文。啊！又是一个来此庆生的。此情此景，是冥冥之中的安排吗？

我默默注视那欢天喜地的意大利小男孩，心想，几十年后的今天，在你的甲子生辰年，你会不会还到这里来庆生呢？如果我能长命百岁，我们还会不会再相遇呢?!

2015 年 7 月 30 日写于上海

刊于《解放日报》副刊《朝花》2015 年 8 月 15 日

爱丽丝岛

——哈德逊河漫笔

到纽约度假的最初几天,每天都坚持八点起床。有点时差,但还是克服困意起来了。洗漱完毕早餐后,就去附近的哈德逊河边走路锻炼,晒太阳。走到新世贸大楼附近的"冬天里的春天"百货大楼,一路上都是散步、跑步,或者骑单车健身的男女老少,各种肤色都有。百货大楼前的港湾是个小型的游艇学校,停泊着大小不等的游艇,在微风吹拂中起起伏伏,风姿耀人。从我下榻的酒店步行到此,来回刚好一小时左右,哈德逊河边蓝天白云,阳光灿烂,人们大口呼吸着新鲜空气。这是纽约最好的季节。

走累了的时候,就在河边随处可见的长条靠背椅子上歇息,看着对岸的新泽西,这几年也是高楼鳞次栉比,层层叠叠。斜对面是远远的入海口,自由女神恒久地举手挺立着。最神秘的是自由女神像不远处的那座隐约可见的红墙建筑，就是著名的"爱丽丝岛"，早期移民入关处。上世纪九十年代我看过的美国电视剧《爱丽丝岛》和前几年奥斯卡奖入围电影《布鲁克林》等作品里，都演绎了早期移民来美国的欧洲人生离死别、爱恨情仇的故事。对于他们来说，爱丽丝岛是一个地标与象征。因此，我每次对它隔岸遥望，心里都有冲动要去参观了解这个神秘小岛。但不知为何总是拖着没有成行，也许总觉得那地方近在眼前，摆个渡就可以到了，不必着急。然而，以为容易办到的事情就这么拖着，反倒使目标触手可及又遥遥无期。

但今天，终于由纽约的朋友带着我，一起坐游轮登上了爱丽丝岛，还尽兴地参观了岛上的移民博物馆。

据纽约的朋友说，爱丽丝岛原来有过好几个的名字，也曾被叫作"海鸥岛"，爱丽丝是以前买下这个岛的主人的名字，现在它的正式命名应该是"爱丽丝岛国家移民博物馆"，和周边的自由女神像所在的小岛一样，归属于美国国家公园。据移民博物馆介绍，从一八九二年到一九五四年的六十二年间，这里一直是海外移民登陆美国的第一关口，共有一千二百万人从爱丽丝岛登陆，然后再分散到美国各地。欧洲来的移民从本土坐船大约需在海上航行七周左右，才能到达纽约港的爱丽丝岛，许多人历经千辛万苦，到达的时候因漫长旅途耗尽生命之火,因此,爱丽丝岛又被称为"希望之岛"和"眼泪之岛"。

移民博物馆收藏了许多根据当时的影像资料制作而成的纪录片,供参观者观看。我在博物馆内一号电影院看了当时的黑白纪录片,从中了解到十九世纪末登陆爱丽丝岛的早期移民中,就有俄国、波兰、罗马尼亚人。每个族裔移民的背景不尽相同,如爱尔兰人当年遭遇自然灾害,作为主要粮食作物的土豆全面歉收,饥荒导致了大量移民涌向美国新大陆。在一个个大小不同的展厅中,我也看到了早期赴美的华人劳工修建铁路的照片,他们参与修建了美国横跨东西的第一条铁路。从解说和展示的文字及图片中,我也了解到十九世纪美国社会曾经对华人的歧视,其中就有当年美国西海岸的加利福尼亚州议会的文件,规定华人只能作为劳工而不可作为移民进入美国,加州恰恰是第一批华人劳工为美国建设铁路付出了血泪代价的地方。为此,在展出的文字中,我看到了一八五二年当时的清政府写给加州政府议会的公函,抗议他们对华人的种族歧视。我在展厅的文字图片前伫立良久,遥想华人劳工当年,这个"新大陆"对于他们而言,究竟是"希望之岛"呢还是"眼泪之岛"?展览的资料还指出:随着移民源源不断地到来,先前到达、已经站稳脚跟的人们,并没有向后来者伸出援助之手,他们反而认为后来的移民会抢走他们的工作机会和生存环境,因此,在美国移民史上,一直存在着互相抵触的矛盾冲突。解说员讲道，这个问题其实至今也没有解决。

爱丽丝岛的移民博物馆，展厅设计很人性化，看得出主办方想让参观者有身临其境的感觉，有些展厅特意用实木板设计成了帆船舱的样子，试图让人感受当年的移民心境。每个展厅的文字图片案版上，都有一个小小的喇叭按钮，触碰后可以听一段早期来到爱丽丝岛的移民讲话声音的实录。

展览介绍说，在所有前来爱丽丝岛的移民中，只有黑人不是主动来的，而是被作为奴隶贩卖到了美国。图片中看到的他们，当年被奴隶主戴上手铐脚镣，像牲口一样挤压在船舱底部。但是，从全世界各地移民来的众多不同族裔，也包括像牲口一样被贩卖来的黑人，他们给美国带来了极其灿烂的文化，其中包括音乐、舞蹈、乐器等艺术。非洲音乐和黑人音乐贡献最大，展览介绍说，有一种早期的黑人音乐后来就发展成为蓝调的前身。在一张有四位女性移民演出照片的案版上，我轻轻触碰按钮，耳朵贴紧小小的喇叭，可以听到里面传出的激越歌声。所有的艺术形式和内容，都有着其历史文化背景，照片上的四位早期女性移民，脸上绽放着春天般的笑容，但从那歌声的旋律中，我分明听到了深刻的忧伤。

移民博物馆的二楼，是当年移民们到达爱丽丝岛后，逐个被进行各类检查筛选的场所。每个房间的功能不同，我上楼参观时看到的一个房间，上面写着这是确认被检查者大脑是否正常的谈话室，照现在的说法，应该是检查智商有无问题的地方。稍大一点的那间陈列着当年的医疗设备，有检查眼睛、耳朵等五官的器物，也有听心肺功能的仪器。如果检查出不合格的移民，会被在衣服上画上大叉符号，遣送回原出发地。听到有位老年妇女在翻译器中讲述，她当年来到爱丽丝岛时还是个孩子，全家人中只有祖母一人被遣返回去了，此后再也不曾见面。她说直到现在想起来还会泪流满面。

当年吸引移民来到美国的，除了求生的原始本能，应该还有精神文化层面的向往。在爱丽丝岛，当年就有十几个较为完整的社会组织、教会和慈善机构等，帮助刚刚登岛的移民解决一些实际问题。岛上还有巨大的食堂和医院，有几十个病床，有位老人说，她随家人到这里时才十一岁，被检查出头皮炎症，在爱丽丝岛上的海关医院住了八个月，痊愈后才被允许进入纽约。这过程中，她和照顾她的护士小姐成了好朋友。这样看来，早期爱丽丝岛的移民入关管理政策还是很有人文关怀的。

雁过留声。从移民博物馆出来，在岛上沿岸的公共休闲区，见有一米多高的水泥墙，墙面上密密麻麻地刻着所有在爱丽丝岛入关的移民名字。此岛在一九五四年关闭移民口岸后，就改建为现在的国家移民博物馆。资料上说，中国著名的作家林语堂，当年也是从爱丽丝岛进入美国纽约的。我和朋友很想在水泥墙上找到他的名字，但无果。不知他躲在墙上林林总总的哪一个行列里。

从爱丽丝岛参观后回曼哈顿的路上，朋友深有感触地说了一句：我们在上世纪九十年代初从上海移民来美国时，可是坐着飞机来的。是啊，沧海桑田，世事难料，美国也是从贩卖黑奴的奴隶制度开始进行资本主义的发展，吸引了全世界大量的移民进入，各种文化在这块土地上进行充分的杂交、冲撞、激荡、新生，孕育出拥有巨大创新能力的美利坚新大陆文化。谁能想到，一百多年后非洲移民的后代奥巴马、爱尔兰移民的后裔克林顿，都当上了美国的总统，然而如今屡屡想限制移民的特朗普总统，竟也是德国移民的后裔。

华人移民的后代中也有不少佼佼者。先有上世纪六十年代的台湾移民，后有九十年代的香港移民，随着中国大陆的国门打开，更有数量众多的华人移民奔赴美国寻找新的生存机会，不少华人新移民在美国的各个领域都渐渐地有了出色的工作业绩……时代毕竟变了，就像我的朋友说的，和前辈移民相比，这一代移民可是坐着飞机来的。

此时此刻，作为一名旅游者的我，坐在美丽的哈德逊河畔，遥望对岸隐隐约约的爱丽丝岛，写下这些参观移民博物馆后的感性文字。我的身边，依旧有骑车锻炼者、步履匆匆者、悠闲垂钓者，还有推着童车的幸福妈妈们，一切都微波不兴，安宁的氛围笼罩着美国的公民们。但如今,世界局势变幻莫测,战乱引发的中东难民潮以及对世界一体化进程的质疑、世界性经济发展疲软、民粹主义的回潮等等,仿佛是暗潮涌动,从地狱深处发出不祥之声,这一切,会影响新一轮的移民潮吗?

就像爱丽丝岛上的移民博物馆解说词讲述的那样,对一部分移民来说,新大陆是希望之岛。但我想,也许对另外一些移民而言,可能依然是眼泪之岛呢?

2018年6月25日,写于哈德逊河畔

寻找小津安二郎

一九八五年，有一位欧洲电影导演第一次来到东京，是为了用电影的形式找寻他所敬仰的日本电影导演小津安二郎。那一年，也是我第一次以戏剧演员的身份，跟随上海人民艺术剧院的《家》剧组出访日本，在东京等五个城市作巡回演出。

《寻找小津安二郎》，是德国当代电影导演维姆·文德斯（Wim Wenders）在一九八五年拍摄的一部纪录影片。这部纪录片给我印象最深的一段话，是导演在片子里说的："我虽然是第一次来到东京，但一下飞机进入城市，那些街道和城市风貌，甚至在街上行走的人我都觉得是那样的熟悉。啊，这就是小津安二郎影片里的一些生活场景……"

文德斯导演是"新德国电影学派四杰"之一，他的影片《德州巴黎》（*Paris Texas*）曾摘取戛纳电影节金棕榈奖，他本人也曾因《柏林苍穹下》荣获第四十一届戛纳电影节最佳导演奖。他和小津导演身处不同时代也不同国籍,但作为同行,文德斯非常敬仰日本导演小津安二郎。他曾经说过:"小津导演的作品代表着电影艺术失去的天堂。如果我来定义,电影是为什么发明的,我将这样回答:是为了产生一部像小津电影那样的作品。"

现在回想起来,文德斯拍摄这部纪录片的那段时间,就是我在日本各地演出话剧《家》的期间。但那时候的我对小津安二郎一无所知。我的表演工作也还没有从戏剧更多地转向电影。直到前几年,我有机会接触到小津安二郎导演的作品,立刻就被吸引。他的影片大都描写日本普通人的家庭生活和社会的联系,几乎没有所谓的"宏大题材"。那些人类生活的普世情怀的表达,还有他那个时代日本社会文化习俗的细节,日本家庭生活中的人物关系随着时代的变化而慢慢发生的演变,都能在小津导演的电影里自然而然地出现。从无声片到有声电影,从黑白片到他最后拍摄的彩色故事片《秋刀鱼之味》,电影工业发展中他从容应对和衔接的能力,让人敬佩。他的电影语汇表达是那样的不慌不忙,他的影片总是注重人文本身,就这一点,使我们在今天看小津安二郎的影片,还是有深深的启迪。

三十一年后的今天,我在上戏校友、如今在日本定居的叶先生带领下,有机会造访了镰仓附近茅崎市的"茅崎馆"。这是小津安二郎导演曾经在此生活和工作过多年的地方。

从东京到镰仓,驱车一个多小时。眼前出现镰仓的海,是在多部日本影片里看过的,虽是第一次到镰仓,却有旧地重游之感,似乎对这里的街道小巷也是熟悉的。我能够感同身受德国导演文德斯刚到东京时的那句话了。我想,这也许就是电影艺术的神奇吧!从沿海的公路拐进一条小道,只能步行。在我们寻找"茅崎馆"的过程中,叶先生孩童心发作,突然在一条安静的小巷里停下来,说:"走错了,我可能忘记怎么走了。"看他那半真半假的样子,我就笑着拆穿他:"你是故意带错路的吧?"他也哈哈地笑:"寻找小津安二郎,不能那么容易。"

我们继续往前找寻,路过一幢海蓝色西式小洋楼,往左几十米,终于看到在路边一棵参天大树下面竖着一块不大的木质牌子,上书:"茅崎馆"。这地方环境清雅安静,绿树成荫怀抱着一块小小的场院,再拾阶而上,深处那幢二层日式庭院,就是被许多电影人熟知的"茅崎馆"所在地了。我的第一印象,是小津导演的工作故居没有被商业化,更没有任何广告宣传性语言的指引,毫无现代社会的喧闹。这样的质朴,让人打心眼里喜欢。进门之前,叶先生提醒说:"我们不是住店客人,所以不能太打扰。"

访小津导演曾工作生活过十五年的
镰仓茅崎馆

拉开日式移门,室内的地板上放着一排拖鞋。前台客厅也是简朴,三十多平米的样子,放着一张工作台,正面的墙上挂有一副雅致的小画作,左边靠门口的玄关墙上有一件深蓝色的日式男上衣挂着作装饰,对应的右边玄关处竖放着一块巨大的旧实木滑板,看着已经有年头了。见室内无人,我们轻声招呼:"有人吗?"不一会儿,右边走廊上的移门打开,出来一位老年妇女,她就是茅崎馆现在的主人森治子女士。知道我们的来意后,她热情地引我们进屋并带着参观。大概"茅崎馆"时不时会有像我这样对小津安二郎导演充满敬意的业内人士慕名而来吧。但我注意到,在前台和进去时路过的走廊两边,竟然没有看到悬挂任何与小津导演有关并以此为荣的照片。直到女主人引我们进到会客厅,才听她介绍说:"这里是以前小津导演和他那一班电影伙伴谈论剧本的地方,有的时候,小津导演和长期合作的编剧先生在房间里苦思冥想,演员们就在这间客厅里边喝茶边等着修改的剧本出来。"

这是一间有历史有故事的客厅。虽然是日式庭院,但这里被布置得很西化,围着一圈沙发和茶几。墙上各处——啊!终于看到小津导演的工作照和影片海报,海报上的每一部影片也都是熟悉的:《秋刀鱼之味》《晚春》《东京物语》……女主人见我如数家珍,脸上露出欣喜的表情,这时候她的话也多了起来。她特意介绍了小津导演的一张黑白照,说:"这是他在拍摄《晚春》的时候，就在这个庭院前面的海边拍摄的。"这张不大的工作照旁边，挂有一张小津导演的"御用"女演员原节子的头像彩照，觉得好亲切。我想，我和她已经在很多影片里见过面了呢。女主人还说，客厅一直以来的桌椅摆放，都是小津导演在此生活工作时候的原来模样。她说着又从书柜里取出一本厚厚的小津安二郎电影的整套剧照合集，说这是一位意大利导演看了小津导演的全部作品后送给茅崎馆的。我提到自己在中国看过一位德国导演拍摄的纪录片《寻找小津安二郎》，森治子女士马上开心地说："上世纪八十年代中期那位德国导演，就是住在这里制作拍摄那部纪录片的。"

在交谈中得知，茅崎馆是森治子丈夫的祖父建造的。关东大地震时，整幢楼被震塌，只有一间十平米左右的公用洗澡间和里面的浴缸完好无损。后来知道，原因是这间澡堂的建筑设计是八角形的。我们去参观了，也觉得神奇。

森治子女士的丈夫是茅崎馆的第四代传人，因父亲早逝，他二十多岁就接管了这份家业。那个时候，正是小津安二郎导演在此居住工作期间。她曾听丈夫说起过，有一天晚上，在其中一间的起居室里，他看到小津导演不知为何对着边上的楼梯看了好久。第二天，小津导演就在这儿拍了一个演员从楼梯上摔下来的镜头，她丈夫方才释然。听着这些与拍电影有关的趣事，仿佛我们也看到了小津导演工作时那聚精会神的智慧眼神。走过这里的一间间房间，似乎处处能够感受到，这家小旅馆，因为曾经被大导演的艺术精神浸染过，充满了文艺气息。据介绍，小津住过的二号房间，经常被日本以及各国慕名而来的电影人所订住。今年的八月到十月，已经被拍摄过《海街日记》的日本著名导演是枝裕和订了两个月。女主人说，是枝裕和导演每一次做新的电影，都会到这里住两个月。想来也是膜拜前辈，住在茅崎馆写剧本，就会有如神助吧。

在另一间榻榻米茶室，女主人招待我们坐下，客气地说："我这儿什么奢侈的东西都没有，只有安静。"听她这么说，我心里有些感动，真喜欢她在这里的自然和从容。小津安二郎的电影作品，许多灵感和创作激情都在此地被激发，这间家族旅馆也见证了日本电影史上小津安二郎导演独一无二的艺术成就。在目前全球经济不景气的现实面前，他们本来可以引进开发资本，把茅崎馆商业化，以此牟利。即便如此，在当今人们看来也是正当的。然而，为了小津安二郎的安静，这家人没有这样做。

茶室的落地玻璃窗外是一个很大的园林，郁郁葱葱，静谧地盛开着丰饶的鲜花。年近八十的森治子女士和我们说："当初，小津导演就是从这个窗口的矮台阶走进花园，然后直接到镰仓的海边进行拍摄工作的。"我觉得她介绍小津时的口气，既充满敬意又不事张扬，来之前我并没有想过，其实，茅崎馆与小津安二郎是互相生成的。也许在小津导演电影创作的成熟期，正是二战结束百废待新的年代，日本经济开始起步，年轻人从乡村走向城市，生活方式受西方影响，高大的烟囱开始拔地而起，旧时的家庭关系随着工业化经济的全面到来而开始发生变化。这些时代的缩影，在小津安二郎的作品里都有体现。那时候的茅崎馆，也许让小津导演在商业社会的众声喧哗中，找到了一方净土。他在战后社会开始发生巨变的阶段，需要有一个安静的地方让他能冷静思考，从文化的角度表达这个世界。

事实上，真正的艺术创作在任何时代都需要一颗安静的心，但是假如没有镰仓，没有镰仓的圆觉寺，假如没有镰仓的茅崎馆，让小津导演可以安静地在这里恣意激发生命中的电影狂想曲，那么，我们也许就无缘在世界电影的资料库里，欣赏到小津导演以及他的那些视电影为生命的伙伴们留给后世的精神财富。电影的世界性，让我不知不觉中对茅崎馆这间以家族生意为主体的民宿旅馆心生好感。在日本经济持续低迷的今天，这家旅馆的后代还能平静如初地和来访者交代"这里没有奢侈，只有安静"，不拿赫赫有名的大师名人做招揽生意的幌子，他们的底气从何而来？

离开茅崎馆后，我一直在想，看到如今的景象，小津安二郎导演在天之灵应该是欣慰的吧。联想到我国正如火如荼的电影金融和资本市场，文化搭台经济唱戏的理念举世滔滔，有一些楼堂馆所，哪怕为艺术家提供一次资源，也必定会把它的利益最大化。作为电影人，小津导演当年选择茅崎馆作为工作生活之地，现在看来是幸运的。他需要淡然安静的创作氛围，在某一个人生阶段，茅崎馆成全了他，并作为日本电影界的香火传承延续至今。

一九八五年的日本之行，是我人生中第一次走出国门，也是"十年动乱"后刚刚恢复的中日文化交流活动。由日本著名演员杉村春子女士牵线搭桥，在上海人艺老院长黄佐临先生的带领下，我们话剧《家》剧组一行，到日本五个城市作巡回演出。我那时候只是一个初出茅庐的年轻演员，对于日方艺术界的重量级人物杉村春子女士也了解甚少，更没有机会看她的演出。这几年接触到小津安二郎的电影，才惊喜地发现杉村春子竟然也是小津安二郎的主要演员之一，小津安二郎的影片里几乎都有她当年的身影。

正像德国导演文德斯说的："小津习惯于和同一班人马工作，有的演员竟然与他合作了整个电影生涯，我们可以看到他们在小津的五十部电影里渐渐老去……"这样看来，日本著名的戏剧和电影人杉村春子女士，当年也是小津导演那一班电影伙伴之一。杉村春子女士同时也是一位热心推动中日友好的日本文化界人士，记得那次我随《家》剧组到日本演出时，她就是穿着一身中国的毛蓝布料套装在机场迎接我们的。自从在小津导演的影片中看到杉村春子女士，终于有机会欣赏到她的精湛表演。这次从镰仓的茅崎馆回到上海，我翻出那张三十一年前在东京和杉村春子女士的合影，既欣喜又恍如隔世。

这让我觉得世间一切像是冥冥之中都有着安排。许多事情的偶然发生，好像各自毫无关系，却都是在为将来某一天的汇合做着准备呢！

2016 年 6 月 20 日写于上海

刊于上海《新民周刊》2016 年第 29 期

重访茅崎馆

二〇一七年八月二十八日，我有机会再度造访了东京镰仓茅崎市的百年民宿茅崎馆。

那天，已在日本定居三十多年的老同学，一早从横滨的家来到我的下榻酒店，陪我一同前往。从东京出发，车程还是一个半小时。司机小孔事先已经给茅崎馆主人打了电话。去年初次造访时也是小孔开车，他对这条线路已是驾轻就熟。在狭小的巷子里，我们的车竟然妥妥地停在了茅崎馆的小场院中。

熟悉的茅崎馆又出现在眼前。我们先在那棵大树下的茅崎馆牌子前留了影，然后像老熟人一样拾级而上。进入门厅，还是那个朴素的前台，左面墙上那件蓝底白字的粗布日式装饰衣还在，衣服上的白色字体印着"茅崎馆"。

门厅和过去一样，悄然无声。我们轻轻问了一声："有人吗？"几分钟后，出来迎接的是女主人森治子的儿子森浩章先生。上一年他因为忙于参加筹备茅崎市电影节，所以我去访时没有见着，但今天一见面，就猜到是他了。他热情地迎我们进屋，嘴里说："穿拖鞋或光脚进去都可以的。"他对我们这么熟悉的样子，想来是他母亲森治子已经告诉过他我们上次见面的情况了。他直接把我们迎进了走廊左边的那间西式客厅，里面的装饰和沙发茶几，还有小津安二郎导演的电影海报，以及墙上挂的照片等，都还是上一年看到的样子。我们如同熟人一样坐下，就聊了起来。

森浩章说，母亲马上就会过来，她已经知道我们要来。我刚把准备送给他母亲的《新民周刊》从包里取出来，这本杂志刊登有我上一年造访茅崎馆回去后写的文章，森浩章就告诉我："已经有人看了您的文章后，到我们这儿来参观了。"闻此消息，我真是又高兴又惊奇。我说："去年来的时候，你因为在忙电影节而没有见到。"他马上拿出几张电影节的宣传册子给我们看。他介绍说，侯孝贤导演的片子曾经参加过他们的电影节。森浩章还是这个电影节的理事。"是因为得益于小津导演和他们那辈电影人与茅崎馆的关系。"他谦虚地说。接着，他又给我们介绍了一遍这家族旅馆的前史。他已经是第五代传人，至今茅崎馆的建筑已经有一百二十年历史了。但是，和奈良地区的建筑相比，还是不行的。他笑笑，很谦虚的样子。他说，自己接管家里的事务已经有二十年了。啊，二十年？他看着是如此年轻，像个八零后。

他母亲森治子女士，这时候从客厅外进来，我赶紧起身，握手，欢笑，我们开心得像是老朋友见面似的。她是知道我今天要来拜访的，脸上略施粉黛，穿了一件黑白相间的衬衣，干净利落，头发也打理过了，真是礼貌。我把特意带来的《新民周刊》拿出来，翻到我写的《寻找小津安二郎》的文章和刊有我和她照片的那一页。她看到自己的相片出现在一本上海的杂志上，不好意思地笑了，很开心的样子。上一年我初次造访茅崎馆时，她把她丈夫写的纪念小津安二郎导演的文章复印件送给我，因为觉得有意思，我回国后请人翻译出来和我的文章发在一起。那篇译文上面还有她丈夫年轻时和小津安二郎导演的合影。她接过杂志仔细地观看，有些激动，流露出很欣慰的神情。文章发表前，我曾特意托上戏校友叶先生打电话征求她的同意。一年后亲自把杂志送给她，就当留个永久的纪念！

她告诉我们，她丈夫得了病，已经好多年了，需要她的照顾，所以茅崎馆基本都交给儿子管理了。现在日本都进入老龄化社会，照顾老人和病人很辛苦，她先生过两个月就要进养老院去了，他们还有一个女儿，有时会回来帮些忙。她给我们介绍家里的情况时，儿子森浩章只是在一旁微笑地听着，我们聊得很开心。过了一会儿，她说还要出去接待一个客人，让我们先坐会儿，还端上了冰茶招待我们喝。因为天气热，她还特意打开了这间客厅的空调。

那间小津安二郎导演曾工作生活了十五年的二号房间,这几天正好空着。于是森浩章先生带我们进去看看。坐在大师留下过气息的房间,看着大玻璃窗外,满院绿色秀丽饱满,我又想起第一次造访时,森治子女士介绍的话:以前在这个房间看出去,透过草地可以直接面向大海。小津导演和他的那帮电影人,经常沿着旁边窗口的矮台阶出去,就直接走到海边去进行拍摄工作了。我想,这间客房的前史和这些故事,森浩章作为家族晚辈,也和我们一样,只是从他父母那里听说的吧。但他是以此为自豪的。他陪我们在小津导演住过的这个房间里聊天,讲到每年六月茅崎市的电影节,讲到他每次都兴致勃勃地参与。他也希望我有机会到电影节来看看。窗外好静,屋里很有故事,是日本电影人和民间人士之间的交集,源远流长。上一次初来乍到时,他母亲和我们讲起,日本当代实力导演是枝裕和也预订了这个房间两个月,准备创作一部新电影。我根据时间推算,心想,是枝裕和在这个房间里创作的,会不会就是后来荣获金棕榈奖的故事片《小偷家族》呢?

这个家族和日本电影人的缘分还在延续,源头当然是大名鼎鼎的小津安二郎导演,以及他的创作团队,其中就有日本电影界的代表性人物原节子等。茅崎馆这个安安静静的百年民宿,正是与日本电影和电影人的一段交集,在它一百二十年的历史中掀起了一朵朵浪花，让我们有了去膜拜的心情，愿意专程到那幢屋子去走一走，坐一坐，听一听。又因为著名导演是枝裕和的经常光顾，他的作品《海街日记》《小偷家族》等在世界各地的传播，镰仓的外景地和百年民宿茅崎馆，就让这个小城市和世界各国有了联系。大概这就是文化的力量和电影的独特魅力吧。茅崎馆的第五代传人森浩章先生，除了经营茅崎馆这间民宿生意外，他的业余爱好之一，便是电影。

2020年2月7日写于上海

刊于《新民晚报》副刊《夜光杯》2020年2月29日

附录

小津先生与茅崎馆

森 胜行（神奈川·茅崎市）作，王升远译

从我家屋后的木栅栏下了石阶，道路笔直地通向相模湾。从海滨可以依稀看见东边的江之岛和那边的房总半岛。西边，牵连着箱根和伊豆群山的富士山，向我们展现着美妙的剪影。现在的茅崎作为东京的通勤圈，人口正在急剧增长。但她却与昭和初期作为气候温暖的居住区而获追捧的镰仓、鹄沼、大矶有着不同的个性。沿着漫长的海岸线，疗养所南湖院占着广阔的地皮。茅崎之名，一如这特产鳁和甘薯的城市，给人以颇历沧桑之感。话虽如此，我家附近，却因有以数学家菊池大麓为代表的、宪法学家美浓部达吉，驻德大使大岛浩，和征服了马纳斯鲁峰的槙有恒等的住宅或别墅而为人所知。

我听说家住爱知县的祖父信次郎是在船上度过了前半生，漂洋过海之时他就想着隐退后栖身于此。最终上岸的他购入了旧旅馆卖出的旧货并开办起这茅崎馆是一八九九年明治三十二年的事了。电话是茅崎三号，城内只开办了六家店。厨师是请到了附近海产店的高手庖丁，掌柜和澡堂师傅则从熟人中邀至。在那个时代，姑娘出来学习礼仪亦不鲜见，因此，似乎未曾出现过应聘者不够之事。

除了忙乱的夏季，这个主要招待逗留客的恬静旅馆，在大正十二年的关东大地震中经受了巨大的考验。由于震源位于相模湾海面，沙丘上的木质结构建筑在最初的一击后已是全部损毁之状。幸运的是没有失火，而避暑客却被压在了下面。午饭时的强震和喧嚣过后，发现彼此都平安无事，同时又感觉到了饥饿的大家在梁下的客人们的等待下，总算找到了沾满了尘土的饭团，此事流传至今。

为了重建，祖父将一部分地皮卖给了德国人兹兰德，并在那里建起了气派的西洋馆。由于宣称身体强壮、还是干活好手，不久，我的母亲便从富士山麓嫁到家里。家主信行是在城里最早开上私家车和摩托车的时尚人物,因好饮酒而英年早逝。在我五岁时,家里迎来了第三代的家主——养父亘。

那时,每到夏天,相好的家人每年都会住进同一个房间里,孩子众多,有种亲戚同时聚齐之感。每个孩子早晨写好作业后,就会彼此相邀去游泳。他们在热沙上欢跃着,赛跑直到水边。游泳处的对面、不大不小的一处海滨里有一块名曰平岛的岩礁,赤铜色的船头会根据游客汇集的情况而反复往返着。撑着鱼腥味的桨奔到岛上,潮水洼儿里的小鱼和贝壳贪玩到忘记了时间。这时,茅崎馆迎来了留在其历史中的客人。

作为少壮派电影导演,已为人知的小津安二郎先生是一个体格健壮、眼神柔和的人。当时由于与客人在同一个澡堂洗澡,我曾与先生同浴。他后背宽阔,一进浴缸,水便哗地溢了出来。记得有一次他出征外地时问我:"阿胜,我给你带点什么礼物才好?"被他这么一问,我猛地答了句:"邮票最好。"

终战翌年,先生回到了茅崎。那是他战后第一部作品——《长屋绅士录》的首映,影迷们看到了小津调的复活。男女演员都是小津一家。这是一部能让人安心沉浸在画面中的作品，饭田蝶子在沙子上深一脚浅一脚地奔跑的场景中，充分摄入了比今天大得多的海滨沙滩。

拍摄第二部作品时，我注意到先生来到了远离工作现场的二楼楼梯口，沉默地站在那里。我还想他怎么会在这种地方，后来才明白，这是在《风中的牝鸡》中要拍摄扮演人妻的田中绢代从楼梯滚落的场景。茅崎馆的楼梯是直线通往二楼的，没有舞台，匆忙之时尚须注意。现在装上了扶手，但倾斜角度一如从前。

作为国民性娱乐的电影人气与日俱增，松竹脚本部以小津、野田二先生为领袖，加上斋藤良辅、新藤兼人等中坚力量和年轻人，其中还能见到当地的池田忠雄、柳井隆雄、辻吉郎等面孔，那是一个见证了日本电影鼎盛状况的时代。工作的房间里会有来自电影制片所的负责联络、采访的记者、现场探班者，甚至出现了申请出演孩子角色的女孩。

在下一部作品的外景拍摄时，原节子与拍摄团队一起住了两夜。那时，在母亲购读的《主妇之友》的明星喜好料理一栏，原小姐提到了猪肉火锅，我记得杂志上面写着"但我只吃一起放进去的菠菜"。我马上将配菜告诉了厨师，常在那里露脸的首席女佣阿优在一旁插话说"那位不吃这种东西",我的念头遂未实现。

实际上是阿优不喜欢吃肉。第二天晚上屋里的电话响了,同来的原节子的姐姐拜托我们说:"请给各位工作人员上点梨。"迷人的原节子一直从房间角落的镜子里盯着这边。我毕恭毕敬地拉上了隔扇后即飞奔回了厨房。

翌日近黄昏时,就在完成了所有工作的外景拍摄队在大厅的一边休息时,原小姐从东头儿十一号来到了院子里,快步朝工作人员一方走了过来。她穿着清晰的青底白纹连衣裙,对小津导演鞠躬道了一句"我先走了",便出了南边的木门,钻进松林后芳影不见。我记得,尽管每日一起工作,但每个工作人员都似初次见到她一般注视着她。拍完的电影名叫《晚春》。

在田中绢代作为日本电影节代表赴美之后,来拜访过先生。她穿着鲜红色的西装和一双可爱的鞋,给我留下了深刻的印象。他们在房间里谈论了什么虽不得而知,但从几个小时后一直送客到大门口的小津先生一脸满足的神情,和田中小姐娇滴滴的一声"您多保重"的问候,可以感受到餐会的情形。身材娇小的她却有三位男性陪同,可见其派头。

我还曾见到出演《宗方姐妹》的高峰秀子与上原谦的

夫人小樱叶子结伴同来。小津厨师长用他拿手的咖喱牛肉火锅款待两位美女。阿优在厨房说"今天他们喝了不少酒",听了这话,我到夜里的院子里转了一圈。灯火通明的房间虽然关着拉门,却回响着高峰小姐爽朗的声音,气氛好像很热烈。

此后,小津导演拍摄了《麦秋》《粗茶淡饭之味》《东京物语》《早春》,在这足足十年多的时间里,他都将茅崎馆用作其工作场所。听说在《早春》的外景拍摄中,会出现岸惠子、池部良、高桥贞二三位明星登场的场景,我就去现场看了一下。休息时,我在大船摄影所的巴士后面第一次拍到了与先生的"二人镜头"。另外,我手头上还有在沙山上以小俯冲角度拍摄的先生的照片。那是一个让人想到了电影名字的薄寒之日。不曾想,"那一日"却是小津先生在茅崎的最后一日。

【奚美娟附识】

我在访问日本茅崎馆时,女主人森治子女士随手送我一张旧报纸的影印件,上面是她的丈夫森胜行先生写的文章,这是一个有关"与小津导演有缘之地探访"的专栏连载之八,内容正好与我写的《寻找小津安二郎》相配合,可以互证。因此,我托朋友把它译成中文,一起发表,希望读者对小津导演和茅崎馆有更完整的印象。

刊于上海《新民周刊》2016年第29期

第三辑

《原乡》拍摄感悟

电视连续剧《原乡》是在二〇一二年拍摄的，今天终于在央视一套与观众见面了。回想起当年拍摄的情景，许多记忆像是刚刚拍好那样清晰。

记得还是前些年的时候，我看到上海《文汇报》上有一篇报道，内容是关于上世纪八十年代台湾老兵要求回大陆探亲的艰难经过。文章中配了一张黑白照片，镜头照的是一个老旧的木门框，门里一位老妇正在劳作的样子，她瞬间回头看着门外站着的台湾老兵，竟是她失散了几十年的儿子。门框外的老兵背对着镜头注视着屋里，一身半旧西装，一个箱子，花白头发。最打动我的是那无语的母子对视，百感交集仿佛不知从哪里说起。这个镜头一下子把我的心陡然触碰，我的眼泪夺眶而出。在这以后不久，我就接到了张国立导演的邀约，参加《原乡》的拍摄工作，这张照片仿佛是冥冥之中的召唤。

《原乡》的故事，正是要表现这段注定要在两岸历史上留下印痕的生活事件。我扮演的李茶（阿茶），与张国立扮演的台湾老兵洪根生是一对曾经的夫妻，但由于战争，他们无法白头偕老。他们被分离在大陆和台湾几十年生死不知。作为艺术形象，这样的角色是"戏保人"的，容易吸引观众，但戏的内容有些"苦情"，从专业的角度看，此类角色也有陷入概念化的危险。不过当我第一次读到剧本时，我庆幸编剧的独到处理，让我看到了"这一个"阿茶的与众不同，编剧没有让剧中人物在艰辛生活的折磨和苦守丈夫的悲情中磨平个性。当她从别人那里间接获知自己苦等了几十年的丈夫在台湾已另有家室，并有录音为证时，她在自己的屋里呆了整整一夜，第二天从屋里出来，平静地声称自己不懂录像机的原理，不小心把丈夫录在里面的讲话内容擦掉了，这样就把这一消息瞒过了家人。

有一场戏，丈夫的儿时伙伴，也是长期照顾李茶的马大哥，得知洪根生在台湾另有家室后，就直接向阿茶求婚。此时的阿茶正在油菜田里劳作，心里憋着满腔委屈。好心的马大哥在一旁说着许多阿茶应该另作打算的理由，也一再表示要陪伴她度过余生。阿茶一声不吭只顾干活，用镰刀把齐人高的油菜秆刷刷刷割倒，最后感情实在掩饰不住时，她也没有放声大哭，只是用憋着哭泣的声音对马大哥说："就算是事实，我也要洪根生亲口来告诉我，说他不要我们了，说他在台湾另有家室了……"

她边说着话,没有停下手里的活,似乎全部的自尊与力量都通过那双长年劳作的粗糙的手宣泄出来,终于支撑不住,瘫坐在田头仰望天穹欲哭无泪,觉得自己受到了无限的不公。这场戏拍完时,导演张国立在现场带头鼓掌,我却心里憋得很难受,真恨不得大叫几声,替剧中人物把几十年的委屈宣泄出来。

阿茶内心纯净善良,当明白事实无法逆转时,又能面对现实深明大义。我的工作日记上还记着一场戏的拍摄感悟:"在香港仔码头,拍摄我在《原乡》中的最后一场戏。这场戏是阿茶从大陆赴香港,与失散了三十五年、特意从台湾赶过来的丈夫洪根生见面;三十五年不知生死的夫妻终于重聚,但是洪根生在台湾已经另有家室,这次来见面还带了台湾的太太,所以两人见面始终在自我克制中,未能表达夫妻间的情感。当探亲假期结束阿茶要回大陆,根生到码头送别的一场戏中,阿茶嘴里说着别送了别送了,心中却有万般无奈:三十多年前的'少年夫妻',隔岸相思,如今相见时丈夫已别有归宿。在无情的历史长河中,战争、分离、重逢,又要分离——人是多么渺小。阿茶,这个受尽磨难的普通女性,本能地渴望实实在在地依在丈夫胸前,感受踏实。我在拍摄到两人最后分手时,口里说着:'多写信啊。'眼睛却呆呆地看着旋即又要离别的丈夫,突然一股情绪涌上来,情不自禁地往前走上一步,走近他,把头在他的胸前靠了一会儿,然后离去。这个'靠'的形体动作是原来剧本里没有的,事先也没有说好,没有排练过,但水到渠成,这个即兴动作就发生了。等拍完这个镜头后,我对扮演根生的国立说:'不好意思,我是突然觉得要那样做,就上来"靠"了一下。'国立却高兴地说:'特别好,特别好!'我想,这就是好演员好对手,随时都能接受和适应对方出其不意的即兴表达。拍完这场戏,张国立又为刚才那个'靠'加了一个近景,效果就更好了。"没想到这个即兴的肢体语言成了这场戏的一个小亮点。事后想想,这样的人物关系,如果只是一般地哭哭啼啼送行,多么没有意思啊。

阿茶这个人物在《原乡》中只是一个小角色,戏份不多,但我很喜欢。因为每一场戏的人物性格都表现得饱满扎实,没有浪费的镜头。

我和张国立相识二十余年,又同是从戏剧舞台走进影视领域,但真正在艺术上的合作还是第一次。一九九五年我们在故事片《混在北京》中都担任过角色,但那是个群戏,我的角色在戏中几乎没有遇到他。而在《原乡》这段不算长的合作过程中,我在张国立身上看到了我们这代人对艺术的敬畏之心、专业精神以及严谨的工作态度,久违了的良好创作氛围在剧组里形成一种常态。国立这几年在导演领域有所建树,作为《原乡》剧组的导演之一,我看他在现场事无巨细,为一场戏,一句台词,一个道具,都认真投入,操尽了心;同时他的态度又带动了全组人员的积极性。多年以来，我们在许多剧组里已见惯了粗鄙化、不专业的不良行为。尤其是近几年，最困扰我的，就是在艺术创作中连一些专业人士的工作态度也开始粗鄙起来，这对于心中深藏艺术理想的人来说，无能为力的感觉是很痛苦的。我这次参加《原乡》的拍摄工作，除了喜欢自己所扮演的角色外，同仁们对艺术的认真态度也让我感到兴奋。国立开玩笑似的说起电影学院请他去上课时，他对同学们说："我也许很多地方都不如你们，但我比你们勤奋。"我理解这个"勤奋"的意思，不仅仅是勤劳与投入，其中还包含艺术上追求与时俱进，艺术家对社会生活的独特关注，不断提升艺术感悟等等。有次拍完戏后一起吃饭，在饭桌上我又听国立和年轻演员谈戏，谈自己年轻时如何到老师家求教，从书本理论到艺术实践，一步步摸索着走向成熟。我心生感动，我们还是有这样一批中年艺术家，身体力行，在自己的领域里书写着精彩呵。

经常怀念《原乡》剧组。愿《原乡》为电视艺术领域再添光彩！

原写于 2012 年 10 月 3 日
修改于 2014 年 3 月 12 日
刊于《解放日报》副刊《朝花》2014 年 3 月 13 日
原题为《情蕴于心演阿茶——电视连续剧《原乡》拍摄感悟》

《安家》拍摄小记

《安家》是一部现代都市题材的电视连续剧。我进组参加拍摄时的剧名叫作《卖房子的人》，在播出前夕才改名为《安家》。我认为改得好。"卖房子的人"从字面上理解，似乎只是讲述某种职业的人，可是人们对"安家"的理解却要丰富得多。从这个意义上看，遍布全市的房屋中介以及从业者，是与城市居民追求安居乐业的幸福梦想联系在一起的。用现在的话来说，是一个很接地气的有幸福感的职业。

这个剧的形态和以往的连续剧结构不太一样。剧中人物，只有房屋中介公司的角色是贯穿全剧的，其他的角色属于冰糖葫芦结构，一个案例一组单元，互相不牵扯。

我参演的那个单元，是发生在老洋房里的故事。一对老夫妇（由我和徐才根老师扮演），住在女方父母留下来的一幢三层老洋房里，妻子有三姐妹，一家一层，相安无事。我扮演的是三姐妹中的小妹，以往父母有些偏爱，留给她住的是二楼正房，冬天不湿冷，夏天免暴晒。老夫妇俩无子嗣，把两个外甥（大姐二姐的儿子）视如己出。戏开始时，大姐二姐已安入天堂，两个外甥也已成家立业另立门户。剧中这对老夫妇遇到了人生劫难，丈夫身患绝症需要钱医治，妻子想说服两个外甥，一起把父母留下的老洋房卖掉，三家平分房款所得，外甥们在口头上也同意。为此，急于要得到自己这一份房款的老夫妇就找到了房屋中介房似锦（孙俪饰），请她来估售房子，满怀信心等待着完成人生最后一个愿望……

这部剧里，我在剧中的主要对手戏是与孙俪扮演的房似锦一起完成。我和孙俪这些年来已经是第三次合作了：一次是在《辣妈正传》里演她的婆婆；一次是在《那年花开月正圆》中她演民女周莹，我演慈禧；现在在这部连续剧里又一次合作，我们是中介和房客的关系。我原来以为房屋中介的职业只是推销房子，在房屋交易过程中不会参与到房客的私人家事中去。但在我们这个剧中，房似锦却充分展示了热情、正义、富有同情心的性格。我们这对老夫妇，看到中介的工作那么细致入微，她为了帮我们和外甥们沟通一些卖房细节，冒着酷暑楼上楼下地跑，心里就觉得过意不去，于是，每次她约好来家里谈事，我会特意烧了绿豆汤等她，她也不讲客套，开开心心地喝了就谈事。这样，人物关系自然而然就变得有些亲切，她给了我们这对膝下无子女的老人难得的人间温暖。当看到两个贪财自私的外甥欺负老人时,她也会爱憎分明地站出来替老人说话。

剧情发展到最后,我的"老伴"一病不起躺在医院里,由于两个外甥不配合,房子交割不成,房似锦又赶到医院来作最后的努力。我记得在拍医院病房的那场戏时,当孙俪扮演的角色悄悄拉开房门,拿出房子出售合同交还给我,又充满同情地安慰我,我忍不住眼泪夺眶而出。我深深入戏了。虽然这样的人物关系,也许已经超出了现实生活中的房屋中介和客户的关系,但我很喜欢,喜欢艺术作品中的人性闪光点多一些,让生活中陷于迷茫的人在观看了类似细节后,心里可以得到一点舒缓,对生活多一些信任。孙俪和我都是属于对工作较真的人,尽管角色各异,但每一次合作我们都感到很通畅开心。

和安健导演是第一次合作,他给我留下了聪明、有涵养的好印象。他在现场工作起来思路清晰,言语不多,却能够四两拨千斤。和这样的导演合作,很多时候会让你突然开窍,激发起热烈的进取心!

我们的剧组是一支很专业的团队。许多部门的人都与我合作过多次,一见到面就像亲人一样。在当下特殊的疫情期间,我们的连续剧开播了,听说受到观众们的喜爱,收视率一直飙升。

我喜欢《安家》，也愿意《安家》的开播能够为人们心头拨开一些疫情笼罩的愁云，艺术还是会给苦涩的人心浇上甜味。安家安家，也有安居乐业、岁月静好之意。愿疫情早日过去，恢复我们正常的生活！

2020年3月28日写于上海

收于《〈安家〉全过程》（耀客影视公司），2020年3月出版

三十年后再续缘

——《谷文昌》拍摄记

今天央视的杨畅小友来电话,说要作电话采访,内容是关于最近在央视一套播出的电视连续剧《谷文昌》,她想让我讲讲我在剧中扮演的谷文昌岳母一角的体会。小杨的采访,勾起了我对福建沿海地区东山的很多很多回忆。

现在可能很少有人知道了。在三十年前,上影厂拍摄过一部电视短剧《谷文昌》,我在剧中扮演的是谷文昌的妻子史英萍。关于那次拍摄,有一些生活和工作片段,至今回想起来还像发生在昨天一样。

首先是我的东山之行。不知为什么,当年我没有跟随摄制组集体到达拍摄地,而是晚了几天,独自前行的。那时福建的交通还不太方便,我到了厦门,有一辆车接上我,直奔剧组下榻地。在去东山的盘山路上,我严重晕车,在四个小时左右的颠簸路上,几乎一直躺在后座,双手始终紧扣着车门边上的抓手,嘴里说不出一句话,眼睛也不能看窗外,五脏六腑倒海翻江,就在我似乎快要昏过去的时候,车终于到达了东山。这是我记忆中最严重的一次晕车记录,也因此对福建东山留下了极其深刻的印象。

到了东山,我们住在一个部队招待所,接着就开始了拍摄工作。记得有一场戏,是在当年谷文昌和史英萍住过的老房子实景里拍的,就在海边。我们拍摄时,那个村子因为长年被风沙侵蚀埋没,已经不能住人,成为了一座废墟。记忆中的那个村子,有一半的房子都深埋在黄沙里,只露出窗框和屋顶,歪歪斜斜,一派荒芜景象。完全想象不出,当年东山的老百姓在这样的环境里是怎么生活的。在这样的实景里拍摄,给演员心灵上冲击很大,我在被黄沙掩堵了一半的屋子里,和几个孩子一起用身体顶住门板,忽然,破旧的门板一下子就被风沙吹倒了,狂沙弥漫。依稀还记得这场戏里,有一个村民跑去告诉谷文昌:"你家的门板被吹跑了,你快回家看看吧。"谷文昌此时正在帮助更加无助的村民,听到自家惨状后,陷于两难境地,最后他相信妻子史英萍能够理解他为了大家舍了小家的举动。拍完这场戏,每个人从头到尾都是黄沙,脸被吹打得生痛。站在边上看我们拍戏的东山老乡,惊愕地看着这些拍戏的人在他们已经废弃的旧村子里再现当年的艰苦生活场景,他们都被深深地震撼了,有人还流下了眼泪。这场景几十年过去了,但我记忆犹新。

还有就是对谷文昌妻子史英萍的记忆。那个时候,史英萍已经不住在东山了。谷文昌去世后,她就定居在漳州。我们拍摄《谷文昌》的电视剧,她特意从漳州回到东山,来帮助我们拍摄。看到那时的东山已经发生了很大变化,我时时能够感受到她内心的欣慰和感慨。她个子不高,留着短发,那时头发还没有白。她和谷文昌都不是东山本地人。谷文昌是河南林县人,新中国成立前夕参加革命南下到了东山,后来听从组织安排就留在了当地工作。根据史英萍介绍,她随谷文昌从河南来到福建后,就再也没有离开过福建。我们拍摄期间,史英萍有时和我们住在同一个招待所里,一起在招待所的食堂吃饭,有时就去镇上的子女家里住。她讲话不大声,很稳重,这有点出乎我的意料。听说谷文昌夫妇到东山工作后,对穷苦人家的孩子和孤儿很心疼,爱护有加,常常掏心掏肺地给以接济。史英萍是一个善良的传统女性,不但相夫教子,积极工作,而且有着宽厚博大的胸怀。她支持丈夫工作毫无怨言。在东山期间,虽然有时我们聊的都是平常琐事,但只要与她稍有接触,就能深切感受到,谷文昌身边的这个女子,她的温良与坚强,普通而开阔。这些为人品质都给我留下了深刻印象。我在东山的戏份拍摄结束后,她特意等我一起离开东山。我们结伴坐车去了火车站，她和我依依作别，她坐火车回漳州，我回上海。这一幕，也深深地刻印在我的心里，无法抹去！

这次，央视和国家话剧院重新拍摄长篇电视连续剧《谷文昌》，我被邀请在剧中扮演史英萍的母亲。由于年龄关系，我扮演的角色变了，但我的情感真是既欣喜又感慨，将近三十年前在东山的一幕幕场景，蒙太奇似的又环绕在我的眼前。真像是一段奇缘。更让我意外又惊喜的是，这次在横店的开机仪式结束后，我在拍摄现场竟然还见到了特意从福建赶来的谷文昌的子女们，当年他们还年轻，如今全都已经是人到中年、为人父母了。他们对我三十年前赴东山拍摄、扮演他们母亲的事情有清晰的记忆。而今又见面了，子女们拉着我的手，眼神里的依恋和深情，我完全能够接住。其中一位女儿亲切地对我说："还记得吗？当年您还到我们家里去过呢。"

一个新旧时代的真实人物，一部人物传记片，近三十年来有两代艺术家去创作，一定有他不可被取代的历史价值。谷文昌能够留给我们的究竟是什么？是新旧时代交替之际他所贡献的特殊能量？是福建东山那个沿海前线在共和国历史上的特殊作用？我们的主人公，不仅仅是历史的参与者和见证人，他更是千百万南下大军中的一个有责任心的普通干部。他身带着战争的硝烟，大踏步走进和平建设时代，在带领贫苦农民保家卫国、改变穷山恶水、争取老百姓基本生活权利的过程中，让

"谷文昌"这个名字成为一种变不可能为可能的积极能量的象征。这象征历久弥新，给予了建设中的后来者不可估量的启迪，成为中国人民实现现代化的一笔精神财富。这样的优秀人物的精神，值得我们艺术家们一代一代去演绎、宣传和传播，假以时日，他就有可能在润物细无声中成为当代艺术画廊中的经典人物，他所经历的时代和事件，也会成为新中国历史进程中的典型事件。我想，这就是前后两部电视连续剧《谷文昌》的价值所在。纵观世界影视行业，优秀历史人物的传记作品层出不穷，那些闪光人物的艺术形象给人类留下的精神财富，值得我们后人去不断学习、借鉴、颂扬与回顾。

2020 年 3 月 10 日写于上海

刊于《人民政协报》副刊《艺文荟萃》2020 年 3 月 14 日

我怎么走进芳西雅这个角色

——《洋麻将》排演札记

二〇一九年初,陈薪伊导演约我,说她想排演美国唐纳德·柯培恩的《洋麻将》,邀请我担任戏中芳西雅一角。这个戏一共才两个演员,另一位男主角,拟请关栋天担纲。我听了又喜又惊。喜的是我又有机会可以和陈导合作舞台剧了。《洋麻将》是一出名剧。早在一九七八年就获得美国普利策戏剧奖的剧本奖。三十多年前卢燕女士把它译成中文,推荐给北京人艺,由前辈于是之、朱琳两位演员在北京首演。我当时虽然没有机会欣赏,但通过戏剧杂志上的评介有所了解,心向往之。那,又为什么会"惊"呢?因为猛一下地,我感到了时光飞逝,岁月无情。从一九八四年《洋麻将》首演到现在,三十多年一晃而过,如今,我居然也到了可以演《洋麻将》的年龄了。可是乍感这一"惊"的时候,我还没有思想准备,在心理上觉得这个角色离自己还比较遥远。对我来说，参与排演舞台剧是一件特别具体的事——我该如何与我的角色融合为一体？我起先有一点犹豫，就和陈导说："再让我想一想好吗？"但其实，我对这个剧作的兴奋点已经被陈导点燃了。后来的几个月里，由于手头工作太多，身体太过疲劳，以及一些七七八八的琐事，演《洋麻将》的事就被搁置起来了。一天，我接到关栋天的电话，他说："美娟，你如果不参与这个戏，我也不演了。你目前体质差，我们就等你恢复了再演……"他的真挚和诚意，让我很感动。于是，这个事就定了下来。

《洋麻将》讲的是上世纪七十年代美国一个养老机构里发生的故事。魏勒和芳西雅两个老人都是被子女抛弃的孤独者。他们在无聊和无助的生存状态下，找到了一种打牌的游戏来排遣余生。剧中两人一共打了十四副牌，通过对话和冲突，表达了他们从陌生到慢慢互相了解的整个过程，从互相提防、藏着掖着，到逐渐放下心理戒备、同病相怜的心理变化；从假装家有孝顺儿女到最终暴露孤老一生的悲惨现实。上世纪七十年代末，美国社会已经在普遍讨论养老问题，这个戏由此引起轰动；而我国刚刚进入改革开放初期，追求温饱和富裕是迫在眉睫的幸福目标，人们对老龄问题还没有足够重视。在那样的背景下，我也时有耳闻，说这个戏虽然是名剧名演，但社会反响却不强烈。当时的人们对"老龄"带来的人生命运，毕竟还没

《洋麻将》剧本翻译卢燕女士来沪观剧

有真正的切肤之痛。但现在情况就不一样了。

一、导演的"二度创作"让演员开了窍

在排演过程中，我们先是花一周时间对台词。陈导希望我们通过初步对台词，逐渐熟悉这出剧的气质，找一下感觉。关栋天进入状态比较早，台词状态已经有所准备，在那一周里，基本上是他带着我进入工作状态。我们开始对词，陈导坐在对面沙发上静静地听，偶而指点一下江山。到后几天，我也渐渐进入状态，虽然只是坐着对台词，主体情感因子开始慢慢活跃起来，我一直在感受芳西雅的情感状态，希望能搞清楚这个人物的情感基本点究竟在哪些地方。我有时候突然觉得有了感觉，忍不住泪流满面；有的时候又恍恍惚惚不知所云。我心里明白，这个时候人物情感的基本点还没有在我心底里扎下根。但尽管如此，这一周来的对词工作还是富有成效的。尤其到了最后一天，我们把全剧从头到尾不打断地对了一遍，有好几处，我心里一冲动就站起身走动起来，彼此的交流也开始顺畅了。结束时旁观者鼓掌给予我们鼓励。这真是太好了。

导演给这两个人物定了基调，她认为人所谓"老"有两个状态，一是生理的，一是心理的，她不希望我们刻意去演"老"的外在形态，她说这两个老人虽然在养老院，但心理上还不服老，还有愿望，还有牢骚。我非常赞同。这是一个好的开头。

接下来进入正式排练阶段，已经是六月中旬。陈导给《洋麻将》定的主题是："这是人生长河中的各种姿态，是人生百态的戏。"这是总的基调，作为演员，我们思考的是怎么去具体表现人生百态，怎么走进"这一个"人物的真实内心世界。在排练的过程中，有个现象很有意思，大家在休息时，经常会感同身受地提到家里老人的养老问题，抱怨现实中要安排进入好的养老院有多难等等，都是诸如此类的社会问题。这就说明在现实生活中我国社会已经进入了老龄化，有些台词里提到的现象，就像发生在我们的周边一样。比如在第一幕第一场中，芳西雅对魏勒说："我原本是想到另一个养老院去的。"魏勒问："那你为什么没去呀？"芳西雅回答说："他们那儿的收费方法实在是太特别了，你得把所有的钱都一次性先交给他们……我不甘心。"人们听了这样的台词，都心知肚明，演员所要表达的是什么意思。现实主义艺术在观众与演员之间打通了一条彼此理解的通道，现在中国上演这个戏，已经有了很好的社会基础，就看我们如何去艺术地表达了。

二、体验人物，找到了走进角色的途径

陈导在排练中给了我们很大的自由。我自己工作有个习惯，不会在排练初期就把感受到的人物情感全部表现出来，而

是用心去体验再体验，一点一点去找准和积累人物的情感，尽量去建立人物"真实的生活"的情感模型。导演和我开玩笑说："你是黄佐临先生带出来的体验派演员。"其实黄先生也很赞赏布莱希特的表现主义戏剧理论，上世纪六十年代他在上海人艺就排演过布莱希特的《胆大妈妈和她的孩子们》。我在八十年代和黄先生合作八场写意话剧《中国梦》，也是一个形式感很强的戏。然而我在舞台实践中逐渐形成了一个基本认识：形式感突显的戏剧艺术和写实主义的戏剧艺术，对一个好演员来说，不会产生太多的隔阂，关键是要有坚实的人物心理体验。只要体验到真实的力量，那么无论你是翻着筋斗，还是屏息凝望上苍叩问大地，都会打动人心。反之，如果演员只是一根空心萝卜，因为不知为何要翻筋斗、不知为何要屏息凝望天空，才会造成身手垮塌、目光虚无，这样的表演，就容易造成台词没有目的性，情感线索也会缺乏连贯性。尤其像《洋麻将》如此写实的社会剧，排练过程中我时时警惕着虚无的台词表达和肤浅的情感假象。

《洋麻将》全剧有二幕四场戏。照我的理解，剧中芳西雅和她的儿子（没有出场）的关系是她在心里拼命抓住的最后一丝人间暖色。尽管根据剧情的描述，我们知道她和儿子的关系已近破裂，儿子也没有到养老院来看望过她。但在最后一场戏中，她还是给魏勒作这样的解释："我儿子不住在本城……儿子不来看望也不是成心的,他、他只是没有这个心……"照一般的理解,这是芳西雅为了面子,还想维持一个老妇人的最后虚荣。但我理解这段台词背后有更复杂的意思:芳西雅尽管对儿子失望透了,但她毕竟是一个母亲,在外人面前还在极力维护儿子的名声,此外,芳西雅离婚以后独自把儿子拉扯长大很不容易,儿子曾经是她生活中唯一的希望,她不希望被别人发现,连自己生活中仅有的一丝暖色也消失殆尽。所以她的自尊背后有很心酸的因素。当魏勒不知情地撕开这一切,说:"芳西雅你在撒谎,我知道,你儿子就住在城里,他为什么不来看你?你心里清楚。"这一下子把她真实生存状态赤裸裸地暴露出来,芳西雅就崩溃了。她起先在昏乱中还想极力掩饰,在一阵语无伦次后,她突然瞬间停顿,似乎发现哪儿有点不对,就问魏勒:"你怎么会知道我儿子就住在城里?"魏勒诚实地回答:"我并不知道,我只是猜的。"这下子她的精神绷不住了,因为她刻意隐瞒的事情,竟然被人很轻易识破,自己就成了傻瓜。于是她爆发了,冲向魏勒,边捶打边哭喊:"你猜的,猜的……你这个坏蛋,你这个大坏蛋,我恨你……"魏勒吓坏了,他没有想到自己凭直觉说出来的猜测,让芳西雅的真实窘境暴露无遗。然而他自己的境况又何尝不是这样呢,虽有儿女却像孤老一般,每逢养老院家庭日特意穿戴好,心里盼着家人前来,但结果总是落空。此时,同病相怜的感情推动着魏勒,他把芳西雅揽在怀里,诚心诚意表示歉意:"芳西雅,对不起,我道歉……"这时候出现在舞台上的,才是最真实的、放下了一切伪装的两个孤独老人。这场戏非常关键。没有大触痛就没有大爆发,没有大爆发也就不会有最后的真正理解。但如果演员心底里不存在这一丝暖色,那么真正的触痛也表现不好。从人物心理动作来讲,之前的二幕三场戏中的大部分时候,两个人都是在想方设法隐藏自己,心理动作线并不复杂,直到现在,哪怕是经历了大半辈子的辛酸人生,要真正面对自己的惨淡生活真相,要说出真话,还是最难的。从这一场戏开始,人物状态急转直下,剧情层层叠进,推向了高潮。在准确体验到人物真实情感状态之后,每一次演到这个段落,我都会强烈感受到人物的心像是被一只无形的手揪出了自己(角色)的身体,飘忽在空中,被撞击得无处安放。这是我很喜欢的一场戏,演起来内心的情感转换非常饱满,非常丰富。

三、演员"三度创作",即兴表演的创造力

正式进剧场前,我们在排练厅作最后的连排。我那时就把自己的情感调整到正式演出的状态,让自己浑然地融合到角色身上。这样的时候就会出现排练时没有预设的鲜活瞬间,都是即兴的。下面我要说的两个细节都是这样即兴产生的。

第一个细节。接着刚才的情节发展,芳西雅在声泪俱下地

向魏勒诉说自己与儿子的恶劣关系，魏勒这时候面对芳西雅的真情倾诉，反而有些不知所措，这个失败的男人没有能力安慰女人，他只会讷讷地对她说："那这么着吧，我陪你再打一把洋麻将。"这是整个剧中唯一的一次，魏勒打洋麻将不是出于无聊，也不是为了预卜运气，而是为了安慰对面哭泣的女人，这个卑琐人物身上出现了一点点高贵的因素。不知怎么回事，那天我听到扮演魏勒的关栋天讷讷说出这句台词，突然觉得有一种黑色幽默，特别搞笑，当时我脸上还挂着泪水，却忍不住破涕为笑，其实是情不自禁地苦笑状态。关栋天不知我为什么要笑，他很聪明，也顺势跟着我嘿嘿嘿地憨笑着。接下来两个人的情绪都放松下来了，毫无顾忌地东拉西扯，芳西雅不愿意再玩牌了，魏勒却来了兴致，坚持要玩，他要再看看，自己到底还有没有运气赢这副牌。于是他自作主张地说："好了，一言为定，就看这一盘了。"芳西雅无奈回答说："好吧，发牌。"——这段戏中的那个笑，完全是即兴的，但我和在场人员都认为好，这一笑丰富了芳西雅对生活感知的多侧面。倒也不仅仅是在结尾部分的两场高潮戏之间有了一个松缓过渡，而是通过一笑，让两个老人都还原了本来的善良真相。

第二个细节。再接下来就是全剧的最后一副洋麻将了。照魏勒的说法，他以前是打牌的高手，但在全剧十四副洋麻将里就没有赢过，芳西雅从头到尾只是被动地应付，她也不会打牌，却屡屡赢牌，像有上帝之手故意偏向着她。最后一次打牌是关键性的，芳西雅从以往的被动状态突然变为主动挑逗，当她拿到最后一张好牌，知道自己又赢定了，就故弄玄虚地把手里拿着的牌伸到魏勒的眼前晃动，像是在施着魔法。魏勒此时已经神经高度紧张，他看着芳西雅的牌，心想，她不会又赢了吧？然后颤巍巍地拿过芳西雅的牌，突然发生错乱地大喊起来："我赢啦！"芳西雅愣了一下，指着魏勒手里那张牌，揭穿他说："这是我的牌，是我赢了……"此时有一瞬间的停顿，芳西雅的话让魏勒的心智全错乱了，他幻觉自己一生所有的失败都与这副输掉的牌有关，眼前的芳西雅就像是命运女神，无情摧毁了他的人生最后一次幻想。他几乎要疯了，举起手杖就朝芳西雅追打过去。芳西雅吓得四处逃窜，然后她回头看到魏勒身心迷乱地瘫坐在一旁的椅子上，这是一个真正的人生输家。顿时，芳西雅明白了魏勒的处境，他的遭遇又何尝不是自己此生的写照呢？

那天，我们连排到此时，我望着瘫坐在椅子上的魏勒，心里五味杂陈，既深深同情，也有些自怜幽怨，这样慢慢从舞台的一角走到魏勒身边，紧紧把他抱在怀里，仰天同悲。此时两个老人就像纠结成了一座泥塑一般。其实，那天最后一个把魏勒抱在怀里，仰天叩问的动作也是即兴的，我的情感水到渠成，自然而然地必须那样做，才能体现此刻的心迹。连排结束后，陈导立刻肯定了结尾这个即兴的表达，连连说："这个好！这个好！"在《洋麻将》正式演出时，这两个即兴表达的细节，都被导演保留了下来，并收到了很好的演出效果。

四、 两种表演艺术形式的碰撞

现在《洋麻将》的演出已经告一段落。去年八月演出期间，观众与我们同哭同乐，一同在舞台上下讨论当今社会老龄化问题的场面，还会不时地让我回味。但最让我经常回味的还是我和关栋天的合作。十几年前，我们曾经同在陈薪伊导演的《家》剧组，他在剧中演五爸高克定，我演瑞珏，这两个角色在戏中几乎没有什么交集。因此在我看来，《洋麻将》才是陈导给了我们真正合作的机会。关栋天是一位优秀的京剧演员，天赋极好。我是话剧演员出身，近二十多年又都在从事影视表演，所以一开始我就暗暗期盼，我们的合作，注定会很有意思的。

从专业来讲，我们从事的是两个行当，京剧演员的唱念做打与身手不凡，和话剧影视表演所强调的由内而外的表演特点，能在我们此次的合作中发生真正意义的碰撞吗？我们接近角色的方法确实有些不同的。比如，在第二幕第一场的某个场景，我在剧本上记着导演的提示：此时你们的儿童心态略有回归。关栋天对于这样的提示，马上就能从人物的外表上找到特点表现出来，得到导演的认可后就固定下来了，每一次都能做到像第一次那样严丝合缝地精到。而我对于导演的提示，总是习惯先从内心里找依据，才会有人物此时"为什么那样做"的感觉。一个老人为什么突然略有儿童心态的回归？是什么助推了她的儿童心态？虽然当场我凭着直觉做到了导演的要求，但这个问题还是会让我带着它回家，甚至躺在床上时还在思考。直到我自认为找到了更好的解释，第二天排练时就会改变昨天的表现方法，试试我认为更接近人物的表演状态。我觉得我们进入角色的方法有些不同，但我们心里都很清楚，最终是殊途同归的。这个过程让我觉得非常有意思。

京剧演员的节奏感特别好，以我粗浅的理解，他们在台上的不凡身手，尤其是踩着锣鼓点的节奏，一个转身，一个亮相，都是角色内心情感的外化手段，唱念做打有一套特有的程式，尤其是舞台上亮相时的眼神，点送清晰，随着那一声关键的锣鼓点，演员那头一甩眼一亮，帅帅的舞台造型会迎来一片叫好声。我和关栋天开玩笑说，京剧演员的眼神是专为亮相所用的呢。话剧演员则做不到这一点。但是话剧演员之间的交流同样讲究节奏，内在的与外部的，只是在表达的形态上没有那么棱角分明，有时剧中人物的眼神虽然只是悠悠地看着对方，但能直指人心，此时讲究的是无声胜有声的境界。

《洋麻将》的排演中，我觉得关栋天非常厉害，他能快速适应话剧艺术的交流方式，并能举一反三。我印象深刻的还是最后那场戏中，当我问他"你怎么知道我的儿子就住在城里"时，他用眼睛诚实地看着我，说："我并不知道，是我猜的。"每次演到这里，魏勒诚实的眼神让芳西雅的自尊与之前的一系列掩饰即刻坍塌，表现得非常有力量。因为在现实生活中，对于一个无助的老人来说，说出真相可能是一种残酷的表达。当芳西雅绝望地瘫坐下来时，魏勒慢慢把她揽在怀里，充满感情低声说着："对不起，对不起芳西雅，我道歉……"演到这里，我每次都能感受到关栋天投入的细腻情感，声音里有让人动心的真诚，在这样的感动下，芳西雅才第一次把心扉打开，向魏勒诉说了自己的人生遭遇。我认为演员之间这样的交流所筑起来的鲜活感，就是一部戏的生命线，才能打动观众。这次和栋天的合作，越演到后来这种交流上的默契就越多。虽然这部戏台词量大，每次演出结束后都很劳累，但身心是愉悦的。我想，作为演员，排演一部戏能有这样的收获，是最开心的。

五、于是之的经验：凭直觉

经典戏剧的魅力之一，是会吸引一代代艺术家有愿望去演绎它。最近一个偶然的机会我看到了于是之老师当年排演《洋麻将》的笔记，其中，他多次提到"直觉""凭直觉"，对这几个字我有很深的触动，有一种相通的感觉。我在排演《洋麻将》的过程中，大部分时候是凭直觉在行动，主要的人物整体状态也都是依靠直觉在把握。所以看到于是之老师三十几年前的笔记中，有好几处谈到凭直觉进入角色的方式，我心里好惊喜，像是找到了知音一般兴奋。演员排演每一部戏，都会根据不同的类型，以及演员自身的人生经验，有一些创作方法上的微调。于是之老师当年扮演《洋麻将》中的魏勒时，已年近六十，所以对在养老院里虚度余生的老人很有些感触。演员到了这个年龄段，现实主义戏剧中的人生况味，有时候凭直觉就能捕捉到。我们虽然相隔三十多年演绎了同一出戏剧，但现在的我也已经进入耳顺之年，不同的人生经历与相似的表演经验，让我们的心也就相通了。

2020年2月29日避疫中修订于上海寓所
刊于《戏剧艺术》2020年第4期

"霞客之奇，孺人成之"

——走进徐霞客和他母亲的温暖故事

今年七月下旬，我应中央广播电视总台《典籍里的中国》节目组的邀请，参加录制了其中《徐霞客游记》的拍摄，我所扮演的是徐霞客的母亲。

在文化的巨流中，徐霞客的名字早已深入人心，他凝聚了一生考察祖国名山大川的心血的游记，是一份妥妥的中国文化"软实力"，历久弥新。古人说"霞客之奇，孺人成之"，孺人就是徐霞客的母亲王孺人。正是母亲的理解和支持，徐霞客才能够大胆放心地走上追求自己人生理想的道路。在徐霞客很小的时候，母亲就告诉他"丈夫要志在四海"，如果就守在家里，那就是篱笆围起来的小鸡、马鞍束缚住的小马，是没有出息的。徐霞客二十二岁那年，母亲亲手给他制远游冠，勉励他完成理想。为了表明对徐霞客的支持，王孺人在八十岁高龄之

《典籍里的中国·徐霞客游记》剧照

际，还陪伴儿子出游考察，表示"吾尚善饭，今以身先之"，言下之意是让儿子放心，我身体很好，你出远门也不要有太多顾虑。徐霞客是个大孝子，他曾说"昔人以母在，此身未可许人也，今不可许之山水乎"。在母亲去世之后，他开启了人生最后阶段的那次"万里遐征"，同时也留下了《徐霞客游记》中最为重要也最为精彩的篇章。

那么，历史上徐霞客的母亲究竟是一个怎样的人？她在徐霞客的成长、成材以及取得成就的过程中，究竟起了什么重要作用？这是我在表演中要面对的新课题。

我要塑造的这个人物，不是一般意义上的贤妻良母。在丈夫去世后，她靠着精湛的家传织布手艺，独立挑起抚育子女的责任；别具巧思的是，剧本为徐母这个角色设计了特定的场景，使"母亲"的含义有了更广的联系和更深的开掘，那就是这个节目的讲叙线索由徐霞客长江探源贯穿始终，"母亲"和"母爱如河"互为象征，深化了徐霞客游记的文化意义。节目设计了一个场景：母亲对儿时的徐霞客讲述长江的源头在岷江，小霞客好奇地问："母亲怎么会知道的呀？"母亲告诉他："是书上写着的。"这就是说，徐母在传统文化的浸润下，知书达理，用对大自然的热爱唤起了徐霞客对长江探源的好奇心与向往，形成了他一生游历事业的初心。还有一个重要场景：晚年的徐霞客患严重足疾不能行走，身陷长江探源的绝境，在进退两难之时，母亲的形象以

"穿越生死"的方式又一次出现，劝他"回家"。母亲鼓舞他"大丈夫当朝碧海而暮苍梧"，而在徐霞客生命的最后时刻，母亲呼唤他回到生他、养他的家乡。在这里，母亲是一个与大地、长江等融为一体的幻象，徐霞客一生都走在祖国的怀抱里。于是，在《典籍里的中国》中，母亲的意象就有了特别的意义。

在饰演徐母时，我的内心有许多感慨。母亲是孩子的第一位老师，她的举止言行，会潜移默化地影响孩子的一生，伟大人物的母亲尤其是这样。所以，我就是想表现出母子间那种天然的信任与依赖。作为女性，也许只有在做了母亲以后，才能切身体会到这颗再也放不下来的心；作为儿子，再不平凡的人物，大概也只有在母亲面前才会真正的身心松弛，因为他确是回到了自己生命的家。这个节目多次表现徐霞客与母亲之间的良性亲情、融融血缘的关系，与徐霞客游历山川溯源长江的壮举形成互补对应，深化了艺术的感染力。

尤其我要说的是，徐霞客的扮演者贾一平是一位很优秀的演员，他对人物性格的把握非常到位，表演情绪饱满又拿捏得当。我与一平以前有过多次合作，在表演中自然默契，所以在这次节目中，我们合作得非常愉快。更加难能可贵的是，《典籍里的中国》作为中央广播电视总台隆重打造的一档大型文化节目，不仅向大众普及优秀的历史典籍，还对值得铭记的历史人物、历史故事作了深入的挖掘和动人的呈现。

这次拍摄的《典籍里的中国》，在艺术呈现上也是别具一格，让我大开眼界。走进央视拍摄基地的环形摄影棚，一股磅礴的气势就扑面而来。在一侧，舞美人员搭建了围读剧本现场。构成三面墙体的高大书架下，我们编导演都围坐在一张大大的书桌旁认真研讨剧本。这本来是幕后的工作准备，现在被拍摄下来成为节目的一部分内容。在同一个摄影棚里，正面是分上下两层的拍摄场地。一个场景挂满了层层叠叠的布匹，徐母正在辛勤劳作，少年徐霞客在布匹中间奔跑穿梭，唱着儿歌……另一侧场景可能就是徐霞客风尘仆仆跋涉在黄山莲花峰上，探索前面未知的奇观。而同一个摄影棚里，又见到主持人撒贝宁召集了专家学者们忙着作点评，现场观众则入戏颇深地陶醉在演员的表演中……古装与现代场景，表演与学术研讨，少年、中年与晚年的人物造型，编导演员与观众，都在同一个摄影棚内穿越、转换、呈现，万花筒般的魔幻世界，呈现出高科技高速度的现代人的工作节奏。

典籍在时间的尘封里是冷清寂寞的，但是在现代科技与现代艺术的演绎下，走出深宫殿堂，走向了生机勃勃的社会民间，让寻常百姓家都能观看、欣赏和喜欢，是多么好哇。

2021年9月5日写于上海
刊于《文汇报》2021年9月13日

走近樊锦诗

樊锦诗的美名留在我心里很久了。她与著名的敦煌莫高窟相映成辉。

每次见有樊锦诗先生的报道或访谈节目，我都会不由自主地多看几眼。她生于北京，长在上海，又作为青年学子从沪上进京念大学，在北大考古专业求学的最后一年，这位当年的"小女子"与一众男生一起来到自然条件极差的敦煌实习。一位江南女子，在天苍苍、野茫茫的天地深处，找到了此生托付之地——敦煌莫高窟，确定了她安身立命的专业研究方向。她认定了人生与事业的方向后艰难前行，终于成为一个敦煌学的专家，还成为敦煌研究院的第三代院长。

这是一位自带诗性的女子，人生经历横跨南北，柔弱中筑就了阳刚之豪迈。

应该是冥冥之中的缘分，去年十一月中旬，央视《故事里的中国》第三季开拍,节目戏剧总导演田沁鑫邀请我扮演樊锦诗一角。田导说:"决定拍摄樊锦诗,我脑中第一人选就是您。"作为一名表演艺术工作者,有机会用艺术形象诠释樊锦诗先生,这是我的莫大荣幸。虽然拍摄日程很紧,好在我对樊先生的事迹与外型都不陌生,在我心底里我素来敬仰的那个人一下子跃到了眼前,清晰而具体地与我开始发生关联。

我把有关樊锦诗先生的一些访谈节目重新看了又看,把能找到的关于敦煌文化的书籍与图片也都看了。我力图更多地从神似上去接近她。

尤其是在央视《开讲啦》的节目中,樊先生清澈透亮的人性,老黄牛般执著专研的精神讲述,她对"禅定佛"每次都要多看几眼的奥秘,她对美的六个标准的理解。她被主持人撒贝宁的幽默逗乐时,那孩童般的眼神与笑容,让人感慨——这样一位内蕴深厚的前辈,竟如此平易近人,不故作深沉,不卖弄学问。我心里真真切切地生发出喜欢与敬佩,又实实在在地触摸到了原型人物的精神高度。樊锦诗先生就是一座人格的高坡,我扮演樊锦诗先生的过程,必定是一次向上攀登才能与其同行的特殊创作经历。

我去央视拍摄基地工作的那几天,樊先生的形象犹如附身了一样,我脑海里不时浮现出她的音容笑貌,尤其是她那有些磁性的嗓音那么近距离地不时在我耳边回响,像是亲切又絮叨

《故事里的中国·樊锦诗篇》剧照

地对你说着什么……第二天就要开拍了,夜里躺在宾馆的床上,奇特的梦境碎片似的不断打扰我。我翻来覆去,似睡非睡,好像跟着一些人走进了一个奇异之地。一位长者告诉我,这个地方,壁画有四万五千多平米;有一千多米长,七百多个洞窟,还有两千多尊彩塑。走着走着,我见到了一位二十多岁的姑娘,她被洞窟里的壁画与飞天群迷住了。她想,这壁画怎么这么美、这么有动感啊!有一些姿态惟妙惟肖,好像一下就飞过去了似的。她的心像是被一股神秘的力量牵住了,她问那位长者,这是什么地方?长者告诉她,这是敦煌莫高窟,这个地方已经存在一千六百多年了……

睡梦里,我翻了一下身,仿佛回到了上海。蒙眬中,我觉得自己变成了那个姑娘。姑娘大学毕业后,主动去了被称为"墙壁上的博物馆"的地方,她忘不了那位长者的话:"这个地方需要你,需要你们年轻学者的加入。"可天寒地冻,风沙肆虐,有一天起夜,她在茅草屋外与一头狼四目相对,这样的经历对一个上海姑娘来说,真像是天方夜谭般的魔幻。她病倒了,回上海养病期间,父亲给那位长者写了信,希望女儿留在上海。但是啊……敦煌莫高窟的魅力无他物可及,她想起第二百五十九窟的"禅定佛",想起"飞天群",想起一千多年前在那儿开凿了第一个洞窟的鸣沙山。她不由自主喃喃细语,坚定地说着:"我要回莫高窟……"

我在梦境里辗转反侧，自己和莫高窟的那个姑娘交替出现，我在爬坡，希望跟上她的脚步。她的脚步是如此坚定，一切世俗的困难都不能阻止她的精神寄托，以及保护、传承敦煌莫高窟文化遗产的责任。那姑娘的面容、眼神、手势以及习惯动作，在我心里逐渐清朗、立体起来。还有那位我梦境里的长者，原来是敦煌研究院第一代院长常书鸿，慢慢地，常院长又化身为段文杰院长，段院长又神奇般地变成了我。

我是谁？我是谁？似睡非睡间，我依稀记得：曾经为了拍摄在沙漠里植树造林二十多年的陕北女性牛玉琴，我到过腾格里沙漠，领略过大漠孤烟的苍凉；为塑造艺术形象，我也曾进入太行山脉，寻找过"人民的好医生"赵雪芳的足迹。在扮演这些优秀女性的同时，我也升华了自我的品格修养。那么，今天我又是谁？又要到哪里去？这时候，那个略带磁性的声音又在我的耳边响起，亲切地对我说："今天啊，你是我，我叫樊锦诗。我要带你去鸣沙山……"

我一下醒过来。樊锦诗与鸣沙山，莫高窟与敦煌学……我已经很久没有为了一个角色如此魂牵梦萦。

第二天早上，在跨进拍摄现场的一瞬间，我终于明白了这个梦的由来：在几十年的演艺生涯中，我有幸扮演过六七位当代生活中的优秀女性，每次在拍摄前，我都要与原型人物见面叙谈，为的是亲眼看一看她们，直接感受她们的崇高与普通、

拜访樊锦诗先生

母性与人性,触摸她们为事业而苦痛或欢愉、为爱恋而隐忍或坚守的过程。只有这一次,因樊锦诗先生身体不适入院治疗,我们剧组不便打扰,而失去了拍摄前与樊先生交流的机会。但是,啊……我真是太幸运了,上苍用如此神奇的方式,让我和樊先生在梦境里相见了!哦,那不是梦,而是实实在在的一次心灵的感应,犹如面授。

拍摄很顺利。《故事里的中国》是央视打造的一个品牌栏目,通过虚实结合的艺术手法,向观众介绍了各行各业的成大业者。樊先生在敦煌莫高窟坚守了五十五年,从风华正茂到两鬓斑白。为了事业,他们夫妻分居十九年,全家在她中年以后才得以团聚。

通常,我们对成功女性总有一种认知,觉得她们是意志坚定、性格刚烈一族。但我在樊锦诗先生身上没有这种肤浅的解读。尤其在《开讲啦》节目中,说到自己丈夫时,她真情流露:"我先生几年前离世了,但我总感觉他还在我身边。有时关门,我就想他在屋里休息,门要轻轻带上;可再一想,哎呀,他已经走了呀……"说着,还浅浅地笑了一下。

这句轻轻飘过的话,好几天,一直在我耳边回旋,尤其是那句话的尾音"他走了呀"的"呀"字音韵,带着明显的南方口音,香糯柔软,听了让人心颤。她自己笑着,决没煽情的意图,但闻者禁不住泪水夺眶而出……

也许，她原本与我们一样，只是一位忙碌于工作的女性。但她与我等不一样的，是她接受了伟大良心的指引，并一路前行，毫无惧色！

2022年元月写于上海寓所

刊于《解放日报》副刊《朝花》2022年2月2日

奚美娟朗读

扫码听一听

在角色的未知性中寻找人性之根
——电影《妈妈!》创作札记

在自然灾难面前,在未知疾病面前,人有时候显得特别渺小和无奈,但是,当我们能够自信面对一切已知或未知的事物时,人类又是伟大的。因为人类的生命基因里,有一种最根本的涌动力量,支撑我们去抗衡各种各样可怕的打击。这种力量,是人性的力量,是爱的力量。在这股汹涌浩荡的人性爱的洪流中,母爱又是最靠前的那一部分。

在这个疫情与高温交替肆虐的夏秋之际,仍然挡不住我们向观众奉上一部电影新作:《妈妈!》(原名《春歌》)。这是导演杨荔钠"春之系列"电影的最新一部作品,入选了今年第十二届北京国际电影节,并在电影节期间举行了全球首映。

我在影片中饰演一位六十多岁、患了阿尔茨海默症的"女儿"。

近年来，我们对阿尔茨海默症有了越来越多的知晓度，但在实际生活中，我们对它的掌控还是很浅表的。它的病因与表现，我们还能从林林总总的专业书籍里略知一二，但对于患病个体来说，无论男女，病人患上阿尔茨海默症后的心态，精神上受到的刺激，尤其是刚刚获知确诊消息的一瞬间，到底是处于什么样的心理状态？外人是无法真正体验的。但作为表演艺术工作者，又是担当了具体角色的扮演者，我就无法绕开，必须去靠近，并有强烈愿望想去探索这个神秘的领域，哪怕只是解开一点点的心理线索，也是好的。

我接受这样一个角色的塑造，既有挑战性，也有乐于接受这种挑战的兴奋感。影片中贯穿始终的一对母女主角：母亲八十多岁，女儿六十出头，母女俩都在高校从教，属于职业知识女性类型的角色。从艺术形象的类型出发塑造人物，历来是表演艺术的切入点，然后再进入"这一个"具体的人物个性。这样既能抓住某些人物的共性特征，也能突出人物的特殊个性。近二十年来，我们为拍摄一部艺术作品有意去安排体验生活的方式已经发生变化，剧组也不可能特意拿出时间成本让剧组人员去深入体验生活。作为一名演员，我就必须做一个日常生活的有心人，而不是等有了一个具体拍摄项目才去寻找生活中的例子。这是我经常告诫和提醒自己的。

我以往在工作中遇到过一件揪心的事情，它隐隐约约伴随着我这次拍摄《妈妈!》的创作过程。

记得多年前,一个公众场合,我遇到一位我非常敬重也非常熟悉的前辈友人。那次在一起说话时,我发现她的状态与以前不一样,总是接不住话头,我心里暗暗有些疑惑。一次我们走路时经过几级台阶,旁边有个年轻人出于关心,想扶她一把,那位前辈友人马上甩开别人伸过来的手,然后主动跳下两级台阶,还笑着说:"我很好,我没事……"大家也一笑而过。

但没过多久,我听说那位前辈被查出了阿尔茨海默症,再也无法工作了。我心里时常牵挂着她,偶尔也会想,她当时说话的表现,应该是病的早期症状,她可能已经意识到自己的健康出了问题,但还不算严重,还想坚持工作,然而她的记忆就像走进了怪圈,怎么也不能如愿。这就是职业知识女性的心理特征:她有着很强的自尊自爱之心,包括在大家面前显示自己身体还健朗,故意跳下台阶。每每想起这个细节,都会让我难过。

这是我近距离感受到的一个真实的早期患者的表现,在拍摄《妈妈!》的过程中,经常会像一个案例般在脑海中浮现,有时让我陷入沉思,似乎也能有所触动。

还有就是及时借鉴世界同行们的精湛表演经验。关注阿尔茨海默症的题材,是近十几年来世界电影的热点,在各大电影节中,都有表现不俗的作品受到赞扬。其中我看过的就有

《爱》《非常爱丽丝》《困在时间里的父亲》等等。去年，为拍摄《妈妈!》这部影片，我又重新观看了好几部此类题材的电影作品，试图从这些优秀的艺术形象中受到启发，并认真地阅读了一些关于阿尔茨海默症的医学书籍。目的就是想去靠近并试图触碰到这个角色有形或无形的轮廓，努力进入到角色的心理状态中去。

《妈妈!》最吸引我的地方是剧中人物关系的反转。

一般来说，社会常态是进入中老年后的母女关系中，女儿尽责尽孝地对老母亲的关心照顾。在这部影片中，开头设定的剧情似乎也是这样的走向：剧中老母亲八十多岁，身体状况不错，但她有点返老还童心理，为了引起女儿的注意，经常咿咿呀呀地装点小病。女儿虽然明了老母亲的心思，但也不会像普通妇人那样直接点穿，而是平心静气地配合着母亲的作天作地。观众看到的是一个风平浪静的知识分子家庭和尽心照顾老母亲的女儿。但在剧情进入到三分之一左右时，出现了意想不到的逆转。女儿在一次例行体检中，突然被告知自己患了阿尔茨海默症，这个打击无疑是五雷轰顶、难以承受的。影片中女儿在得知确诊消息后，自尊使然，她在外面一人独处了许久，等平复了心情后，才似平常一样默默回家，决定先独自承受，不告诉母亲。

这就回到我上面提到的问题：生活中的病人在被确诊后的

电影《妈妈！》剧照

反应，究竟会是怎样的？在我有限的理解中，我想一定也是因人而异。在影片中，我基于对此病的理性了解，有心让自己某个瞬间沉浸在一种假想世界里，试图去获得假如自己真的得了这种病后的感受。

记得在拍摄被确诊后的那场戏中，我感觉我的思维像是被某个坚固的模具黏糊住了似的，那种不能思考、无法具象的痛苦慢慢渗透了全身，完全茫然于未来要怎么办？接着她强制性地让自己冷静下来，慢慢恢复了理性，在她踯躅走回家时，其实心还是处在无数个盲点中的。这场戏是女儿病情初期表演的一个关键点，虽然在拍摄时的表演中，外部肢体语言没有太多宣泄，但角色内心经受的冲击是天崩地裂似的。我让自己与角色完全你我不分地沉浸在那片刻的天昏地暗之中。那天拍完这场戏，我虚汗淋漓全身无力，体验到自己全身心碰撞了一种未知人物的神秘生命体后的兴奋状态。这是一种艺术创作的兴奋！

然而，女儿患病终究是隐瞒不过的，之后的人物关系急转直下，八十多岁的老母亲一反常态，本能地显现出护犊之情。但是女儿的病情似江河日下，我在做拍摄前的剧本案头工作时，曾经写下了这样的文字："演员先要有对此病的认知（理性的）——再进入人物（感性与理性交错）——可能会出现忽而进入忽而又游走出来的时候……"这样的状态是我以往的人物塑造中没有尝试过的，有挑战，每天都有创作的兴奋点。

有一场戏，母亲带着女儿去海洋世界博物馆玩，试图让她忆起曾经拥有过的生活感受。那时的女儿进入病情的中期，在海洋世界参观的过程中，我竭力要表现的，是女儿始终在清醒和失忆之间被动游走的状态：偶尔出现记忆清醒，说出一句完整的话能让母亲热泪盈眶，忽而又记忆消失，她想拉住记忆却无能为力，精神时而恍恍惚惚，时而心烦意乱，从博物馆回家的路上，女儿急于如厕，但到了家门口，母亲发现忘带钥匙，手忙脚乱地在包里翻找。这时候的女儿似又回到阶段清醒的片刻，她一边催着"妈妈你快点呀"，一边因生理上的急便反应，她扭动着肢体竭力憋住尿意，也可能更是一个知识女性自尊的潜意识，她的内心和生理都在挣扎。但当老母从窗口爬进屋里打开门后，女儿一脚踏入家门的瞬间，她失禁了。终于……终于，她的心理防线被病魔击垮了，她的精神也随之垮塌了，她潜意识里竭尽全力想扯住的一根稻草无情断了，当女儿从门厅急急往卫生间方向走了几步后，又绝望无助地走回靠在门口的母亲身边，抱着妈妈像个孩童时期的小女孩茫然哭泣……在拍摄现场的所有人都感受到了此情此景的惨烈。

作为阿尔茨海默症患者，发展到后期完全出现认知障碍，连对最亲近的人都不会有清晰记忆。但无论如何，她还是会有一些深层次记忆的东西模糊存在。比如我也经常听人说起，某些病人到了后期已经完全失忆了,但还能叫出其子女中某个人的小名。我想这样对某一符号(名字)的深层记忆,大概就是我们经常说的"潜意识"的羁绊吧。在《妈妈!》这部电影中,女儿到了病症后期,如此这般的亲情羁绊与深层记忆也时有发生。我印象比较深的,是在家里吃饭的一场戏。

八十多岁的老母亲给女儿做了她平时喜欢的食物,还拿了小勺子一口一口喂着女儿,出现了一个很温馨的家庭气氛场面。突然,已经消失记忆的女儿眼睛看着母亲,深情地叫了一声:"妈妈。"老母亲以为女儿有所好转,惊喜无比,激动地回答说:"哎,我是妈妈。"然而女儿却对着母亲微笑着说:"你真像我妈妈……"

这是最让阿尔茨海默症患者家属揪心的事实,明明感觉到患者有着亲情的深层记忆,可就是认不出眼前这个人。"你真像我妈妈……"这句台词的背后,其实是母女关系的双向关心。女儿也许在下意识里还有对母亲的牵挂,毕竟在患病前,照料母亲是女儿此生最后的人生功课,她心甘情愿。也许就是因为心甘情愿,是仅留存在她脑萎缩过程中的最后一个关于记忆的结晶体。

拍摄《妈妈!》的过程中,我整个意识都沉浸在各种知识点和感性的生命体验中,时有虚无缥缈之感,有时又像是有一样真实的东西呈现在我眼前,似乎我努力跳一跳,紧紧抓住它不放，就能救我跃出这茫茫的"苦海"。可以说，这部电影，这个角色，是我许多年里最丰富最复杂的一次表演艺术实践。

从接下《妈妈！》这部影片邀约到完成拍摄，大约小半年的时间里，这个人物与我如影随形。拍摄前期理清了人物的基本脉络后，"如何呈现"又成为我的一道难题。

此次解题和我从艺以来最不一样的体会，就是我认为自己扮演的角色具有双重叠影的特征，在显在的人物背后似乎还站着另一个魅影，这也是角色的一部分。在人物思维正常清醒的时候，女儿就是一位退休的理科教师，一个热爱做公益的知识女性，一个老母亲的孝顺女儿。但是在病情不断加重的过程中，那个魅影就像是一个越来越贴近、最后深深寄植在她身体里的另一个"她"，甩不掉也踢不开，直到人物完全被魅影所占有，融合为一体。双重叠影，就是这个角色的秘密所在。像这样的人物状态，很难用常规的人物塑造经验，因为那个状态是从虚无到实有最后被完全占有、融合的一个完整过程，不像一般的角色塑造那么具体、实在。我在表演过程中，有些时候只是凭着艺术直觉，让自己无意识地慢慢进入到另一个"自我"的世界。女儿在病情后期，她自己也隐隐约约地感觉到那个影子的存在，她会以为是另一个年轻时候的自我，在呼唤现在的自己。

比较典型的一场戏，天上下着瓢泼大雨，剧中六十多岁的女儿突然像听到了某种召唤，幻觉中的重影让她觉得经过时光倒流变成了十八岁的自己，她在雨中的院子里摆放着父亲喜欢的各种礼物，准备等待爸爸的归来。其实她父亲在那场"动乱"中已经遭难。她潜意识里一直渴望再次见到父亲，大雨倾盆而下，她在雨中载歌载舞，她要把礼物送给亲爱的爸爸。这场雨戏拍得淋漓酣畅，那时那刻的女儿一点也没有与那个魅影搏斗挣扎，她甘愿被拉进另一个幻想世界，与爸爸同乐同行，后来她跳得累了，躺在雨中的长椅上沉沉歇着了。我想，这个时候的她其实一点也不苦恼，痛苦的是在一旁的屋檐下，看着她犯病的老母亲。

这是一次令人难忘的创作经历。拍摄过程中遇到的困境也不少，尤其对女儿这个角色的解读与呈现，我们几个主创人员都是第一次面对。有关阿尔茨海默症的主题电影中，东西方电影在不同文化背景下也呈现出明显的差异。东方文化人文传统下的家庭关系，以及母亲在子女遭遇不测时的无私无畏，都在我们的影片中彰显得淋漓尽致。这是一部呈现东方文化下解读人类面对共同难题的作品。

我们《妈妈!》剧组还有一个特别之处，专业主创人员几乎都是女性。人们通常会把这样的主题与搭配视为女性电影视角，而我更想把这部电影归为含有人性共通特质的作品。虽然是一部小成本电影，但它的内涵与人文主题并不单薄。我与导演杨荔纳、扮演母亲的吴彦姝老师,三个人首次亲密合作。我一直以为,工作中良好的沟通合作关系,是一部影片生产的良性循环过程,就像一个母亲把新的生命奉献到世间,无论顺产还是难产,都要付出大量精血,大声呐喊着,把新生命托付给孕育万物生长的大地之母。而我们电影的大地之母,就是今天时代的观众。

2022 年 5 月初写于苏州外景地

2022 年 8 月初修改定稿

刊于《新民晚报》副刊《夜光杯》2022 年 8 月 20 日

弹指一挥四十年
——兼谈《留守女士》的表演

真是四十年弹指一挥间啊，要不是《新剧本》杂志的林蔚然来电，告知今年是中国小剧场戏剧四十周年，平时在时光倥偬中奔走的我们还真可能想不起来这个特殊的纪念日子呢。但对于戏剧人来说，"小剧场"是个令人怀旧的名词，小剧场四十周年也真是个值得庆祝的节日。蔚然还告诉我，北京有关方面准备举办一个纪念性的颁奖活动，因为上世纪九十年代初，由我和吕凉主演的《留守女士》在当年的小剧场舞台上留下过一道浅浅痕迹，她希望我能写篇短文参与这个纪念盛举。

蔚然的邀约像一粒被点燃的小花烛，暖暖地在我心里蔓延开来。随后一段时间，在感慨时光飞逝的同时，记忆的种子慢慢在心里发芽开花，生出一种时间轮回的感觉——与《留守女士》演出有关的一切细节纷至沓来，赶也赶不走……

上世纪八十年代开始，思想解放运动给当代戏剧创作带来了无惧无畏的探索精神，文艺舞台上百花争艳，话剧创作尤为闪亮，一时间让人耳目一新、贴近生活且风格独特的好剧目层出不穷，连大学里的校园剧，都以咄咄逼人的姿态吸引人们的眼睛。小剧场艺术就是在这样一个群芳斗艳的百花园里傲然绽放的，由此产生了一些极有影响力的代表作品，像北京人艺的《绝对信号》，上海人艺的《爱·在我们心里》，复旦大学周惟波编剧的《女神在行动》等等。小剧场创作的探索热情一直延续到九十年代。话剧，这个从五四新文化运动开始普及我国戏剧舞台的艺术形式，更为关注当下的现实生活。任何社会变革必定会影响到普世百姓的生活常态，这就成为话剧创作取之不尽的题材。在改革开放早期的出国潮中，世界的大门还没有完全向中国的民众敞开，我们社会上出现了一个特殊人群，她/他们是留守在国内的出国人员家属、情侣或者子女，由于签证等原因，使得这个人群亲情骨肉不能团聚，另一半远隔在大洋彼岸。一九九一年上海人艺首先把创作视线投射到了这个最关乎人的私人情感的隐秘世界，以小剧场"黑匣子"的形式，推出了乐美勤编剧的《留守女士》，剧中男女主角由吕凉和我担任。

我注意到，这次的中国小剧场戏剧四十周年活动中，主办单位对《留守女士》这出戏是这样介绍的："奚美娟、吕凉两

小剧场戏剧《留守女士》剧照

位演员用不露痕迹的表演,不仅稳稳地拿捏了角色,也拿捏了观众的心。这部剧的成功上演,让'留守女士'从一个剧名生生变成了广泛流传的社会学名词。"这也许可以证明,这部小剧场话剧当年与社会现实的黏合程度。它是一部具有社会典型意义的艺术作品。《留守女士》一经推出,立刻在社会上引起了强烈反响。首轮演出近两百场,观众订到戏票,却要一个月之后才能看到演出。这在计划经济转向市场经济的艰难过程中,像是一个演艺行业的神话。现在回过来思考,当年的《留守女士》实际上是一部以小剧场形态呈现的直指生活现实的情感大戏,它在戏剧样式与表演观念上都为当代戏剧艺术提供了宝贵经验,为人们留下了探索的路径和专业思考,这值得戏剧研究工作者做认真的探讨。

我仅就参与演出的个人经历,谈一点表演专业的体会。虽然时隔三十多年,现在回想起当年的演出过程,有些深刻印象还是历历在目。

首先是演员的不同于大剧场舞台演出的应变能力得到了锻炼。之前的大剧场舞台演出经验里,我已经习惯了观众与演员的特定存在空间,他们在舞台上下形成表演者与观众之间的有效审美距离。而《留守女士》则不同,小剧场是在逼仄的空间环境里展开表演的,观众席只能坐两百人左右。导演俞洛生从一开始就希望演员与观众身处同一空间,意在让观众认为这就是当下发生在自己身边的故事，主人翁也许是你所熟悉的邻居或同事，观众与演员没有间离感。我们在平面环境的黑匣子里演出，舞台美术设计也有意在同一个平面空间里设计了一个酒吧的场景。在吧台最右侧边上，放了一张小圆桌，也可坐上三至四位观众，使观众也有了参与戏中的感觉。我在剧中饰演的人物叫乃川，是一位留守在上海的出国人员家属。第一场戏开始，当观众刚刚坐定下来、观众区域的灯光逐渐暗下来的时候，我就从观众进场的同一个方向（观众席）悠悠出场了。当我还走在观众区域的时候，我就和演出区域的吧台老板娘打了个招呼。戏中那位老板娘是乃川的同学，乃川无聊的时候经常会到她这儿来坐坐。因为我是背着身从观众席走进演出区域的，观众似乎还没有思想准备，以为我也是来看戏的观众。每次开场，当我们俩对上几句话，老板娘招呼我在吧台边坐下时，观众才反应过来。我有时会听到他们的窃窃私语："怎么？戏开始了吗？"观众的这个反应我是有准备的，所以每次都能若无其事地应对自如，一点也不会"跳戏"。不过也有意外的情况。有一次，当我刚上场与老板娘寒暄的时候，突然听到吧台边圆桌上坐着的一位观众喊了我的名字："奚美娟……"当时在现场，她只与我隔了一米左右的距离，可能我们当时追求的"无技巧"的"表演"状态，也让她以为正式演出还没开始吧。这种意外在大剧场演出是不会发生的。那天她喊我的声音有点大，全场都听到了。假如我装着没听见，反而显得作假。于是就顺水推舟，我很自然地回头看了一眼，发现这位观众是一个同行的女儿，我们互相打了个招呼后，我回头继续和吧台老板娘对话下去，就像临时遇上一个熟人一样，表演过程应无破绽。这种在演出过程中面对突发情况时演员即兴的应变力，乃是当年小剧场演出实践中培养和积累的经验。

小剧场的表演艺术，对演员来说，是难度更大的呈现形态。观众离演员如此近，演员皱一皱眉头，他们都会尽收眼底，来不得半点情绪懈怠。当年《留守女士》首轮就接近两百场的演出，演员如何能够始终保持舞台上的饱满情绪，这对演员是一个考验。那时候我刚刚三十有六，积累和尝试了一定的舞台实践经验，正在向更高层次的专业台阶迈进，自己也在主动追求更加开阔的专业视野，希望接受难度更大的挑战。每天去人艺小剧场演出的途中，我满脑子都是这一类的遐思。有一天，我漫步在安福路上突然灵光乍现有所感悟，随即让自己自觉进入了一种新的表演体验。关于这次感悟体验，我当时接受一位老师的访谈时，做了这样的表述：当我把人物的总体状态把握好了以后，不管自己今天身体好坏、情绪如何，我都可以把它融入角色的主体状态上去，不一定要回到最初排练时的感觉状态。因为演员每天的情绪都是不一样的，怎么能一成不变地去演一个固定模式呢？哪怕自己在演出前的情绪再多变化，只要抓住了这个人物的性格特质，你就对了，这里面有很多即兴成分可以去表现。表演艺术是有机的，不是刻板的。演员主体精神兴奋也好，情绪低落也好，你都可以把它融入你所扮演的角色的"兴奋"和"低落"里去。你可以想象："乃川今天就是这样了"，那么你就能进入"乃川"这个角色。只要把握住角色的精神要质，演员的主体情绪与角色的情绪合二为一，你就怎么做怎么对了。演员进入这种境界后，表演起来真是舒服极了，那同样是一种精神享受，而且这是从事表演艺术行业的人特有的幸福和享受。我还接着说：《留守女士》这部戏在我的演艺生涯中尤为重要，就是我对表演艺术的许多理解与认识，在这出戏中得到了充分的体现。为什么我会觉得这样的感悟那么重要呢？因为我们从学表演开始，就被教导要遵循角色诞生的客观性。有些时候，演员为了塑造角色，哪怕今天生活中遇上极痛苦的遭遇，也要在上台之前尽力压抑住自己的情绪，调整自己的心态，从"无我"状态融入角色的情绪。那天我突然想到，《留守女士》中的乃川，她今天为什么就不能像我一样，有着情绪低落或者高高兴兴的状态呢？为什么演员就不能带着此时此刻的主体情绪进入剧中，然后再在与同学（剧中酒吧老板娘）寒暄闲聊的过程中，自然而然地进入角色创造，而不是硬性地把自己的情绪调整到排练好的剧中模式，然后才去开启角色的生活呢？记得那天晚上的演出，我尝试着这样进入角色的表演，竟然获得了在表演专业中一直寻求而不得的"放松"的最佳状态，身心处于完全的游刃有余之中，这是一种从未有过的体验。演出结束后，我真正沉浸在一种无法言说的艺术创作愉悦中不能自拔。我之前曾听一位老演员讲过，他从事了几十年表演工作，真正做到在舞台艺术上要求的那种"放松"状态，也没有过几次。这说明舞台艺术上的"放松"状态是一种非常难得的表演境界，值得演艺工作者终身去探索和追求。这也是我在《留守女士》的演出过程中获得的一个收获。所以，在《留守女士》将近半年的首轮演出期，这种感悟使我每一场演出都会有新的收获、新的喜悦，从未因演出情绪的简单重复而失去新鲜感和饱满感。相反，在我每天走向剧场时，无论自己的情绪高与低，心底里都是满满自信，同时也隐隐约约对自己从事的表演专业，升华起一丝丝神圣的感动。

今天我在梳理这篇文章时，当年《留守女士》的排练与演出，许多场景就如同发生在昨天一样，让我回味不尽。导演俞洛生，是上海人艺的优秀演员，也是我和吕凉的前辈。此次担纲《留守女士》的导演，他在排练厅给了我和吕凉很大的创作空间，我们三人坐着聊戏的时间几乎和在台上走戏的时间一样多。每一场戏，只要聊通了，形成了共识，我们俩就马上走起来演给导演看。导演把控剧作基调，调整节奏，审视演员表达中的得失与否准确与否，他的一双眼睛在排练中时时刻刻紧盯着我们，希望我们做到最好。虽然演出时间很紧，但排练场的气氛是张弛有度，轻松自在。记得有一回，我们还和他争得面红耳赤，那是为了吕凉的一句即兴台词。吕凉在剧中扮演子东，一位留守男士。戏的第一场，他也来到了老板娘的酒吧，我们就这样相遇，有点同病相怜。戏的第二场，是除夕夜，街上满是过年气氛，男主人公没有什么地方可去，百般无聊地溜达到乃川的家。乃川见到他有点吃惊："你怎么来了？"子东顺口回答："我睡累了，起来歇会儿……顺便来看看你。"其实，这句话的前半部分在剧本中是没有的，是吕凉即兴说出来的。睡"累"了，起来"歇会儿"，两个词搭配的意思都是反着的，这就产生了幽默的效果，很好地传递出人物在特定时候的复杂心理滋味。在排练厅听到这一句话，不由自主笑了起来，好像一下子人物关系自在了许多。其实这句看似幽默的话，仔细想想很悲凉，触动了两个人埋在心底的共同的隐痛。作为留守男女，在大时代的变迁中无法预知自己的未来命运，他们被一张签证束缚住了手脚，乃川自然是懂得子东自嘲背后的迷茫。但导演开始对这句即兴台词有些犹豫，他认为没有什么好笑的。我们却坚持要保留这句台词，有一次排练中，导演有点急了："你们为什么觉得这句话好笑呢？"我们更着急了，开始耍小孩脾气，对着导演叫："我们演的是三十多岁的同龄人，你已经五十岁了,是你了解还是我们了解呀?"俞洛生导演被我们急切的样子逗乐了,笑着说:"好好好,就听你们的,我们到剧场去检验吧。"结果在正式演出时,这句根据人物此时此刻心情说出的即兴台词,收到了很好的剧场效果。为了一部作品的成功,导演与演员的合作共进关系是最可取的。我以为,它会使得工作现场既不失导演权威又有演员的自由创作。只有这样,演员的天性也能得到最大限度的发挥。

在这样良好的创作氛围下,《留守女士》的演出还给我在表演上提供了另一种探索的可能。因为这个小剧场的演出环境足够小,演员与观众几乎是面对面地相处,这就对演员的脸部表情提出了很高的要求。我在每场演出结束后,总会不自觉地意识到,虽然自己身在演出现场,然而有些场面的表演瞬间,让我恍惚以为自己在电影镜头面前。比如最后一场戏,男主角子东已经获得了国外签证,即将出国和家人团圆。这一天他特意来到乃川家告别。此时两人彼此已经产生了微妙情感,依依不舍,但又被理性克制。记得那场戏中,乃川端来两杯咖啡,招呼子东在小圆桌对面坐下。乃川坐着默默无语,低头用小勺搅拌着咖啡,等待着子东开口。过了一会儿,子东喃喃地说:"我要走了……"乃川停下了手中的小勺,停顿片刻,压抑住了心中波澜,慢慢抬起头,留恋地望着子东。每次演到这里,我看到吕凉(子东)在与我的眼神触碰的刹那之间,他的眼眶

小剧场戏剧《留守女士》剧照

红起来，泪水溢满双眼，这时候我的心就像被狠狠揪了一把，痛楚不堪。那场表演中，我们俩是面对面坐着，观众只能看到演员的侧脸。但每一次，演员的第六感觉让我意识到，鸦雀无声中，尽管我们展现给观众的只是一个侧面，但我们全身心投入在角色创造中的情感表达，观众是完全能够领悟与深受感动的。接下来，剧终前，子东离去，剩下乃川一人孤孤单单地望着子东离去的方向，站在舞台中央，在"我想有个家"的音乐声中，舞台周边灯光暗去，一束追光打在乃川静谧的脸上，像极了大银幕上的特写镜头。我把舞台表演中这样的瞬间，称为"微像表演"。话剧舞台上的"微像表演"是多么有意义的表演探索。这也是三十年前《留守女士》带给我的众多实践的感悟之一。

写到这里，我的脑海里还盘旋着一簇小花絮挥之不去。一九九三年十一月，《留守女士》被邀请进京，代表上海参加了中国首届小剧场戏剧展暨国际研讨会，演出场所安排在当年实验话剧院内的小剧场里。北京的戏剧界同仁以及广大话剧观众对我们这个戏耳闻已久，待我们进京演出，观众蜂拥而至，每场反响热烈。就在第一场演出，我在后台化妆完毕，等着开演的铃声，却迟迟不见传来信号，正在忐忑不安中，突然听到剧场广播里传来导演俞洛生的声音，他说："亲爱的观众朋友们，因为今晚观众人数多出了剧场承受力，能不能请一部分观众先出去等待。我们决定今晚九点以后再加演一场，以满足大家的愿望。"原来，那天晚上因为观众涌入太多，演出区域的沙发凳子都坐满了人，无法正常演出了。但尽管这样，剧场里还是没有人愿意出去，大家都想先睹为快。我走到侧幕旁站着，不知如何是好。这时，我看到台下坐着的中戏院长徐晓钟老师站了起来，高声喊："中戏毕业的人先出去，九点钟后看下一场演出。"听了他的话，竟然，台下许多人纷纷站起来往外走了，其中还有我的两位同行友人，他们都在外面初冬的小雪里，等了整整两个小时，接着进来看我们特意加出来的第二场演出……那一回，我亲眼见识了徐晓钟老师在中戏人心目中的威望，对他感激敬佩不已。

就这样一晃，《留守女士》的首轮公演已经三十周年，而中国小剧场戏剧发展到今天，已经整整四十周年了。时代不同了，表演观念与方法也在趋于进一步的完善和多样。纵观世界影视剧表演专业，现实主义的细腻与表现力仍然具有强大的生命力，还是有不断探索的空间，艺无止境。

在中国小剧场艺术四十周年之际，我谨以此文与同行们共勉！

写于2022年3月20日苏州亚朵酒店疫情隔离中
原刊《海上采风》月刊2022年第2期
上海《戏剧评论》转载

附录一
93中国首届小剧场戏剧展暨国际研讨会·奚美娟谈表演

王育生

上海人艺的《留守女士》，半年之内连演了一百七十八场，可惜我一直未能看到，直到"93小剧场戏剧展"时，才能有机会在北京一睹芳华。我看的是首场，由于观众爆满，连演区都席地坐满了虽然没票但慕名而至的热情看客，致使凌晨才飞抵北京的演员们不得不答应在当夜连演两场，保证当日所有来人都能看得到戏，这才把部分没票观众动员出场，使演出得以进行。戏演得的确精彩，观众看得更是过瘾。扮演女主人公乃川的奚美娟，获得了评委会特设的唯一一个"最佳表演奖"。演出次日的中午，我采访了奚美娟,请她谈谈参加小剧场演出的感受。

王:祝贺你演出成功!昨晚连演两场,今天上午又是一场,真够累的吧?

奚:谢谢关心。来前我曾担心,不知北京观众对这出反映上海特定生活、表现普通人内心世界的戏会不会认可?现在放心了。观众的热情使我很感动。作为演员,我的创作受到观众的欢迎,这是让我最开心、最幸福的事,累点也很愉快。

王:一九八七年首都观众看过你的《中国梦》。阔别几年,现在又看到你演的小剧场戏剧《留守女士》。你觉得在话剧舞台演出和在小剧场演出,有没有什么不同?

奚:当然有很多不同。但从演员的职能和任务的角度来讲,本质上又没有多大区别。不管是大舞台还是小剧场,是演话剧、演电影还是演电视剧,演员的任务都是用自己的技能去塑造人物,创造形象。比如在一些探索性与实验性很强的剧目中,有人认为导演是把演员当作符号或工具使用的,我不完全这么看。导演这么摆你,那么摆你,一会儿让你从这儿走到那儿,一会儿又让你从那儿走到这儿,一门心思发挥他的主体性,好像完全忽视了演员。可是,导演毕竟不能自己上台表演。演员得明白自己在演出中的任务与作用。你"为什么"要走过去？又"为什么"要走回来？特别是，演员应该如何体现导演的意图，"怎样"走过去？走得对不对、好不好，那是演员的事，要看演员的本事。在舞台上，演员永远是中心，是主体。

王：显然你是有感而发的，能不能再稍微深入地谈谈？

奚：我的意思是，演员在戏剧中占有很大位置和很重的分量，他要能适应各种话剧艺术形式以及不同观念的导演的要求，在不同类型的剧目中完成演员的任务，哪怕是在写意性和形式感很强的演出中，演员也要从人物原本出发，从生活出发，显现出人物与人物之间的关系来。没有体会到的不要去做，这就是从生活出发的体验。演员只有按导演的要求，自己的表演融汇在导演的总体意图里面时，才会有一台比较精彩的整体演出。这是我演写意戏剧《中国梦》时的体会。在《中国梦》这样的演出中，写意性很强，舞台上几乎没有一样现实主义戏剧中常规的布景道具，导演在舞台上"撒开来玩"，一不小心很可能就没有了演员。可一个知道演员任务、懂得如何发挥自己作用的演员，绝不能让戏里没有了自己。我从那个戏里得到了启发与经验，获得了一定的成功。所以我说，演员永远不应该、也不可能成为符号。

王：你谈到了前一阵表演界有过激烈争论的一个很有意思的问题。我认为你谈得很精辟，很深刻，对其他人也会有启发。正是由于《中国梦》的精彩演出，你荣获了第五届"梅花奖"。对那次演出，我至今记忆犹新。现在让我们把问题拉回来，我很想听你谈谈，你此次在小剧场演出《留守女士》，与以前演出其他戏时所感到的最突出的不同究竟在哪里，好吗？

奚：小剧场演出需要与观众有更大的"贴近"。这种贴近，不仅仅是剧场演出区间的由大变小，以及艺术观赏上的由远到近，而更在于演出与观众所思、所想、所关心的问题的一致，以及演员与观众心灵上共振程度的强化。这种区别不只是演出场所和形式上的，更是表演观念上的。从剧目上讲，我以为小剧场不大适合演出形式感太强的东西，而更适宜于演出心理剧。从表演上讲，不是片面要求演员表演生活化、纯生活（纯生活的东西不是艺术）；也不是简单的表演分寸上的放大与缩小（掌握分寸感对成熟演员来讲并不是最大的困难），而是要求一种既生活化又有审美距离的表演。

王：请道其详。

奚：从大舞台到小剧场，演员的任务是什么？在做案头准备时，主要功夫下在哪里？我以为就是：如何既贴近观众又不失与观众审美之间的距离；要使表演更加真实、生活化，而又具有审美品位和意蕴。谁找了这之间的契合点，谁就能取得表演的成功。

王：能用你的表演举例加以说明吗？

奚：比如《留守女士》这个戏里，乃川和子东在家里一起听音乐那场戏，完全没有调度，几乎是静止在那里，没有行动上的感觉。那么观众看什么呢？看演员的内心。演员表面上好像没什么动作，但要让观众看到你心里的波澜起伏，充分展现角色的内心世界。

王：这段戏确实让观众看得非常入迷，从内心赞叹演员的高明演技。你和吕凉（应该说是乃川和子东）当时完全沉浸到戏中的音乐里去了，音乐使两个人的心灵沟通了。这时人物形体动作虽然近于停止，可内心动作却非常强烈，心理节奏非常鲜明。观众通过你们的表演理解了人物，并得到了审美上的满足、艺术上的享受。戏里这样的表演还有很多很多。比如前面你坐在沙发上读信的那段戏，也没有台词，没有大的动作，但戏却很足，一个用手轻掠耳旁头发的动作，一个让信纸从手指缝间滑落到沙发上的细节，竟把人物慵懒、无奈、内心失落的情感酿造得那么浓，哪怕是停顿，都有着丰富的内容。由于演区近在咫尺，观众看得极为真切，心灵共振的程度当然也就加强了。在小剧场演出，演员表演艺术的魅力确实可以发挥得更淋漓尽致。

奚：是这样的。小剧场需要更细腻、更真实的表演。演员的体验要更真切，内心更充实。演员心里空，在大舞台上或许能糊弄过去，在小剧场却绝支撑不住。演员心理节奏上的技巧和功力，观众在大剧场中不一定都能感觉得到，而在小剧场里它却更有用武之地了。比如最后"告别"那段戏，我一直在搅咖啡，他说："我要走了……"有一天演出时我突然获得一种感受：我生命中的一部分就要离我而去了，好半天我都不敢直接看他，一抬头，两人目光相遇，这时我看到吕凉（子东）眼圈突然红了，他的心灵与我撞击了，所产生的火花激发了我们两个人。这是表演的最佳状态，是最有生命力的东西。可是在大舞台上观众却不一定能体察得到这么细致入微的心理过程。这种活的交流，即兴的成分，是我们学表演时从一开始就全力追求的，它在小剧场演出中充分体现了。我与吕凉表演观念非常接近，合作默契。

王：仅以《中国梦》与《留守女士》两个戏比较就可以看到，你的表演又跨上了一个新层面，表演艺术确实更显成熟了。你是哪年从上海戏剧学院毕业的？

奚：一九七六年我从上戏毕业后进入上海人艺工作。过去演过《撒拉姆乡镇的女巫》《罗密欧与朱丽叶》《驯悍记》《救救她》《寻找男子汉》《马》……毕业后我确实很用心，很用功，得到的实践机会也多。一个演员用心、用功，有时并不在表面上，而在于他的悟性。受过专业训练的演员，基本功方面谁和谁也差不了太多。当一个演员的表演方法与技巧达到一定程度以后，再上台阶怎么上？再提高什么？我认为不再是单纯的表演，而是文化修养。《撒拉姆乡镇的女巫》这出戏在我的演艺生活中起了很大作用。它是美国著名剧作家阿瑟·米勒的剧本，为了演好这个戏，我看了许多美国近代史上的东西，这个戏使演员体味到一种文化境界，使演员从更高层面去看待社会，看人生，看大的世界，使我对人、人性乃至对性的看法，都有了新的角度和新的领悟。可以说，它影响了我的人生观艺术观。当然，我的演技在其中也得到了锤炼。要多接触人类优秀文化和优秀剧本，演员自我修炼越自觉，文化品位越高，理解力就越好，就越被重视，机会也多，这样就进入了一种良性循环。

王：这确是经验之谈，对我颇有教益。我感到，你表演艺术的成熟表现为：并不着力雕琢而韵味自出，不尚花巧而重意蕴，看起来非常熨帖，自如，舒展，仿佛自然出之，其功力不凡。这是否就是艺术上"返璞归真"的境界？

奚：我不敢说已经达到这种境界，只能说正在努力追求。对我这样一个已经演了十几年戏、已过而立之年的演员来说，也应该做这样的追求。艺术需要讲究境界与品位。借用一句话，艺术上讲的"见山是山，见水是水"，到"见山不是山，见水不是水"，再到"见山还是山，见水还是水"的过程。我理解，说的就是生活真实与艺术真实的这种辩证关系。演员能力如何、水准高低、演的好坏、成功与否，关键就看你能否把握住生活真实和艺术真实的分寸和契合点。表演好像是一件非常复杂、微妙的事，很难言传，因而也是不能完全靠别人教得会的，要靠演员在表演实践中去领悟，实在体味不到，不如干脆去做别的事。我以为，艺术上好的就是最真实的东西，而这个真实，应该是上面说的第三阶段"见山还是山，见水还是水"的那个真实，是具有审美价值的艺术真实。那种认为小剧场演出要贴近观众，要生活化，因此故作自然，站没站相、坐没坐相的表演，不是真的生活化，因为它不具备审美品格，不是艺术的真实。演员故意作出的这种"放松状"，实际上正是内心很空虚的表现。

王：你讲得非常透彻。在表演状态上我们不是没有见过这种情况，在小剧场演出中，恐怕应该力戒这种弊病。不管是虚张声势、过分夸张，还是故作松弛，懈拉巴唧，在小剧场演出中都是大忌，因为它会变得更加令人难以忍受。看《留守女士》时我产生了这样一种感觉；台上的你就是乃川，乃川就应该像你这样说话、这样微笑、这样动作，你怎么说怎么是，怎么动怎么对，几乎到了无所不适的地步，因此看起来舒服极了。你在表演时，是否自己也感觉达到了这样的境地？

奚：你的感觉有一定道理。上海的留守女士、留守男士很多，我非常熟悉和理解他们，对人物有深切的感受和体验。当我把人物的总体状态把握好了以后，不管我自己今天身体好坏、情绪如何，我都可以把它归到这个人物的主体状态上去，然后就怎么做怎么对。不一定一味去寻找和回到最初排练时的感觉和状态。因为演员每天的状态都是不一样的，怎么能永远演成一个样子呢？哪怕再变，只要还是这个人物，你就对了，这里面有很多即兴成分。表演是有机的，不是刻板的。演员精神兴奋也好，情绪低落也好，你都可以把它归到你所扮演的那个人物的"兴奋"

和"低落"去。你可以想象："乃川今天就是这样了"，那么你就能进入，不管是你去靠拢角色还是角色靠拢你，都可以。只要把握住角色的精神要质，进入了，与角色合一了，你就怎么做怎么对了。演员进入这种境界后，表演起来真是舒服极了，那同样是一种享受啊！而且这是从事表演艺术行业的人特有的幸福和享受。《留守女士》这部戏在我的演艺生涯中尤为重要，因为我对表演艺术的许多理解与认识，在这出戏中得到了充分的表达与体现。获得了这样的经验后，小剧场的舞台，可以任我去驰骋。

王：这话似乎也可以反过来说：只有高乘的演员表演，才能把小剧场艺术的魅力发挥到极致。刚才你的话里有一种溢于言表的对演员职业的爱，我相信你会把表演艺术作为终身事业的。

奚：人生的道路和机遇很难预测，我不能保证永远做演员。但艺术已经成了我生命的一部分，如果命运使我与它分离，那实在是太难以割舍了。

王：感谢你百忙中接受我的采访。我觉得我们谈得非常投合。希望不久能看到你更精彩的演出。再见！

刊于《中国戏剧》1994年第1期

附录二

奚美娟：演员的职业是神圣的

殷健灵

三个世纪前，德国戏剧家莱辛曾如此形容他那个时代的剧场情况："我们有很多演员，但是没有表演艺术。"这句话放在如今的中国影视表演界，似乎也具有警示作用。一片浮华之下，流量和资本当道，在这个背景下来谈论严肃的表演艺术，似乎有些不合时宜。但是，几经商讨之后，奚美娟还是执意将话题圈定在"表演艺术"这一看似小众的范畴——看似小众，但这一话题依然折射出人生与处世的大学问。

一、"没有本色演员,角色都是被演出来的"

殷:我们先从今年上半年热播的两部电视剧说起吧。在《安家》中,您扮演与老伴情深意笃的江奶奶,虽然只有短短四集,却被观众认为是全剧中最好看、最感人的部分;而在《燃烧》中,您扮演女二赵月娥,演活了这个心思缜密、不露声色、心狠手辣的反面人物。有观众评价:"有多喜欢江奶奶,就有多恨赵月娥。"他们已经忽略了演员奚美娟,呈现在他们眼前和心灵中的,就只有您扮演的那两位性格截然不同的艺术形象。这是观众对您的表演艺术的由衷认可,也是作为一名演员的最高境界。这一切,您是如何做到的呢?

奚:我总是强调自己是一名职业演员,接戏,创造角色,是从职业演员的路径走来的。不管是正面角色还是反面角色,先要问一下自己:这个角色我有兴趣吗?在表演专业上是否有新的创作空间?江奶奶和赵月娥这两个角色,后者的创作空间显然更大。

《安家》中,江奶奶和江爷爷的情感方式是我们父母辈所推崇的情爱方式,要塑造江奶奶外部形象并不难,难的是要在这个人物身上寄托一点现在社会比较稀缺的精神因素。我们业界经常会说,表演艺术要做到"刻意追求下的随意"状态，要在看上去非常生活化的表演中有一点点不经意流露的精神性。角色总体是在演员的把控中，你要将角色演成一个什么样的状态，取决于演员三度创作的主体性。

江奶奶的形象看起来和我性格比较贴切，路子也符合，但是，角色与演员越接近，留给演员的创作空间越小。对于职业演员而言，没有本色演员之说，角色都是被演出来的。江奶奶的形象塑造里是有精神空间的，那就是这对"理想的老夫妻"对爱情的毫无保留的信任和终身不渝的践行。这与现在社会上流行的某些观念是有距离的。让我欣慰的是，江奶奶打动了很多观众，其中包括八零后和九零后的年轻观众，引起了他们浓烈的情感反馈。这一点我很开心，年轻观众的感动传递出一种信息：人类相爱的情感将穿越时间而永恒。它更加证实了我心里恒定的信念：对爱的理解，对生命的理解，那是真正能触动人心灵的真谛。

塑造赵月娥这样的角色，整个气场需要大一些。《燃烧》最初是以三十年前改革开放初期乡镇企业兴起为背景，对这样的背景我并不陌生。改革开放的历程中，特定的历史环境给人们提供了各种各样的机会，有人下海有人上岸，有人飞黄腾达，有人却一败涂地。有些历史的机缘，下一代人是无法复制的。赵月娥就是搏击在改革大潮中的一员，她属于民间能人。剧中赵月娥开始并不坏，但为了一己私利，"一步走错，而步步错"，人性的邪恶因素就一点一点发酵了，她选择这条不归路是有客观依据的。我要塑造这个角色，就要为戏中的赵月娥寻找如此这般的理由，让戏中的"我"相信："我"这么做是必须的，是正确的，不这么做，全家人就都完了。我要让自己走进这个角色，寻找人物行为的依据，然后根据艺术创作的规律去一步步丰满她。只有这样，才能让观众相信这个人物是真实的。这其中，职业演员的专业精神是贯穿在整个创造过程中的。

二、"人物的行为都是有依据的"

殷：您塑造过的人物性格各不相同，其中一些角色是跳脱出您的生活经验，就像赵月娥，对于那些远离您生活经验的角色，您是如何进行观察体验和生活积累的？

奚：人物的行为都是有依据的。就以塑造慈禧为例吧。我对慈禧有自己的看法。这个人物在历史上众说纷纭，骂她、丑化她的居多。我作为普通人去关注这个历史人物，会在有关她的各种说法中分辨出哪些是真实的历史成分，哪些是不真实的戏说成分。但是作为一个扮演慈禧的职业演员，必须提醒自己：为什么慈禧会成为这样的慈禧？首先她是一个不高明的政治家，面对国运衰败一筹莫展，面对列祖列宗她痛不欲生，这是我给她的基本定位；其二她还是一个失败的母亲，她并非不爱光绪，但眼睁睁看着光绪背叛了她，在她看来，光绪还背叛了大清国的根本利益。一个母亲对儿子的糊涂和背叛行为感到痛心疾首。从这两个角度都可以把人性深度挖掘出来，足以刻画慈禧的绝望与愤怒，所以，戏中慈禧在舞台上声泪俱下的独白，都是有令人信服的心理依据的。虽然我没有历史上慈禧的生活经验，但是作为女性政治家和老年母亲的绝望心理，我是完全可以找出心理依据来进行艺术创造的。

这也许和我的专业有关：作为一个职业演员，基于希望对人性的深度有所了解，我就会琢磨这个人物行为的依据是什么——这样我慢慢形成了一种思维习惯，相信哪怕是小孩哭闹也一定是有依据的。当我设身处地的去寻找角色的行为依据，要令人信服，才能使戏中的"我"与我所扮演的角色真正融为一体。

三、"看看热闹下面的东西"

殷：今年上海戏剧学院毕业典礼上，作为校友代表的您在致辞中重提了班主任徐企平老师的"演员十诫",引起演艺界和社会上的强烈反响和共鸣。而您在自己大半生的表演生涯里,徐老师提到的"十诫"也一直在潜移默化影响你。这"十诫"中,您个人感触最深的是哪些?

奚:"演员十诫"是当年我的班主任徐企平老师给表演系学生上课的演讲提纲,《文汇报》的记者看到了,觉得好,一九八二年就把它刊登在《文汇报》上,是一篇短文。在今年上戏的线上毕业典礼中,我重提老师的"十诫",意在告诉学弟学妹:尽管社会发展的变化很大,我们无法掌控,但艺术有其自身的规律性,它到今天也没有过时。我希望同学们能静下心来,提升专业能力,为演艺事业发光发热。没想到传播出去后,受到这么多业内业外人士的呼应。"演员十诫"是一个专业性的整体链接,是一个系统,不能分开来解读。徐老师讲的都是演员成长中的专业问题。对于培养职业演员,如果不谈专业性,就等于在心中不设高度。学生求学期间,专业老师的此类点拨和教导是重要的。当然,任何事情都是仁者见仁、智者见智。我常常想,不要仅仅看热闹,而要看看热闹下面的东西。前些年,我有一点担忧,在市场经济大潮冲击下,夹杂而来的杂音会把一些恒定的专业规律给模糊了。但其实是不会的。社会上对"十诫"

的强烈呼应，也正说明了我们内心对真正的表演艺术的需求。所以，徐老师的"演员十诫"在今天依然有现实意义。

四、"天生不喜随大流"

殷：岁月越来越多地赋予了您真正的美，这是一种经过了时间沉淀、人生历练的丰厚的美。如果说，一个演员尚可在年轻时靠美貌和青春闪耀一时，那么唯有时间，能对演员的艺术生命力作出筛选和淘洗。而您其实在非常年轻的时候，就已经奠定了自己艺术人生的基调：返璞归真，耐住寂寞，不浮夸，不盲从。这样一种处世为人的态度，从何而来？

奚：也许是个性所致吧，一个人的很多行为是统一的。我给一般人的印象，不是滔滔不绝的那种，从小话就不多，别人会误以为我很成熟。那大概是一种与生俱来的性格，天生不喜随大流，也不喜人云亦云。

我从上戏毕业后分到上海人艺工作。当时的院长是黄佐临先生，副院长是导演过《清宫秘史》的杨村彬先生。那时候的上海人艺集合了一大批知识分子类型的艺术家，他们那代人是将艺术当作学术来研究的。我进人艺是在"四人帮"粉碎以后，剧院的整个架构已经非常成熟，我们年轻人进去只有听故事的份，听到了很多有意思的人和事，并且总能在业务上得到前辈的关爱和鼓励。那是一种非常纯粹的艺术工作的氛围。我的幸运就在于演艺生涯初期，进入这样一个专业的环境，遇到了一批很好的艺术家，由此奠定我最初对艺术工作的看法和态度。我从前辈身上获得某种精神的传承，一直作用到今天。

我得到的感悟是：文学艺术是高于生活的，高于生活的那个空间，正是我们艺术工作者要去追求的目标——提炼源于生活的精华，来创造高于生活的那部分，这样才能引领观众。这需要艺术家用严肃的态度去塑造人物形象，严肃不是不轻松，而是一种态度，哪怕创作喜剧也一样。

五、"希望演到很老很老……"

殷：在艺术创作中，您对自己还有怎样的期许？除了"演员十诫"，您对年轻演员有着怎样的期待？

奚：我希望自己能演到很老很老……这是我此生安身立命的专业。别人也许会觉得我很可笑，说你这么认真干嘛？但我觉得这是一个艺术家的神圣使命。我和学生聊天，经常告诉他们：有一些优秀电影播放了五分钟，好些人物出场了，你会以为他们都是主角，都演得很好，但是突然某一个人出现在银幕上,还没有开口说话,他(她)身上传递出来的所有信息马上会触动你,让你心中一震——这才是真正的主角出场了。这是为什么?因为这个演员身上散发出来的魅力能化无形为有形,会在瞬间击中你。这就是一个优秀演员的素质。做个好演员就要有这样的素质,不管多大年纪,也不管演的角色重要不重要,只要他一出场,马上能从周围的人群中凸显出来。那就是表演最好的状态。

我还是要强调表演的专业性,要有一种从繁复生活现象中抽离出来反观它的能力。很多年轻演员不会去考虑这一点,我也是中年以后才有所感悟的。表演艺术所追求的松弛,本质上是一种刻意追求下的随意状态,刻意追求是理性的,但表演时又是感性的,所谓高度理性又充满激情,这种状态很难达到,但值得去不懈追求。

期望年轻演员把表演艺术当做专业性很强的工作去研究,它就会变得很有意思。我心里一直是这么认为的。我把演员这个职业看得很神圣,和其他艺术门类一样,表演艺术是表达人的工作,它又怎能不神圣呢?

2020年8月24日访谈,30日改定
刊于《新民晚报》副刊《夜光杯》2020年9月5日

第四辑

这样好的文字，这样好的人

赵忱是我的朋友，有思想，但活得轻松；钱不多，且活得精致。听她说话，有时觉得她古怪精灵，更多时能感受到她独特的深邃；有时又觉得她淘气，有次听她眉开眼笑地说："在小店里淘到一件喜欢的衣服，比升我一级职务还开心。"我看着她就想笑，这哪里像是有着一个大二女儿的母亲，哪里像是一个肩负重任的大报"副总编辑"。

她是忙碌的事业女，经常出差。去年夏天她到上海，我们见面，问她来沪有何公干？她说这回是自己的事，上海文艺出版社要出她的文集，借着周末假日来两天。她和出版社的人紧张地沟通洽谈，忙里偷闲时，我们在巨鹿路的小咖啡馆见面，她抱着一大捆书稿。那么小的字，她极认真地一篇篇校对，还告诉我，许多文章都是她女儿帮助从稿子的海洋里打捞出来的。还有一回，也是突然接到她的电话，已是晚饭后，原来她

和赵忱在上海

人已经在上海了,同样是为文集定稿之事。她说下榻在延安西路一个社区旅馆,我如约前去,来来回回找,居然在一幢旧洋房改造的"迷你"旅馆见到她。她带我参观这座古色古香的幽静所在,得意地介绍小楼的历史,以茶招待,倒是我这个土生土长的上海人感觉成了外地客。如此,赵忱对于生活的热爱便可见一斑了。如今手捧灰蓝金字封面的《赵忱文集》三卷,真是有些感慨。那些书稿出版过程中的小插曲不由得一起跳跃到我面前。

一篇篇认真阅读下来,又像重新认识了赵忱。我知道赵忱在平时轻轻松松的话语表达方式里,有着不常规的深刻见解。她是一名记者,活跃在北京和各地的文艺舞台之间,但写的文化新闻报道绝不是履行公事般的毫无感情,也不是拿了红包假惺惺的热情。她的文字里跳跃着自己热烈的爱憎心情,也横溢着才女挡不住的真性情。那篇写于"白头偕老之歌——黄苗子郁风艺术展"开幕的报道,不就是一篇报道吗?不,她文章的题目是《郁风没能出席开幕式,黄苗子也没有出席》,什么意思呢?原来郁风老人四月十五日已经走了,而"艺术展"是四月二十六日开幕,于是记者说:"老天肯定算错了日子,他以为'白头偕老之歌'已经开幕了。"赵忱的文章就是这样开头的:"后来我决定不悲伤。"这是多好的开篇,文字里通篇是对老艺术家的爱与思念,可以想象她与郁风、黄苗子的亲密关系。但是我注意到文章里没有一句提到他们私人的交往，通篇都是在向读者介绍展览开幕式的盛况，但字字句句又都是对郁风的悼念和对黄苗子的关切。这样的文章，才是"最文化"的报道，是赵忱写出来的呀。再读她那些年底文化盘点式的综合报道《离心最近的地方最文化》《一个文化记者的阅读笔记》《给活跃的一小撮》等等，好辛辣的文字，褒贬分明，立场坚定，仿佛举了一把机关枪，对着鱼龙混杂的文化乱象一路扫射过去……谁说眼前的快餐文化热闹一阵就会消失得无影无踪？有赵忱的文字保存着呢，好的坏的雅的俗的严肃的混混的，都给立此存照了。这样的文化盘点，把记者平时对文化界种种现象的深刻思考都写进去了。最精彩的还有赵忱写的人物专访，她近距离采访过的文化人太多了，近二十年来，她写张艺谋、陈丹青、白岩松、赵汝蘅、阿来、马友友……但对于我来说，最感亲切的，是在《赵忱文集》中看到了赵忱写我的文章。

二〇〇九年八月，我应邀参加大型音乐舞蹈史诗剧《复兴之路》的演出，在工作后台与赵忱相遇。我在演出中担任"讲述人"的角色。那年的八月至十月间，我几乎天天在人民大会堂江苏厅忙碌。无意中我发现有一位干练的女记者几乎一天不落地来到后台，她参与排练总结会，观看一次次节目排练，找演员交流，与整个排练工作浑然一体；渐渐地，她也注意到了我，有时她会特意走到我的面前，聊上几句，都是关于演出的。我那时为了背诵台词,在江苏厅的临时休息室找了个角落,经常在那里默念准备。赵忱就特意过来和我探讨对这台演出的看法,我也毫无保留地告诉她我对台词的理解与准备。我们的话题多了起来,从交流排练心得,讲到如何在传统文化的表现形式上创新,无话不谈。后来我才弄清楚赵忱是文化部特意从《中国文化报》抽调到《复兴之路》剧组宣传部负责整体宣传的,她所表现出的认真负责的职业精神让我有久违之感。那段时间里,她沉静老练的工作能力与年轻活泼的生活心态,都给我留下了深刻印象。从艰苦的排练、合成直到最后演出顺利结束,赵忱几乎每天必到场,除了负责《复兴之路》总体对外宣传外,之后还为《复兴之路》写了许多深入的有分量的报道及评论文章。

《复兴之路》演出结束,我回到了上海。有时我们会通个电话,偶尔还会聊起演出中我对某句台词的理解与表达。几个月后的一天,赵忱突然来电话说写了一篇关于我的文章,是一挥而就的。我看了,觉得好,但更让我看重的,是作为记者的她用心做事的态度,我知道这"一挥而就"背后的努力。

让我感动的是,她的文章题目是《时常想念奚美娟》,要知道,这种真诚的想念是双方共同拥有的呢。我曾经遇到过另外一种记者:他约你作采访时,会直白告诉你说,他没有看过你的作品,当然也谈不上对你的认识,一切信息都要你自己提供；更有甚者，根本也不采访，就从网上东拼西凑加上胡乱揣摩，文章发表后，常常会把你吓一跳。一段时间以来，这样的"娱记"作风破坏了新闻行业的操守，竟然成为一种流行风气。而赵忱作为一名文化记者，她和自己的采访的艺术家们，是认真交了朋友的，从而能碰撞出思想与艺术创作过程的火花。这让我想起自己从事艺术工作的成长经历中，与当年的一批文艺记者们从工作采访到相识相知、切磋交流、共同提升的过程。上世纪八十年代，我作为一名上海人艺的年轻演员，在表演艺术上崭露头角，每上演一出剧目，都会有文艺记者相约采访，记得其中有《解放日报》文艺版的张曙、汤娟，《文汇报》的汪澜，《文汇电影时报》的罗君、包明廉，《新民晚报》的李葵南、杨展业等等。那个年代的文艺记者在采访演员之前，会把你演的戏观摩两遍以上，这样在采访过程中彼此就能畅所欲言，演员谈自己的创作初衷，记者从理性高度指点迷津，总之，记者们对于需要作报道的戏剧及演员非常熟悉。他们还会长期关注你的作品你的成长，形成一个良性循环的工作与朋友关系，尽管几十年过去，依然还会是良师益友。

看《赵忱文集》似跟着她二十多年的工作步伐一路走来，敏锐泼辣的感性文字，与众多文化人的碰撞交流，作者的理性思维与情感高度，似乎让我们在微微的迷乱中看到事物本该有的清新。作为一名职业艺术工作者，我始终认为我们和职业媒体人之间应该是相互作用的关系，褒贬都是为了升华艺术，为了国家在人类文明的阶梯更上层楼贡献微薄能量。职业化与专业化精神的前提是严谨的工作态度，在这方面赵忱是承上启下的优秀文化人，作为她的朋友，我愿《赵忱文集》中所坚守的文化态度也能承上启下，持久远长。

2013年2月28日
刊于《文汇报》副刊《笔会》2013年3月21日

父爱托起的艺术情怀

有一次无意中听刘艺说起,她每次离开家去上班,父亲总要站在门口目送,直到她走完公寓楼层里那长长的走廊拐向电梯间。刘艺心疼父亲,不让他每天如此。可父亲照样日复一日,必定目送女儿不见身影后才放心返回。为此,刘艺说她有时急得要生气。其实父亲的目光又何止洒落于儿女的早出晚归,更是在刘艺和哥哥刘新的艺术道路上,一路关爱、教导、提携,使他们在自己热爱的事业上走向了今天的成熟。

刘艺的父亲刘龙是我国老一辈表演艺术家,影视剧作品等身,曾任八一电影制片厂演员、剧团团长。母亲胡志孝也是八一厂生产处胶片库的专业人员,哥哥刘新是从童星转型成功的影视剧导演,姐姐刘静从事影视剧化妆专业,刘艺本人曾是空政话剧团的演员。这是一个名副其实的艺术之家。刘艺作为家里的小女儿,在父母和哥姐关爱的注目下成长,艺术道路是幸福的。

二〇〇三年初,我和刘艺有过一次合作,在电视连续剧《不嫁则已》中,我们扮演一对母女。刘艺给我的印象很好,她是一位非常用功的青年演员,每天到现场时,每场戏的台词已经烂熟于心。但是作为一名职业演员,演好戏光熟记台词还是不够的,记忆中的某一天,我接到她父亲刘龙老师的电话,他很专业地和我讨论女儿在表演上的得失,他认为她还不够成熟,希望我和刘艺交流时能多给一些建议和帮助,甚至细化到情感表达和台词处理等等细琐方面。当时我非常感动,不仅感受到一位同行父亲对女儿的拳拳之心,而且还深深感动于他对我这个后辈的信任。刘艺的哥哥刘新导演,在我们拍摄期间也经常会为妹妹的表演分寸感等问题来和我讨论。我和刘新有过多次愉快的合作,在演员的艺术表达上有许多共识,审美上也有共通之处。具体谈到刘艺的表演,我们觉得她有时在表达剧中人物高兴情绪时,容易一下子就"笑开了",从人物的一种内心情绪转换到另一种情绪时,没有"中间状态"。同理,比如剧中人物心情难受忍不住哭泣时,刘艺有很好的内心体验,经常会感情充沛泪流满面,但因为缺乏表演技巧上的掌控能力和经验,有时会出现演员哭得泪湿衣衫而观众并不感动的情况。根据自己多年的演艺经验和体会,我认为演员容易一下子就"哭开"或"笑开"的现象,在表演专业上犯的是同一个毛病，是与演员在表演上没有掌握好情绪的"中间状态"以及具体的"这一个"人物的个性有关。在她父亲和哥哥的叮嘱下，我在拍摄空闲时把这些专业上的见解说出来与刘艺讨论，她每一次都表现出极大的兴趣和认真的态度，她是聪敏的，只要点到为止，就能够打开悟性的天窗，把自己放飞出来，很快就调整好分寸感。《不嫁则已》拍摄到后来，刘艺的表演越来越好，把一个在剧中既要照顾母亲的情绪，又想表达自己独立个性和有追求的现代女青年形象，艺术地再现于荧幕，获得了剧组及观众的一致好评。在《不嫁则已》剧组的拍摄工作结束后，关于演员表达的分寸感问题，刘艺和我还有经常的探讨。

这是一份难得的事业心。这是在父亲浓浓关爱的目光里养育成长起来的艺术品德和职业高度。刘艺不忘感恩，用文字记录了在家人尤其是在父亲的引领下，一路走来的艺术经历和成长过程中的点滴恩泽，在当下也颇为难得。我愿意把自己和她仅有的一次艺术合作中的经历，以及我自己被刘龙老师携子女跋涉于艺术之路的感动，写出来与大家分享！

2015年岁末写于北京
本文为刘艺《我和父亲》的序言
《我和父亲》，人民交通出版社2017年出版

愿精神的种子茁壮成长

二〇一八年四月四日,我在复旦大学校园里焕然一新的相辉堂剧场,观看了一场由周涛编导的多幕话剧《种子天堂》。第二天,我在微信里写了一段观后感受:

> 昨晚观剧《种子天堂》,由复旦剧社原创演出。我坐在相辉堂新剧场,观剧过程始终被感动着:为着主人公钟扬的精神,为着复旦剧社学生演员们的热情,也为着此剧编导周涛的执著……台上钟扬的扮演者,外形举止如此接近真实人物,相信通过这样的艺术实践,钟扬精神的"种子"会在他年轻的生命里开花结果!其他演员也一样,在舞台上如此投入、热情,相信着自己所扮演的人物。是因为他们相信现实生活中的钟扬的精神,会在祖国大地发扬光大!感谢复旦剧社,让我们看到了艺术与人生的互相生

成，追求永恒！

以上这段评价，主要是从表演专业的角度，我赞扬了复旦大学学生们作为非专业演员在舞台上所达到的艺术高度，他们的真诚、朴素和本色表演，真实地传递出当代大学师生们的精神风貌。但是一个戏的成功，不仅仅体现在表演上，还体现在剧本、导演、舞美等多方面。一个好的剧目的标志，是能够在整体的艺术表现上达到一定高度。《种子天堂》是复旦剧社为歌颂和宣传优秀生物学家钟扬而作，它要在校园里弘扬科学家为了祖国的科学事业勇于献身的高贵精神，应该说，《种子天堂》通过编、导、演的共同努力，已经达到了这个目标。

本来，在复旦校园里演绎钟扬教授的故事，是有一定难度的。因为真人真事就发生在校园里，"像"与"不像"直接就影响到观众对作品的接受；其次是剧本选择怎样的故事才能真实、有说服力地去感动观众，进而达到表彰先进事迹的目的。后面一个问题比前面一个问题更为重要，也更加有难度。正如我前面已经提到过，由于演员的外形和演技，"像不像"的问题得到了基本解决，剧场里观众热烈的程度，证明大家确是认同了这是一部写钟扬教授的戏。至于后一个问题，则需要在剧本的编写和导演的二度创作中得到解决。

这部戏的情节设计，按照我们戏剧行话，是一部"无冲突"的戏。剧情表现的是先进人物和更先进的人物之间的协作、支持、传承的关系，而不是先进与落后、正面与反面所构成的矛盾冲突。这一类戏的主要表现手段，是以洋溢满舞台的诗情画意来表达人物美好的情愫，从正面来烘托人物高尚的内心世界。以第一场"初遇"为例，第一场的舞台上展现出西藏高原的雪山，钟扬师生在采集高原植物时与藏族青年扎西"初遇"。扎西在剧前为了保护西藏巨柏与砍伐巨柏的藏民发生冲突，并且在肢体冲突中受伤，他刚遇见钟扬和他的学生时，也是很警惕，误以为他们是外来砍伐者。其实，如果从这里出发，剧情也可以进一步深化为保护环境和破坏生态之间的冲突，但是编导没有去开掘这个"冲突"主题，相反，当钟扬教授了解到藏民砍伐巨柏是为了制造"藏香"，他从保护生态的科学立场出发，鼓励扎西跟随他从事科学研究实践，不但为西藏巨柏建立了"数据库"，而且通过实验研发了取代巨柏的藏香原料，这样就从根本上保护了西藏巨柏的生存。这一场讲述的"藏香"，是藏民世代敬神的用具，在舞台上既是推进剧情的重要道具，又是一种美好吉祥的象征。进而论之，钟扬通过"藏香"原料的改革，赢得了藏族优秀青年扎西的敬仰，从而招收他为第一个藏族植物学的博士生。"初遇"，是钟扬教授与西藏优秀青年的相遇，这里突出了全剧的主题，钟扬教授首先是一个优秀教师，他最大的贡献，除了搜集研究高原植物种子以外，更重要的是为西藏地区培养了藏族的植物学家，从而奠定西藏植物保护的事业。第二场的"种子"、第三场的"雪草"、第四场的"小树"，都是含有吉祥之意的象征物，又都充满了"生长""传承"的隐喻，诗意盎然地歌颂了身为教师的钟扬与他的学生们（包括他所喜爱的孩子）之间美好的感情。我觉得这是这个戏最动人的地方。看似"无冲突"，却比人为设置的矛盾冲突更加有力地塑造了人物的先进性，它把校园精神中最美好也是最高尚的核心因素充分表现出来了。

有了前四场的铺垫，第五场"誓言"推向了刻画人物的高潮。舞台上展示了病中的钟扬教授在病床上念念不忘建设青藏高原的生态屏障计划。我们都知道，钟扬教授是因为车祸而突然去世，如果剧本受真人真事的束缚，把车祸设定为高潮，人物的形象及其内心世界无法取得完美充分的展示；现在设定在病床上的钟扬教授，人物内在的抒情性就得到了饱满的表现。钟扬的妻子晓艳也出场了，剧情进入了人物的私生活场景，外向型的工作激情转换到内在抒情，但是着重点仍然是在表彰钟扬理想主义者的情怀。钟扬是一个事业型的优秀科学家，他的胸怀和激情都投射在事业上，这与时下社会盛行的庸俗私利的市侩风气是格格不入的，要尊重这样的精神表达，就必须加入他的妻子（亲人），她其实也是钟扬内在精神的一个侧面，通过晓艳对钟扬的理解和精神的合作，钟扬这个人物的形象才能被"圆形"地塑造出来。晓艳这个人物形象，让我想起了二十多年前我在影片《蒋筑英》里扮演的路长琴的形象，我特别能够体会这个人物在全剧里的重要意义。

《种子天堂》是一个传记故事，但又不局限于真人真事，在戏剧的后半部分，作者用了虚拟、倒叙、元叙事等手法，甚至编导周涛也作为剧中一个角色走上了舞台，与观众面对面地交流钟扬的故事。我以为都是成功的尝试。现在，《种子天堂》的剧本就要出版了，我很为之高兴，希望优秀的人物和美好的事物能够在社会上得到广泛传播，并且能够真正地感动社会人心。

写于2018年7月30日
刊于《解放日报》2018年8月23日
本文为周涛《种子天堂》剧本的序言
《种子天堂》，复旦大学出版社2018年出版

亦师亦友达明兄

陈达明是原上海人民艺术剧院自己培养的戏剧家，也是我的前辈兄长。

建国后十七年中，人艺老院长黄佐临先生举办过两届学馆，达明兄是第二届学馆的学员。作为戏剧大师亲自栽培的学生，达明兄的艺术修养非常全面，他既有在学馆期间所学到的戏剧艺术知识，又有编剧、评论、杂文等诸多领域非同一般的才情。几十年来，他笔耕不辍，硕果累累。还因为长期在黄佐临院长身边协助工作，达明兄在综合艺术修养和为人处世方面，都显得胜人一筹。在原先的上海人艺，包括后来的上海话剧艺术中心，他都曾担任过行政管理工作，其间，展现出很强的行政工作能力和过人的智慧。

我们原来的上海人民艺术剧院是在上世纪五十年代初组建的，人员来源庞杂。其中有在抗战时期就驰骋沙场的抗敌演剧队，也有来自华东文工团和上海本地的话剧工作者；后来又有上戏和中戏的毕业生，再加上上海人艺自己培养的演职人员等等。要管理这样一个剧院是需要大智慧的。当年，上海人艺在老院长黄佐临的带领下，可谓风调雨顺、佳作连连。但要在一个单位共事，多多少少会有众口难调的时候。我初进人艺时，曾听说过一则传闻：剧院里有一位演技高超、个性极强的老艺术家，有段时间因历史遗留的积怨和误会，完全拒绝与剧院同事来往。但唯独达明兄可以登门拜访这位前辈，并可以与之进行愉快的交流。我常常想，世界上最难的事情之一，就是人与人之间的相知，这是很不容易的事。因而我也一直在想，达明兄到底使用了什么使人信任的法宝？

思索的结果：这应该是达明兄的智慧、真诚与爱。

达明兄年少时就进入上海人艺学馆，毕业后就一直留院工作。之后他虽有过去报社、出版社、研究所工作的机会，甚至听说调令都到了当年的文化局，但他最终还是遵从黄佐临先生的建议，留在了剧院工作。可以说，他这一辈子绝大部分时间都是在上海人艺度过的，上海人艺就是他的精神家园。正是在这里，他获取了知识，提升了境界，认知了艺术人生不同于普通的日常生活。

达明兄非常热爱自己的工作岗位。早在上世纪八九十年代，他每天都是第一个到达单位上班的人，到了办公室，吃了路上买的早餐，剧院里这时还空寂无人，而他已经气定神闲地开始工作了。试想，如果不是对自己的工作环境和专业充满了爱，是不可能做到数十年如一日的。爱屋及乌，正是出于对剧院的爱，引发了他对周边同事的关注和关心。尤其是对诸多老艺术家的生活习性和艺术追求，达明兄可以说是了如指掌。他曾用他的智慧、真诚和爱，化解了不少同事之间难解的心结，这一点真让人打心眼里佩服。

我是在上世纪七十年代后期从上海戏剧学院毕业进入上海人艺工作的。当时，陈达明已经是剧院承前启后的中年一代骨干。因着他为人真诚又没架子，大家与他一起相处都很随便。在我的印象中，连比我晚进入人艺工作的学弟学妹们，也都是对他达明长达明短地直呼其名。在一般世俗认为明争暗斗较多的文艺单位，像达明兄这样能和各个年龄段的艺术家和睦相处的中层干部，实在不多。这除了让人敬佩他的专业能力和人格魅力外，还在于他对工作对他人有着大爱之心。

这也许就是他的法宝。记得就在去年，我的一位学妹同事得了重病，从现在的居住地北京回上海治疗。现已退休的达明兄闻讯后十分着急，多次找我了解她的治疗状况，说要和这位小同事通通电话，对她关怀备至。这拳拳之心，令我深受感动。

应该说，在日常生活中，达明兄是个性情中人，也是个特立独行的人。据我所知，他已到了"从心所欲"的年龄，而他每天必以酒佐餐，雷打不动。有时候偶尔约着和他吃个饭，我也曾劝他："你把酒当主食吃不好吧？"他总反问："你看我有什么不好？只要适合自己的生活习惯就是好的。"于是我们哈哈一笑。他就是这样一个人。无论在事业上还是在生活上，哪怕别人说得千好万好，他还是挑适合自己脾性的去做。他通达淡定，从从容容，决不会看别人脸色行事处世。他这一辈子心无旁骛，只干了文艺工作这一件事。在改革开放四十年的岁月里，他这一辈同事中，有下海做生意的，有跳槽去了国外的，但达明兄踏踏实实摆正了自己的人生坐标，从青涩到成熟，从盛年到古稀，从人艺学馆的一名学员，成长为行业中颇具实力的创作人员，同时还是原上海人艺演员团和上海话剧艺术中心演员俱乐部的管理者。可以说，他为上海人艺和上海话剧艺术中心倾注了毕生的精力、智慧和爱，贡献了他的全部！

自二〇〇二年起，达明兄除了担负着话剧艺术中心的工作外，还兼任上海剧协会副秘书长和上海白玉兰戏剧表演艺术奖组委会办公室副主任的职务，为协会工作和扩大白玉兰奖在国内外的影响力立下了汗马功劳！前几年，他经常会在外省市看戏、研讨的空隙，给我来个电话，说说看到了什么好戏，或者评价一下某个好演员的表演等等，总是聊得很开心。让人觉得有个同行知己在身旁，真是人生的幸运。

前几天，达明兄来电告知，他要出一本剧论剧作的选集《岁月留痕》，并希望我能为这本书写个序。我由衷地为他高兴。作为他的晚辈和同事，我亦受宠若惊，但恭敬不如从命。我想我也许无力评价达明兄的作品，就写一些对他为人从艺的细琐印象吧。

2019 年 4 月 30 日写于上海寓所
刊于《新民晚报》2019 年 5 月 20 日
本文为《岁月留痕——陈达明剧论剧作选》序言
《岁月留痕——陈达明剧论剧作选》，东方出版中心 2019 年出版

吟诵上海

今年三月十七日，我正在苏州外景地拍戏，接到印海蓉的短信，告知我，准备把"侧耳"公众号里推送过的、描写上海城市文化生活的四十篇散文与小说节选结集成书。她希望我为这本书写一篇短序。我欣然应允。

海蓉在短信里说：这本书"所选作品全在'侧耳'公众号里读过……"这句话忽然打动了我。以往我们的经验，文章或一本书被"读过"，是指被"看过了"的意思，而海蓉所说的"读过"，是充满主动性的动词，主语是海蓉和她的"侧耳"公众号的团队：SMG的播音主持们。我理解，是他们通过"侧耳"公众号这一新媒体，用美好的声音对文学作品作了新的演绎，用"听"的形式传递文学。

作为沪上资深知名主持人，海蓉在多年前就和一众年轻的播音同仁们开设了"侧耳"公众号，试图把播音员这个角色从单一的职业定位中解放出来，用她/他们的声音语言，去接触和传播更加丰富多彩的文学作品，从而用不同的艺术呈现形式，在自己的专业点位上博采众长，求同发力，丰富自身。我一向认为，文学为各类艺术之根本，积极朗读、吟诵文学作品，能使播音主持人的精神丰厚起来。虽然播音员每天的工作岗位只能守着咫尺屏幕，但经过日月积累，胸中也能藏有饱满的社会生活全景；而且通过自我艺术修养与文学赏鉴能力的提升，能反哺主持专业，使其拥有更开阔的视野与边界。这样的文化自觉与学习能力，让我很感动！

其实，我对"侧耳"公众号的文学朗读以及推送的文学作品并不陌生。今天为写这篇序文，我又一次打开公众号，面对窗外，静静听着播音员优美的声音旋律……我微闭双眼，体会着朗读者所表达的对文学作品的理解，她/他们用自己最擅长的语言声音来传播文学作品，而不是平时习惯了的在屏幕前念新闻时政稿件，这让我欣喜地感受到，他们似乎在追求从声音的节奏里放松下来，让情感的韵律流动起来……我想象，这是否有点像一个舞台表演工作者，突然有一天站到了电影镜头面前一样，虽然从事的都是表演范畴的工作，但心理节奏和细微之处的要求可能大相径庭。比如，在舞台上表演，我们讲究的是要有精气神，上场时，会下意识要求自己暗暗提一口气，而在影视镜头面前表演就不会这样，往往需要的是更自然放松的境界，应该做到使自己松一口气的状态。这是两种不同的进入表演的方式，听着容易其实要做好却很难。我猜想播音主持的专业要求，是否和表演专业有异曲同工之处，比如在屏幕前播报新闻稿件时，播音员的精神状态会直接影响到受众的心理感知以及对播报内容的准确理解，所以播音员在屏幕前播报时，声音和语言状态就像我们需要在舞台上提一口气的表述；而播音主持们在录音棚的话筒前吟诵朗读，并不是在屏幕前与受众直接交流，所诵读的也不是新闻稿而是文学作品，那个状态属艺术创作范畴，是越松弛越好的，这个时候，他们面前的话筒有点像电影镜头一般，表演者需要在它面前松一口气，才能让声音语言展开艺术想象的翅膀，自如地飞扬起来。就在刚才一会儿，我独自坐在窗前欣赏"侧耳"里的朗读作品，当我听到一段主播用沪语诵读程小莹的《恋上生活》片段，那些描述上海人家过年时的语言文字，语意清晰，音色温软，被解读的真像要轻轻飞起来了一样，那年糕，那蛋饺，那许许多多的美味佳肴，充满了过年的欢乐，新年的滋味！我想，我的这个感受，是朗读者直接传递给我的。这让平面的文字，通过诵读，立体地跃入我的心田。

这是一本诵读上海的书。许多人迷恋上海，羡慕上海，甚至带着淡淡的复杂心情远远近近地观望着上海。但是对于SMG的主播们来说，上海是他们常年工作、生活的场所，有着细腻而充满质感的日常氛围。上海的一江一河，一条弄堂，一个广场和一幢商贸，都是构成城市文化的基石。朗读吧，书中自有黄金屋；朗读吧，书中自有颜如玉。"侧耳"公众号的推介，给了我们一个新的另类的传播渠道，去听一听这黄金屋里的大小故事，去解开这座城市如玉般的层层面纱。

本来答应海蓉，这篇序文要等我拍完戏回到上海后交稿。现在疫情反弹，我独自困守在苏州的宾馆里，暂时回不了家。心情复杂，五味杂陈，也有些感伤。也许上海的好，就是缘于它的一次次接受挑战而更换新颜的能量。无论如何，这是一座伟大而了不起的城市，相信它将继续立于时代潮头，以新的姿态让人们不断听到有关这座城市的吟诵。

写于 2022 年 4 月 8 日苏州外景地

由艾曼纽·利瓦所想起的

很偶然地,那天在整理自己的电影收藏时,发现一九五九年拍摄的法国故事片《广岛之恋》碟片,封面上年轻漂亮的女主演脸上的微妙表情状态,忽然让我心头一动,这神情好像最近在哪里见过,好熟悉呀……我的思绪猛然把她和今年第八十五届奥斯卡最佳外语片《爱》中的那位老年女主演剪辑到了一起。我急急去查了资料,果然就是她,法国著名女演员艾曼纽·利瓦。

真是久违了,一位半个世纪前红遍全球的明星突然呈现在我的面前,竟是这样的形象。一个人的某种特殊神情,竟能够把一个三十岁左右的女子与一个八十多岁老太在一瞬间联系起来了,我想了半天,这可能和艾曼纽·利瓦的表演状态,或者是她个人的凄美、沉郁的表演风格有关。重看这两部艾曼纽·利瓦的代表作,时光虽然相隔了五十多载,仍然让我享受到艾曼纽·利瓦表演风格带来的感动，她去年以八十多岁的高龄，在影片《爱》中呈现出凄美迟暮，洗尽铅华而生命归于自然的人物塑造能量，给从事表演艺术的同行带来了新的震撼。

虽然在观看五十多年前的《广岛之恋》，我还能发现艾曼纽·利瓦的表演中有一些青涩的痕迹，但那部影片所含有的反战主题和沉重的历史感，还有女主演在表演中传递出来的那种忧郁、压抑、略带一点疯狂的眼神，渴望挣脱战争带给人类心灵创伤的内在动力，渴望爱的动力，那种身临其境的表演状态，都让我牢牢地记住一位优秀演员的特质和独一无二的表演风格。今天，五十多年后，我们在《爱》中又一次看到了她那汇集着忧郁、感伤、病态的眼神，只是多了深深的无奈和绝望。这是她与自身的老病搏斗的结果，而非来自外力。艾曼纽·利瓦扮演一位患阿尔茨海默病的老年艺术家，因为知识与艺术塑造了她的自尊、清高的气质，在意识到自己的病情后，内心的激荡挣扎比普通老人更为强烈，有时她在自己丈夫面前流露出孩童般清纯的眼神，像是急求救赎，有时却默默地强烈地任性着，拒绝丈夫的护理。复杂的感情表演折射出人物的痛苦无奈，那种在病魔面前强烈自尊心却无法控制的感觉，表现得那样投入、真实。有一些场景里的表演细节，比如，她在患病后期，身体只能听任别人摆布，那毫无生命力的躯体钝钝地靠在丈夫身上，一寸一寸挪向轮椅，又重重地跌坐下去的感觉，真实得让你恍惚以为演员本人就是病人似的。还是艾曼纽·利瓦那种特有的毫不造作的凄美风格，经过了五十多年的艺术锤炼，显得越发成熟，表演状态从容不迫，尤其是人物垂危的生命灰暗感，与扮演者作为八十五岁高龄的表演艺术家，那持久的艺术创作生命力所体现出的对比关系，重重地撞击着观众的心灵。

艾曼纽·利瓦以她在影片《爱》中的绝佳表演，获得今年奥斯卡最佳女演员提名，更是在近两年的世界各类电影节上多次获奖，又一次红遍全球。看她一身大红衣裙，神采飞扬，与剧中扮演的老人判若两人，那精气神，或许只有艺术之泉才可以如此滋润养育她，真让人心生崇敬与羡慕。

作为表演艺术同行，在夸赞一位欧洲伟大演员的同时，让我更加看重的，则是欧美成熟良好的艺术创作环境。在网上我查阅了艾曼纽·利瓦的表演资料，在她漫长的一生中，她主演或者参与表演的作品竟达六十部之多，几乎是每过一两年都有新作品上演。之前我们的信息有些闭塞，以为《广岛之恋》和《爱》相隔五十多年才让艾曼纽·利瓦梅开两度，其实人家在欧洲的银幕上贡献了一辈子的艺术生命，才会在《爱》剧中爆发出如此灿烂的成就。在欧美电影市场中，以中老年人的生活状态为主的题材占了不小的比例，尤其重要的是反映中年人生活的题材，而青春偶像剧并不是他们的主体。我想，这样的艺术创作关注点的分布，正反映了一个成熟的文化环境，也是市场化经济的需要和人文价值坚守之间长期博弈后取得的平衡结构。在重视人文关怀的环境里，票房不是评判电影能否生存的唯一标准，艺术成熟的标志也不在于多少票房，而是要让观众们获得真正的精神享受。举世瞩目的奥斯卡最佳故事片，之所以能够经常花落在关注社会小人物生存状态的《撞车》《拆弹部队》等影片，而不是《阿凡达》那样的票房大鳄，就是能够体现这一平衡的精神。在这个平衡结构里，商业艺术操盘手们尽可以去多多挣钱，但艺术标杆同时也向社会明确传递了另外的信息——在文化艺术领域，人文精神追求根本上要高于纯粹物质层面的价值评判。

反观我国的影视创作生态，票房与市场化的旗帜已经高高举起，艺术领域的市场化和产业化对于我们来说只是刚刚起步，在将要行走的漫长过程中，创作观念、市场化、票房、艺术坚守、题材多元、政府主张等等元素正在进行着残酷的肉搏战，胜负虽然还未见分晓，但票房的观念已经迅速地向着庸俗化低俗化的目标滑坡，却是不争的事实。在这个过程中，直接受到伤害的就是一代中老年艺术家。说得严重些，由于大部分的文本创作者已经不再把眼光投向中老年人题材，几乎放弃了中老年人的题材，因此，我国一批演技与艺术相当成熟的表演艺术家，大部分只能在一些家庭剧里扮演爸爸妈妈这样的次要角色，且这些戏中的父母亲角色在剧情中几乎没有自己的独特个性和生活领域，更谈不上去探讨人到中年以后作为社会中坚阶层，在生活、事业、自身情感等诸多方面需要展现的余地。大部分家庭剧中的爸爸妈妈角色，都被描写成了整天围着房子、存折，和儿媳女婿勾心斗角、心胸狭窄的小市民。而我们一些身怀绝技的中老年表演艺术家们，是在那些千篇一律的、趣味低俗、毫无艺术提炼的台词中进行认真的工作，是何等的悲哀。

我国一流的老艺术家们，中年以后就再也难觅他们的艺术实践了，我们当然可以归咎为政治运动对他们艺术生命的摧残，那么，八十年代以后的几十年里，观众能不能从电影作品而不是各种荣誉花坛上找到他们的身影呢？现在，这种命运开始轮到中年一代了，这种优质人才资源的浪费，不能不说是我国表演艺术界的遗憾。前几年，观众们偶然在影片《世界上最爱我的那个人去了》中，欣赏到年近九十的黄素影老师精湛的表演，当黄老师作为年龄最大的最佳女演员站在"华表奖"的领奖台上时，我们才发现，我国老艺术家的表演功力即使在世界范围的表演艺术领域也无愧地占有一席之地，只要有机会，只要有题材关注，只要有成熟的文化艺术创作氛围和风气。可是，在今天，他们的机会在哪里呢？

当今的历史阶段，我国社会生活正发生着深刻复杂的变化，这无疑给艺术创作提供了开阔视野以及丰富的生活题材，真正走进现实生活，理性地关注承上启下的社会中坚，应是我们的电影文化市场趋于更加成熟的标志。我在想，什么时候，青春偶像剧不再是这个国家文化市场的一枝独秀时，观众自然也会欣赏到我们本土的《金色池塘》与《爱》，在真正优秀的电影作品中，我国表演艺术领域，可能也有艾曼纽·利瓦、梅里尔·斯特里普……也有丹尼尔·戴·刘易斯、杰克·尼克尔森这样级别的表演艺术家……我们不是没有好演员，我们缺的是有眼光的好编剧，缺的是题材多元、内容丰富的好文本，缺的是成熟自信的市场引领与高起点的价值判断力。当然，文化发展的良性循环也许是急不得的，我相信业内人士明智的努力，相信已经付出的回报，相信我们的电影事业会一点点朝好的方向发展。

刊于《文汇报》2013年9月9日

艺术电影需要艺术影院作依托

——从美国电影《少年时代》联想到

有一部美国电影《少年时代》，编创人员从二〇〇二年开拍到二〇一三年杀青，历时十二个年头。这是一部好莱坞制作的艺术影片。在满世界把资本和票房看成电影产业最高要素的当今，却在老牌资本主义、全球电影产业经济的游戏规则制定者的美国电影行业，出现了这样的奇迹。导演兼编剧理查德·林克莱特，凭着他对电影艺术的执著追求，以及在市场经济洪流中那份难得的自信与从容，最终获得了成功。

该影片于二〇一四年七月十八日在美国上映发行。那一年，《少年时代》预告片在 YouTube 上的点击量高达三百零四万次，创造了文艺片的奇迹。理查德·林克莱特在各类电影节上得到追捧，《少年时代》在第八十七届奥斯卡电影节上获得最佳导演、最佳女配角、最佳男配角、最佳原创剧本奖等四项提名，最终收获最佳女配角奖。这部影片的拍摄经历与艺术成就，就此在世界电影行业中被人津津乐道，传为佳话。

二〇一四年圣诞前夕，我正好在纽约百老汇看戏，有一位在HBO工作的上海戏剧学院戏文系的同届校友约见面，在我参观HBO总部大楼时，同学夫妇和我提到《少年时代》，建议我一定要去看看这部影片。我急于去观影，但那位同学说，因为已经过了首映期，目前只有在纽约的两家艺术影院可以看到。一家在曼哈顿，一家在布鲁克林。我了解到许多文艺片在这样的艺术影院都能够看到，并且，这样的观影信息在普通观众中的知晓度也很高。艺术影院让我联想到美国电视台的老电影和文艺片频道，在数不胜数的各类电视节目播出频道之列，始终有着艺术人文的一席之地。这不仅满足了此类影片的观影群体，也使有着人文关怀精神的艺术影片得以用自己的方式，传递人类更有意义的艺术思想接力。小众而不失力量！

据悉，二战后艺术影院在美国的大量涌现，是源于当时美国大量引进外语电影，来自世界各地拥有多元文化的艺术电影，促进了美国本土艺术影院的建设。目前美国拥有五十七家专业艺术影院，在人口二十万以上的城市至少有一家艺术影院。全美大概有一千块银幕作为主力不断放映艺术影片。在城市文化布局上，艺术影院大部分都地处市中心，靠近中产阶级的核心活动区域。还有一些文艺机构,比如美术馆和博物馆,都设有艺术影院,高等学府也设有艺术影院。这样的艺术影院在美国多数是独立经营的,但也有一部分影院形成了连锁经营模式,成为了艺术院线,比如 Landmark 和 Sundance。艺术影院主要放映的是艺术品质高的故事片、外语片、纪录片以及经典老片的修复版等。相对于商业电影院线,艺术电影票房甚微。但是像奥斯卡获奖影片《国王的演讲》《黑天鹅》《午夜巴黎》《拆弹部队》《焦点》等,最终都会在艺术影院落脚。那些对于艺术更敏感的观众,艺术影院是他们的心灵之家,当这些观众想了解文艺片,或者对某一部艺术影片产生念想时,他们有去处。这样的优秀影片虽然谈不上是票房大鳄,却都入选了美国最佳影片行列,从而在世界范围内产生了极大的文化影响。由此可见,一个国家对于艺术影院的建立布局,是一种优秀文化传统的自觉坚守,内在文化软实力的积极倡导,与单纯追求利润的商业娱乐片所产生的票房相比,应该也能体现出这是对更为高贵的民族文化的价值观的敬畏吧。

我国作为一个有着十几亿人口的大国,有关部门是否也应该考虑建立专门的艺术影院呢?尤其是在最近被媒体炒作得热闹非凡的制片人下跪事件发生之后,更加让我感到提出这个建议的刻不容缓:也许我们不需要"下跪",也能够找到一个更加有利于文艺片发展的途径,况且这个途径已经在西方发达国家里得到了很好的实践，被验证是成功的。在国家为了提升文化软实力和推动文化繁荣、积极提倡文艺创作向更加多元方向发展的今天，竟然会发生为哀求院线增加艺术影片《百鸟朝凤》的排片放映，逼得制片人屈膝而跪的事件，而且由这一跪而产生的那几千万票房的渲染，更是让人五味杂陈。事实上，纵观世界电影行业，让类似《百鸟朝凤》这样有品质、倾向于文化思考的电影作品，和那些被商业院线追捧看好、单纯追求娱乐目的片子放在一个平台上作票房考量，是不公平也是不合理的。在提倡多元文化创作的大趋势下，有关部门应该着重考虑有多元作品的不同价值和不同对象，安排不同的发行传播渠道。因此我们要呼吁有关部门：推动和布局我国艺术影院甚至艺术院线的建立，应该提到议事日程上了。

吴天明老师是我国第四代导演中的领军人物，也是电影行业代际传承关系里的重要纽带人物之一，《百鸟朝凤》成了他个人电影艺术生涯中的绝唱，这是令人万分心痛和可惜的。所幸的是他曾经的艺术良心、专业能力、个人魅力影响了一代电影人。今年，在吴天明导演离世两周年之际，曾深受他提携和艺术思想影响的第五代、第六代导演的领军人物都纷纷挺身而出，为吴导最后的绝唱始终不能正常进入电影院线与观众见面而鸣不平。

为了《百鸟朝凤》能够进入影院放映，一批批艺术家和年轻明星加入到站台队伍，还为去各地上映点自发组织了志愿者队伍。业内人士用这样的方式纪念一位令人尊敬的艺术前辈，最后竟然演化成一个瞬间闪光的社会文化事件。这样的方式显然只是中国特色，而非行业方向，理性地看，于我国的艺术影片发展也是不可持续的。可毕竟有了轰动效应，引来了方方面面对电影《百鸟朝凤》的大讨论。先是新媒体，后来主流媒体也参与进来。一时间，有批评院线不给排片的，也有人戏谑下跪的，有普通观众参与谈观后感的，专业影评人也开始连续发表各种观点的评论。依靠如此的方法，更多观众这才知晓了这部口碑甚佳的影片。

如果，我们有更合理的电影院线布局呢？人文艺术电影可以正常排入放映，可以及时与喜爱它的观众见面交流；我们的影评要比狂热推崇那些高票房的娱乐片更加关注艺术影片，及时地给予推荐和讨论；我们的有关部门要比把票房看作政绩更加有责任地去推动真正有价值的艺术影片创作，用艺术的感受和人文的价值去与世界同行交流和竞争，而不是土豪似的炫耀票房和利润；而我们的影视评奖多关注在一线坚持拍摄艺术影片的电影工作者，而不是盲目跟着市场追捧娱乐明星……那么，很有可能，吴天明导演也是可以为自己钟情的艺术电影付出和坚守十二年拍摄时间的。只要有可能，我毫不怀疑他也能在中国拍出《少年时代》那样的优秀影片。

中国电影这两年不断创造票房神话,但为什么总是给人一种票房飘红、质量堪忧的无着无落感呢?我相信艺术影院的建立将会扭转目前这种金钱主宰一切的风气,能为那些准备为探索电影艺术表达中更加多元、更具人文关怀的一代代导演们,落实一处自救的方舟,一个健全的平台。

2016年6月7日于日本东京
刊于《解放日报》2016年6月9日

另有一片好风光

——《七儿娘》观后感

因为工作的缘故,最近我集中时间观看了近两年国产影片中遴选出来的近百部作品,包括故事片、儿童片、美术片、纪录片、科教片、戏曲影片等等,种类齐全。这些作品,应该说,反映了国产影片在近两年的基本创作水准。出于专业角度,我更关注的是故事片题材的选择与艺术的表达,总体印象还是比前几年开阔了许多,尤其突出的变化是电影制作技术的进步,这当然与眼下趋之若鹜的资本吸引有一定关系,但根本上还是体现了中国电影人对于电影艺术以及电影工业整体水准的攀高,求进步求发展的愿望也是显而易见的。不过,就电影艺术的内生力而言,内容为王和艺术表达的手段创新还是行业的制胜法宝,就这一点,似乎没有太大惊喜。倒是为数不多的中小成本故事片中,有几部作品频频拨动了我和一起观影的同行们的心弦，有惊喜有感动也带来思考。

所谓"中小成本故事片"的提法，起因是前几年在评选中国电影金鸡奖时，业界和有关方面认为，随着国产电影资金规模越来越大，成本投入在一定程度上会直接影响到影片的制作水准。为了在评奖时充分显示公平原则，特意为五百万人民币以下投资的影片设立了中小成本故事片奖。几年中，此奖项在一定程度上鼓励和影响了许多年轻的电影人拥抱他们的电影梦。本文介绍的《七儿娘》（编导：牛建荣）就是这样一部故事片。

《七儿娘》在网络上被称为是"战争电影"，描写的是抗战前后山西吕梁地区一个小村落里普通老百姓的生活命运。说是抗战背景，但全片见不到真刀实弹的两军交锋，也没有营造手撕鬼子的狗血场面。可是观众明白：是战争改变了这一家普通农民的人生命运。

故事情节并不复杂：

> 小村里有一农妇，生了六个娃，不知何故都夭折了。当她怀上了第七胎后，夫妇俩到几里地以外的奶奶庙去求神保佑。庙里人告诫说，如果想要这个孩子活下来，夫妇俩必须终身戒荤，并且要求农妇生娃时，丈夫杀一只大公鸡取其血，夫妇俩要各喝下一碗。庙里人说，这应该是两

人此生最后沾荤,从此长斋。

农妇顺利生下儿子,因是第七胎,故她被村里人唤作"七儿娘"。

夫妇俩日复一日,清汤寡水,自家养的鸡和鸡蛋也只是给儿子吃,或者到镇上的集市换回些生活用品。男孩健康成长起来,聪颖俊朗,几岁就能认字。孩子上乡村私塾,后来又到县里的学校受教育。有一天孩子从县里回到家,血气方刚地告诉父母:"日本人来了,我要去参军打日本鬼子。"七儿娘睁大眼睛惊看着儿子,暗暗地为儿子的性命担忧,但无奈,没有阻拦儿子的离去。

从此,七儿娘全部的生活意义就是盼着儿子从前线寄来家信。虽然几年里儿子只来过三四封信,每一次收到儿子的信,七儿娘都欣喜若狂地跑到村长家里,让村长给她读信。如果有段时间没有收到儿子的来信,她就拿着旧信去让村长再读一遍,直到村长的小孙子都能背出来。七儿娘也只是满足地憨憨而笑。

为了儿子的生命,七儿娘更加小心忌荤。有一回妯娌家女儿订婚,按照乡俗办了简单的桌席。妯娌过来借了她家的碗筷。待碗筷还回来后,七儿娘觉得自家的碗筷上沾了荤腥,洗了又洗,最后还是毅然地把它们扔掉后到镇上重新置办。

突然地，在一个光天化日之下，村长急跑着大声给村民们报信："日本人要进村了！大家快去山里躲避！"七儿父母还没有跑出家门，就被两个举着长枪来找吃食的日本兵拦在院子里。日本兵逼着夫妇俩杀了煮了家里的鸡。因为怕鸡汤里有毒，他们撕下一只鸡腿逼着七儿娘先吃。七儿娘惊恐地求饶说："我们已经忌荤了，我们祷告过，我们不能吃荤了⋯⋯"丈夫欲上前阻拦，被日本兵一枪打死。

此后，七儿娘独自在小山村等待着儿子来信。儿子的最后一封家信，告知母亲日本已经投降，但是，他还是不能马上回家，部队又要往南开拔了。母亲绝望地赶到县城，见老百姓在夹道欢迎进城的八路军。她一边找儿子一边拉着军人问："九路军什么时候过来？九路军什么时候过来？"军人回答："不知道。"

七儿娘回到家里，默默收拾了一个简单的包裹，孤独又决绝地独自南下，走上了寻子的旅程⋯⋯

电影到此结束，画面上打出字幕："四十多年后，七儿作为台湾老兵终于回到家乡，并合葬了自己的父母。"

先讲导演的二度创作。这部影片的最大特点，就是导演具有高度的理性精神，整部影片处处弥散着感情的涌动，但又体现出高度的克制能力，从容不迫中展示了创作者的巨大同情和反战意识。小投资并没有制约编导在影片立意上的大格局。

我注意到《七儿娘》的编、导好像是同一人。我原来以为，编导合一这样的情况在艺术创作过程中并不是好事。缺陷之一就是作品在具体操作过程中容易混淆文本的一度创作和导演的二度创作，造成导演对剧本拉不开审美距离，从而会限制艺术提升的空间。但我在观看这部影片时，始终被导演二度创作中的镜头语言、美术场景、音乐、服装化妆、演员表演等各方面的分寸感把控以及叙述故事的理性态度所吸引。记得上世纪九十年代观看美国影片《与狼共舞》的过程，那是我第一次强烈意识到，一部优秀电影中的导演，就像是一个三军统帅，他对自己将要执导的文本了如指掌，烂熟于心，充满激情，同时在具体表达过程中，又有从容不迫的整体节奏掌控能力。导演的这种素质，观众在观看时隐隐约约是可以感受到的，影片播放过程中，始终有一个高高在上、能够掌控一切的伟大灵魂，引领着影片里众多元素协调地走向艺术高峰，一点不会偏离。我那时候就由衷感叹：这应该就是一个好导演的基本素质了。虽然，我此刻提到《与狼共舞》的类比也许并不恰当，或者两者没有什么可比性。但是，就在看完《七儿娘》这部小成本制作影片时，我脑子里竟然浮现了当年观看《与狼共舞》时对于好导演的认知。

好导演总是让作品充满张力，而力量又总是自然地体现在全部细节构成中。《七儿娘》的细节呈现大多可圈可点。影片展示了抗战前中国农村在传统公序良俗下民风淳厚，以及老百姓勤劳朴素的生活状态。七儿娘们辛勤劳作，老百姓婚丧嫁娶，延续香火，一切都有条不紊。我注意到，镜头里展现的百姓生活，家家炕上都是干干净净的，桌椅板凳摆放布置得井井有条（不像有些作品，一拍到农村场景就刻意显示肮脏杂乱）。尤其是七儿娘的家里，虽贫穷但整洁干净，暗含了我国普通百姓原本有条有理的生活理性。是战争，是入侵者，让普通百姓遭了殃。影片中的这个小山村，在抗战时期，固然不是主战场，但他们的孩子也被卷入了战争而生死不明，他们的父母整日为儿担惊受怕。整部影片台词不多，百姓生活略显压抑的常态，被影片中村长的那一声"日本人要进村了！"的喊话，彻底打破了。这让观众强烈地感受到：是侵略战争残酷摧毁了中国老百姓们和平、有序的生活。

用朴素淳厚的民风、整洁的细节铺陈来反衬侵略者的残暴，是导演在二度创作时的用心良苦。原本整洁有序的民风表达在镜头中似乎流淌于有意无意中，但这个细节还是给我留下了深刻的印象。

同样，导演用两个进村找食的日本兵为了吃鸡，随便一枪毙了七儿爹这个情节，更可以让观众联想到日本侵略军在我国大面积烧杀掠抢、无恶不作的罪行。七儿爹的死应该是影片的高潮，这个高潮戏在影片叙事中似乎有点突兀，但侵略者可以如此随意处置别国百姓的生命，让安分的中国贫民家庭悲从天降，这本身就有点四两拨千金的效果。导演在电影语言处理上，这场戏没有过度渲染夸张，高潮来得那么突然，似乎与世无争的小村庄，实际上村民连生命也朝不保夕。这个场面，镜头画面所营造的气氛，演员准确的感情表达，音乐声响汇成一股张力，撞向了观众的心灵。

影片的最后部分，七儿娘盼子心切来到城里，见街道两旁站满了老百姓，一支八路军部队正急匆匆地行军。她挤在人群里想寻找儿子，拉住一个战士问："九路军什么时候过来？"观众们这才恍然大悟，啊，原来七儿参加的不是共产党的军队。原来七儿是一名国民党的普通士兵。在历史的大趋势下，个人的命运是多么渺小无奈，没有铺排，也没有预感。随军南下的普通士兵七儿的命运又将如何呢？影片结束时的一行文字也显得精炼干脆，让观众看完影片还默默地咀嚼着七儿娘一家的坎坷命运，还有那一代人与时代纠缠的联系。

还有，在人物语言处理上，也显得严谨齐整。影片虽然采用了山西吕梁地区的方言，但每位演员所说的方言是统一的，说明导演把控得很严格。近几年我们也经常看到一些影片让演员用方言出演，但往往在一部影片中，演员的方言并不统一，有的听着像陕西话，有的听着像山东话，有的像河南话，给人听起来的效果非常涣散，影响了影片的整体艺术效果。

其次再说说演员的三度创作。这部影片中，最不能绕开的是七儿娘的扮演者。整部影片中，她的表演和人物的装束、活动环境都是高度融为一体的。我们相信她就是抗战时期山西吕梁地区的某个农妇。演员从人物最初出现时期的中年状态一直到后来显出老态，表演的分寸感掌握得很好。从她的表演中，观众还看到了一个有个性有主见的中国农妇形象。比如影片开始部分，她的妯娌生了一个孩子，本来说好要过继给他们，她的丈夫拿了一袋粮食准备去抱回孩子。这场戏前面部分她都默默不言，但是当丈夫扛起粮袋要出门时，她一把抓住粮袋，声音不高但态度坚决地说："孩子还得自己生。"演员的表演不吵不闹，眼神中表露出自己的决心已定，但说出的声音又是轻轻的、怯怯的，自然柔和，好像还考虑到丈夫的面子。只有一句台词，观众却从她的声音的处理和体现中，看到了台词背后的许多信息和一个普通农妇的主见。

还有一场戏，为了儿子能够顺利长大成人，七儿娘已经发誓一辈子忌荤，但有一次她偶然发现自己丈夫在镇上帮人做工时，偷偷吃了荤。回到家里，七儿娘对丈夫发了火。只见演员放开了声音，拉扯着丈夫，眼神惊恐又失望，把那种生怕殃及儿子的恐惧、那种在原则问题上不依不饶的个性，都表现得恰到好处。影片后半部讲述七儿娘拿着儿子从前线的来信，一次一次地到村长家，让村长读给她听，听着儿子来信的内容，演员表现出的那种痴痴迷迷的神情，那种甜蜜，既让我们看到了天下母亲的共性，又明显地让观众看到了"这一个"儿子来之不易的生命，和"这一个"母亲和儿子特殊的生命联系。

印象最深的，是演员在人物整体外部形象的塑造。从开始阶段的人到中年，到后来生理和精神上逐渐出现老态与垮塌，变化得非常自然。演员没有刻意"扮老"，而是在外部形体的节奏上、走路的姿态上，有所微调，作了自然的转换，没有让观众看出人物的生硬变化痕迹，这是很不容易的。尤其要称道的是，七儿娘作为一个在影片中最具有情感跌宕起伏、母子生离死别的无望的小人物角色，纵观全部，我们没有看到演员哭天抢地，也没有看到滥情煽情的表演。七儿娘的表演把我们带入了人物的内心生活，成功地让观众为她的担忧而忧。

演员成功的三度创作，与导演恰到好处的艺术观念不无关系。一部好的影片，不会让观众，尤其是专业内的同行，在观影时担心演员的表演会不合时宜地"冒"，也不会担心看到导演用音乐过度煽情。这部影片之所以得到大部分观众的认可，是因为我们在影片的整体节奏里看到了导演二度创作时的克制、沉稳、自信，以及对于演员三度创作时分寸感的调控能力。一部抗战背景的影片里，几乎没有出现战争场面，但始终让我们为着主人公的命运担忧。最感人的情感也许就是那种被克制的情感，平静地去对待人生的大痛大苦，它的力量就能够触及灵魂。这才是中国特色的民族战争精神。

我喜欢这部影片。我想，一部电影的投资大小并不是艺术上粗制滥造的借口。这部小成本影片，让我看到了一位导演的精致的艺术手段和有责任的坚守，看到了导演和演员对电影艺术的深切理解。

2017年8月27日写于上海

第五辑

经典与品牌的力量

北京人民艺术剧院成立六十年庆典，携五台大戏南下上海，轰轰烈烈，大张旗鼓，在这个炎热的夏天给上海观众带来一阵旋风，冲击力不可谓不大。北京人民艺术剧院是北京文化界的一个标志性艺术高地，首任院长曹禺，现任院长张和平，艺术的接力棒传递了整整一甲子。六十年来，中国政治文化经济都发生了深刻的变化，北京人艺始终能够与时俱进，艺术至上，紧追时代的步伐一步也没落下，艺术境界也越来越高。从这次展演的剧目来看，既有脍炙人口的保留剧目，又有近年来众口交誉的杰作，也有新创作的反映当下生活的作品，精品辈出，人才济济。作为话剧界同仁，我本能地关注北京人艺同行的艺术活动，多年来已经养成了习惯，只要是人艺排演的戏，几乎是每剧必看。我亲眼看到，人艺的许多传统剧目如《茶馆》《雷雨》《原野》《北京人》等等都有计划地推出，稳稳地传给了中年一代，甚至是青年一代的导演和演员。这几年中青年编导演主创的《窝头会馆》《知己》等也在业内引起良性效应，老一辈艺术家们手中的接力棒，被中青年一代漂亮地接住了，可见他们真正是在内质上下了功夫。经典是通过时间和实践的考验流传的，坚持经典就是保持了艺术的传承，形成有社会公信力的品牌。北京人民艺术剧院现在是一个响当当的文化品牌，也是北京这个现代大都市文化艺术的重镇，是北京文化人的骄傲。

在北京人艺，有我的一些志趣相投、把戏剧艺术视为第二生命的良师益友。那天我去驻地看望吕中老师，我们（还有丹妮）一起畅快地神聊话剧经典剧目带给表演艺术的深刻内涵和广阔前景。我们都觉得，平庸的电视剧拍多了，会让演员精神上懒散起来，尤其一些浅薄的剧本，在戏剧冲突和人性挖掘方面毫无深度，演员演起来毫不费力，时间一长，演员就慢慢不习惯往深里去思考了。久而久之，甚至会毒害、麻痹艺术创作者的神经。资深演员还不要紧，因为一旦遇到好剧本，资深演员会有丰富的调节能力游刃有余，但刚出校门的年轻演员若远离经典剧目，对于自身演技的锤炼就缺乏基础，误以为塑造艺术形象很简单，只要不说错台词就行了，而且那些平庸剧本的台词直白粗俗，也无法去深刻展示人物性格，这样，精神上的懒散就开始了，由此产生的对艺术工作的错误认识和工作态度，对于表演行业整体素质的提升是无益的。因此，我们有一个共识：影视演员应该有机会常回舞台，通过演出经典剧目来集聚内力，自我提升。话剧舞台是影视演员的一个强力的充电器。

这里又引出一个话题，话剧舞台上演出的剧目都是精品吗？当然不是的。话剧艺术史上的经典从来都不是与生俱来的，经典剧目一定是在不断的磨炼锤打中，通过几代艺术家呕心沥血地付诸实践，并融入各个时代的精神，认真阐释、加工、完善，才能逐步形成，使好的剧目逐渐成为精品，进而经典化。另一方面，有长远眼光的艺术单位及文化管理者，又善于把那些在社会上产生过巨大影响的好戏作为剧院的保留剧目，作为缺少舞台经验的青年演员锻炼演技、提高鉴赏能力的练兵场。经典剧目中，深邃的人性挖掘、丰富的人物塑造、演绎经典的难度，都可以提高青年演员对于复杂情感描述的理解能力，学会从更高层面去解读剧本内在涵义。演员在这个创作过程中的点滴积累，都会转化为可贵的表演经验，而理解力、经验、技能也能提升有艺术理想的年轻演员的精神品质，使他们在接近经典的实践中，自然而然地对文化瑰宝产生敬畏，自然而然地对重视文化修养、演剧经验丰富的前辈艺术家产生敬重。一代代演员由此前行，队伍就培养起来了，情操就修炼起来了。一个艺术院团，院史上保留的经典剧目越多，必定会形成演员队伍素质齐整的良性循环，我们常说的"出戏才能出人"，就是这个道理。能够做到这一点，院团的艺术传统才会被发扬光大，剧院的品牌也随之逐步形成。在这个意义上，北京人民艺术剧院通过几代艺术家们的努力，做到了！这次北京人艺的上海戏剧之行，让我们看到了品牌与经典的力量在广大观众心目中树立起来的信任。反之，如果一个艺术单位在剧目创作上随波逐流、追求时尚，似黑熊掰棒子那样，掰一个扔一个，那么，即使它曾经有过很好的戏，也无法拥有系列的保留剧目，更谈不上收藏经典，保持独特艺术风格，其造成的遗憾和文化上的损失是很可惜的。

写到这里，我不由想到上海人艺与北京人艺这两个我国著名话剧院团的渊源。上海人民艺术剧院成立于一九五一年，比北京人艺还早一年，由黄佐临等一批德高望重的艺术前辈和剧作家精心领导了几十年，也曾经拥有一大批德才兼备的艺术家群体和代表性剧目，形成了丰富的历史传统。一九九五年文艺体制改革，实行院团合并，上海人艺也改成上海话剧艺术中心，开始摸索市场化的道路。上海话剧艺术中心挂牌十几年来，顺应国家文化体制改革的潮流，整合资源，鼓励年轻人积极参与原创，演出市场相当热烈，如上海的媒体宣传所说，"到安福路看话剧"，成了许多年轻人生活中的美好念想；可是经典和品牌毕竟是需要长时间的积累才能形成，我们毕竟还是付出了一些本来可以避免的代价。至少，我们遗憾地放走了一个甲子年庆。试想，如果上海人民艺术剧院先北京人民艺术剧院一年，整整齐齐地带着自己六十年来的戏剧成果北上演出；紧接着，今年北京人民艺术剧院又声势浩大地带着五台大戏来上海做六十年庆。南北呼应的两个剧院"甲子年"，那将是怎样的一道壮丽风景啊！

当我坐在大剧院富丽堂皇的剧场观剧时，心中复杂的感情无以言表，内心深处无限怀念上海人艺曾经有过的辉煌。

2012年8月1日于上海
刊于《文汇报》2012年8月10日

"品读"的魅力

上海戏剧学院王苏老师的文学"品读"会,我听过两回。一次是在上海市第六人民医院,另一次在上海市少年管教所。这两个单位都不是常规意义上的演出场所,但文学作品的内涵在王苏老师的完美演绎中,给所有在场的人带来了精神的升华、心灵的感悟、惊喜激动甚至泪水,伴随着朗读艺术营造的美好氛围,在现场弥漫。那种时候,我突然感悟到,这才是最好的心灵剧场。

我在上戏表演系的同班好友旅美三十年,去年回上海探亲,我把王苏老师的"品读"碟片转送她带回加州。几天后她打来越洋电话,说自己在家里闲看"品读",被作品感动得泪流满面,连看了几遍。她还说,一定要让两个孩子也看看,让他们感受体会文学作品与朗读艺术的魅力。我知道王苏老师近年来用"品读"的方式,经常在基层和一些企事业单位作文传播，我赞赏她的行为。同学的越洋电话，也促使我在一次巧合的机会中，把她推荐给了上面提到的两个单位，我自己也终于有幸在现场感受到了"品读"的魅力。

王苏老师在上世纪八十年代毕业于中央戏剧学院表演系，毕业后进入上海戏剧学院从事教学。作为资深台词教师，她不但有丰富的教学经验，也注重自身的实践积累。她的文学"品读"会，用她的话说，是在用声音和语言"画画"，很有特点。整个演出中，她先用三分之一时间作普及。在大小不一更谈不上正规的演出现场，她先把一篇相对简单的文学作品投影在大屏幕上，然后，让一位观众自告奋勇上台朗读。待这位观众读完后，她会分析朗读者在朗读中的得失，一边解读作品的主题，一边还传授给朗读者以及台下的听众朗读知识，如何通过声音语言的塑造，让平面的文字立体鲜活起来，赋予其艺术的生命。在随后的一个半小时里，在布置成温馨书房模样的简易舞台上，王苏老师一个人声情并茂开始诵读，一篇又一篇优秀简短易懂的文学作品，渐渐把观众们带进了一个充满想象且无限瑰丽的文学空间，心灵得到巨大的享受。

那天在上海市少管所的演出现场，坐在我边上的女教官和我说："如果我在学生时代能够听到老师这么给我解析和诵读课文，我就会很喜欢语文这门课程。"少管所的所长在演出结束后无限感慨，他认为这样有声有色的文化熏陶，让文学作品形象地走近了台下那些未成年的罪犯,能使他们的心灵渐有暖意,相信他们会终身难忘。

眼下,越来越多的人有一种共识,在极端物化与纷乱的现实生活中,养成阅读的好习惯,能对人的精神起到润物细无声的浸润。朗读艺术的悄然兴起让我们看到了另一种阅读形式的可能,即听觉与视觉的交替阅读。这就像一部文学作品有了音乐配的二重奏,插上了美丽的羽翼,相信任何东西都会飞得更高。著名配音艺术家丁建华曾说,文学作品通过朗诵者再度创作,会几何式叠加内在力量。她还说,有位观众给她打电话,说自己在家里看某一篇文章时并没有掉泪,但是同一篇文章,听了丁建华的朗诵后,她感动得哭了。

我自己对朗诵艺术也情有独钟,多年来参加过无数"立体阅读"活动,比如:上海图书馆朗诵艺术团的演出,北京中山音乐堂的"中外撷音诗歌散文朗诵会"、"影响世界的声音"、"中外经典台词朗诵会",以及深圳市读书月的"筑梦中国",重庆北碚区的"北碚立体阅读文化节"等等。我认为把朗诵艺术比喻成"立体阅读"还挺贴切,这是从两个层面的意义上来讲的:一是朗诵艺术经过朗读者的声音语言进行二度创作,在文学作品的文字基础上注入了演艺元素,朗读者多半是经过专业语言声音训练的表演艺术家,这和普通人读文章得到的效果并不一样;最难忘我曾经与中央乐团合作演出的朗诵会,我们事先会为每一篇经典诗文挑选合适的乐曲,在正式演出前,还安排演员到中央交响乐团排练厅和乐,指挥家汤沐海引领着乐曲,朗诵者抑扬顿挫的艺术再现,会让那一篇篇文字沁人心脾,让观众立体地欣赏到文学的高雅与深邃。二是当下社会的现实焦虑,许多人为了生存忙碌不堪,一时无法要求其必须捧起书来潜心阅读。在那种时候,也许我们能够推荐给他们朗读艺术的形式,表演艺术家通过朗诵把文学作品录制成音像制品,在欧美也非常流行。有人在开车上下班时,或者步履匆匆的人们有少许闲暇时,都可利用它来充实自己。可以说,文学作品也由此得到了更广泛的传播,其内涵在受众的心里更为立体。

这几天,一年一度的上海书展如期来临,这是"魔都"的文化盛事。书展上各类书籍琳琅满目,各种讲座连篇累牍。专家坐堂,百姓受益,此情此景使这座平时让人感受了太多经济元素的城市,增添了许多书卷气,真要为这样的盛事点赞叫好!

我看到许多演艺界人士也参与其中,或参加售书推介,或参加一些小型的朗诵活动。我想,在书的海洋里传出美妙的、经过艺术加工的"有声文学",也许会产生意想不到的效果。只是觉得这声音小了一些。如果配合书展,能做一台专业大型的经典文学朗诵晚会,是不是可以让市民们看到更多亮点,也能更多享受汉语言文学的魅力？全国其他城市也在努力用各种形式传播文化的力量，如深圳读书月，已坚持十几年，每一次都会为"读书月"举行大型朗诵专场演出，邀请各路朗诵艺术家云集舞台，与经典文学齐头并进演绎华彩篇章。这个曾被人看成"文化沙漠"的新兴城市，在去年，主办方为邀请艺术家参与，特意从深圳跑来上海面请，由于飞机误点，找到我的时候，已近半夜，心诚得让人感动。那个作为每年读书月特色之一的大型朗诵会，我和来自全国的朗诵艺术家们参加过多次，演出效果之好，让人感慨无限。

文化行为的终极目标，是提高全民族的文明素养；人民有质量地进步，国家才能立于不败之地。书展也好，立体阅读也罢，我说出这些想法，亦算是参与其中了。我们只是在做着自己应该做的事。

2014年8月写于上海寓所
刊于《文汇报》副刊《笔会》2014年8月21日
原题为《最好的心灵剧场》

虹口海派电影赞

上海开埠，租界划地，华洋杂糅，粤商北移。黄浦江连接苏州河，横陈南滨，虹口北踞。东邻杨浦，现代工业之摇篮；西舍闸北，战火下曾经废墟。唯独虹口在两者之中，既无工业之污染，又得生活之便利。轻歌曼舞，灯红酒绿，为典型的都市生活福地。于是，文化盛起，戏院林立，海派电影，诞生在此。

一八九七年，首部电影放映于礼查饭店；一九〇八年，首家电影院耸立于乍浦通衢，中国现代电影之航由此开启。影院三十二，影业四十六，影人蜂拥，影片迭出，中国电影事业如火如荼，江山半壁。邵氏天一，张氏华剧，陈氏友联，上海影戏，言情武侠虽然通俗，却敢与好莱坞争夺一席之地；胡蝶翩翩，周璇好音，玲玉遗恨，阿媚艳体，明星灿烂点缀夜幕，更何况新国歌响遍中华大地。市民消遣，中外佳作雅俗共赏；文人雅集，咖啡影院销魂不去。至今留得一句话：过河来看影戏。

一个世纪风云过去，百年虹口旧貌换新。但文化胜迹，处处留影。邮电大楼前弹火纷飞，是"战上海"的解放大军；北四川路边烈士故居，演绎者是永远的孙道临。新的世纪，新的电影，新人新片，层出不尽。我愿献上一瓣心香，愿海派文化扎根在这一片肥沃的土地上根深叶茂，花繁似锦；愿海派电影在虹口的文化历史中再续新篇，代代传承下去。

2017年5月14日于上海寓所

本文为画册《过河看影戏——北四川路与中国电影发轫》代序

该画册为上海海派文化中心编，上海书画出版社2017年出版

被爱心打动

那天晚上回家，突然听到阳台上有窸窸窣窣的声音，见阳台窗半开着，就以为是放在那儿的小东西被风吹了下来，没太在意。接着又听到似乎有微重的扑腾声，这下引着我走了过去想看个究竟。只见暗暗的阳台一角，有一只黑色的鸟，张开着翅膀在地上扑腾。我吓了一跳，愣在那儿，这分明是刚刚从十几层高的窗外飞进来的。它比麻雀要大一倍多，因为翅膀张开着，看上去更像是乌秃秃的一只大蝙蝠。这时，希区柯克导演的电影《鸟》中的场面瞬间在我的脑海中出现，心里就有些紧张。我一边犹豫着要不要上前把它抓起来，一边却不自觉地惊吓着把隔着阳台和房间的帘子拉了起来。

见有动静，那只像极了大蝙蝠的黑鸟马上又无头无脑地飞扑起来，一下子就从帘子下面飞进了客厅。我战战兢兢追上去，想去抓捕，它就到处乱飞，竟然从客厅一下子飞入了厨房。过了一会儿，终于暂时安静下来，我慢慢走过去拉上厨房的门，从玻璃门外我看不见它到底躲在哪个角落。

虽有厨房门隔着，我的紧张还没有完全消失，蝙蝠乱飞的各种电影镜头一直在我脑子里盘旋。我赶紧给孩子打电话，告知家里飞进来一只大鸟，看着像蝙蝠，但是我发现它飞不高，可能是受伤了。孩子在电话里安慰我，说："妈妈你不要紧张啊，我马上回来，没有关系的。"过了一会儿，孩子回家，满脸笑嘻嘻地说："家里有鸟雀飞进来是好事呀，不用害怕。"见他轻轻拉开厨房的门，让我别进去，他自己对着角落里的鸟儿观察了好久。我问："为什么不快点把它抓起来放出去呢？"孩子回答："不急，不急。"我看他从筷筒里取出一根筷子，还抓了一把米，然后才去抓起大鸟捧在手中，嘴里还对它吹着柔柔的口哨音乐。我突然意识到，这会不会是一只病鸟？马上隔着门让孩子戴上口罩，他却连连说："不用，不用。"

儿子把那只鸟儿轻轻放在灶台上，嘴里的口哨声始终没停，还腾出一只手边护着边捋顺它背上的羽毛。我这才隐约看清这个不速之客，黑色的羽毛中夹带着绿色和金色，还算漂亮。这应该是一只名贵的鸟吧。

我嘴上说："你快把它抱出来放生吧，快让它从窗口飞出去。"其实心里还是害怕万一这是只病鸟，万一感染了细菌……就麻烦了。前几年传播禽流感之类的传言让人们不得不在大自然面前疑虑重重。可儿子好像很享受的样子，和鸟儿凑得很近，还试图用那根筷子让鸟儿站在上面，还在那儿一粒一粒用大米喂它。我就隔着玻璃门看着，紧张的心情渐渐放松下来。儿子在厨房里亲近鸟儿的画面，感觉好温馨！

又过了一会儿，孩子捧着那只鸟儿从厨房里出来了，它已经在儿子手中乖乖地呆着一动也不动，很顺从的样子。我这才敢靠近仔细观看，真的，这鸟儿的羽毛黑绿金三色相间，确实漂亮；翅膀收起来后，也不太像吓人的黑色大蝙蝠了。儿子说："我把它送到楼下小区的绿化带去放飞，让它从地上走，不要从我们家十几楼的窗口出去。"

儿子捧着鸟儿下楼去放生了。我坐在沙发上想着刚才那鸟儿在阳台、客厅、厨房扑腾乱飞的样子，还是有点不放心，给孩子打手机询问鸟儿的情况。儿子告知，已经安全地将鸟儿放飞了。他还特意描述了鸟儿在楼下绿化带，在大自然的月光和树木中一下子就展翅翱翔的喜悦，"妈妈，它不是病鸟，不会传染细菌给我们。它刚才只是吓坏了。"

我坐在那儿沉思半天。谁说现在的年轻人都是利己主义者、冷漠、自私？刚才儿子对待鸟类的爱心深深地触动了我。比起家长们的瞻前顾后，他们也许更直观，更善于表达。我记得在和孩子闲谈时，曾听他说过："社会舆论其实并不真正了解我们九零后的所思所想，我的同学中，许多人都是很有理想抱负和爱心的。"

我想,时代在进步,在发展,就一定会有爱的传递和接力者。我们只是应该给予更多的发现、肯定、爱护。长江后浪推前浪,这是历史的必然。

2017年9月7日写于上海寓所
刊于《新民晚报》副刊《夜光杯》2017年9月15日

奚美娟朗读
扫码听一听

打捞记忆

前几天在家整理旧物，无意中发现一沓《解放日报》的旧稿纸，誊写在上面的是我二〇〇六年投给《解放日报》的一篇纪念黄佐临先生百年诞辰的文章。稿纸左下角的那几个字"解放日报稿纸～18×15＝270"顿时跃入眼帘，不觉心头暖暖的，勾起我许多沉睡中的记忆。

在上世纪七十年代末，我刚从上海戏剧学院毕业，被分配到原上海人民艺术剧院工作。那正是结束"动乱"，国家进入百废待兴的新时期。文艺界也经常能听到"文艺的第二个春天来到了"的说法。十年"动乱"中，文艺界和其他行业一样深受其害，尤其是人才被摧残，几乎处于断裂的状态。因此，待我们这一批年轻的艺术工作者出现在舞台时，各大媒体的文艺记者们也都格外热情和兴奋。整个八十年代是我在艺术道路上成长的关键时期。就在这段时期中，我惊讶地发现，在上海人艺的排练厅、练功房里活跃着一批资深记者，他们来自《解放日报》《文汇报》《新民晚报》……还有《上海文化艺术报》《文汇电影时报》（这两张报纸现在已不复存在了）等等媒体单位，他们紧张而欢乐地在现场工作，形成了一种互相竞争的良性竞技状态。他们不仅专业，而且敬业。青年演员们在创造角色的艺术实践中一步一个脚印地慢慢成长，各报的文艺记者们都热切关注着，每一部新作品的连排、彩排、公演，都予以了及时报道。当他们决定对演员作面对面的采访时，记者们对自己的采访对象在演出舞台上的一举一动都是几乎从排练厅开始就熟悉了的。记者对演员扮演的某一角色了如指掌，对演员表演中的优点和缺点也都心知肚明，采访环节就成为一种像知心朋友从不同角度对艺术表演的探讨，演员也信得过这样的记者朋友，愿意从他们的宝贵经验中获得提升。这样，就形成了一个现在很难见到的健康的媒体舆论与艺术人才成长互动的良性生态链。

我和《解放日报》的缘分，最初来自老一辈的资深记者张曙老师。她作为《解放日报》的文艺记者，我想，在上世纪八十年代，我塑造的许多舞台艺术形象里都曾熔铸了她关注的目光。那时的印象中，每次上海人艺开排新戏以及公演，都能见到她出现在人艺排练厅或者演出剧场，她随时可以和老演员们作采访交流，他们之间的关系非常融洽。后来她把目光慢慢地移向年轻一代演员,大概是上世纪七八十年代之交,我在《枯木逢春》中扮演苦妹子、在《罗密欧与朱丽叶》中扮演朱丽叶,获得了初步的成功。大约就从那个时候开始的吧,张曙老师与我的交流多了起来。记得人艺的老演员们最初把我介绍给她时,她对我的目光有些陌生,但没过多久,她的关注里就渐渐有了惊喜、肯定、兴奋,在她的目光里我看到了一位专业、敬业的前辈记者对新生代演员成长感到的由衷喜悦。与这样的前辈记者在一起,我就会感到特别安心,因为我信任她。后来,上海人艺在业务上给我压的担子越来越多,整个八十年代,我经常一年要主演四台大戏。张曙老师总是会出现在剧场里,或者在人艺排练厅,遇见时她只是淡淡地、和蔼地看着我,轻轻叫一声我的名字,她的眼神让人感到温暖,传递给我的是一位前辈记者对年轻艺术工作者的欣赏与信任。一晃几十年过去了,我已经记不得她具体写过的文章,但她的微笑和眼神,让我至今难忘。说起《解放日报》,眼前就会浮现张曙老师。这也许是和我在艺术上早期的成长记忆有关吧!

后来接任《解放日报》的文艺记者是汤娟老师。印象中,汤娟老师的声音细细弱弱的,但决定要采访时,她的工作态度非常坚决。有段时间我在上海人艺晚上演出话剧,白天又要排新戏,累得有点空只想睡觉。汤娟老师为了及时做采访,她锲而不舍,常常把电话追着打到我的家里,让我谈谈新戏的创作体会。记得有那么一两回，我为了争取多一点休息时间而不愿意面对采访，而汤娟老师一点不让步，直接跑到我的家里来，坚持完成她的采访工作，写出她的好文章。面对这样敬业的记者，你就是再累，也不得不克服浮躁之气，静下心来好好配合她。我后来在演艺事业上做出一点成绩、获得一些荣誉，都与这样一些有眼光、有态度、有坚持的文艺记者的工作分不开。我经常感慨于上世纪八九十年代，文艺记者们作为整个文艺队伍的一个方面军，对于我国艺术家的人才培养和专业提升做出过不可抹杀的重要贡献，更感动于当年这种相对纯洁的新闻媒体人与文学艺术家之间互信互尊的良性互动关系。

在我的演艺生涯中，年轻青涩时努力向专业目标发力阶段，头脑里毫无想要成名成家的杂念，感到苦恼的反而是在每上一个专业台阶时，惟恐自己的能力所限，因此，只有一门心思在积累专业经验和知识储备上心无旁骛，努力发奋。我接触到的新闻媒体界的记者朋友们也和我们一样，为他们的新闻事业，用他们敏锐的眼睛、勤奋的手和笔，真诚地向社会举荐德艺双馨的艺术家，及时发现初出茅庐的新秀。我庆幸自己的成长阶段恰逢拨乱反正、思想解放的良好文化生态，从那个年代成熟起来的一代艺术家们，也应该庆幸自己遇见了当年媒体的良知和纯粹，还有记者们真诚的慧眼。现在仔细想来，我和当时的文艺记者之间也只是普通的工作关系，交往中似乎也没有什么戏剧性的故事可讲，可冥冥之中又觉得我们有着很深的缘分。

或许我的那份誊写于《解放日报》专用稿纸上的文章手稿，已然成了旧物。不知在新媒体的电子写作流行以后，我上面提到的报社书写稿纸，在今天是否还有存在的价值？但我相信，有价值的媒体精神会永存，有良知的媒体人与社会各行各业人才之间的真诚互动，也会永存！

谨以此文，打捞一点记忆。庆贺上海《解放日报》创刊七十周年！

2019 年 4 月 16 日写于上海寓所
刊于《解放日报》2019 年 5 月 8 日

遥望月光，依旧温暖

记得上世纪八九十年代，《新民晚报》有一些独具特色的专栏文章，篇幅很短，两三百字，寥寥几笔，却在读者中间产生很大的影响。像"未晚谈""今日论语""灯花"等栏目，都有脍炙人口的好文章；也许是专业的关系，我更喜欢读文艺评论，署名一张的"月下小品"等栏目，曾经在我的成长道路上，给予我极大的鼓励和指导。

上世纪九十年代，我的艺术实践刚刚从戏剧舞台转向影视，虽然也听到不少掌声，但在艺术实践上还是有许多问题有待探索。而一张的"月下小品"那时就像是清空朗月下的光辉，远远地普照大地，也笼罩着我的艺术道路。

我至今保留着一本九十年代媒体介绍我的各种文章的剪报簿，那是上海人艺的前辈艺术家章非老师精心搜集剪贴后送给我的。纸张虽然发黄，但点点滴滴的文字读起来依旧感到亲切和温暖。今天翻开，跳入眼帘的就有三篇刊登在《新民晚报》上的短文，是一张先生在上世纪九十年代初写的：《女演员的黄金时期》《影视双星》《看奚美娟的戏》。那三篇文章，每篇都不过两三百字，是名副其实的"短文"。可是包含的信息量却很大，如在《影视双星》一文中，先是提到了电视剧《渴望》中刘慧芳的角色引起的争议，接着又牵出了我主演的电影《假女真情》并作了比较，对于这两部作品的不足都作了分析，最后笔锋一转，肯定了演员的表演。他说："两个戏的后半部都不及前半部，各有弱点，两个女主人公却是春兰秋菊同时，人们挑剔再多，也都站得住。"一波三折，真是杯水里的风波，写得有声有色。一张的文章，在肯定一个演员的表演，或者肯定一个作品的同时，都不止是就事论事，而是联系整个文坛、艺坛的普遍现象，加以针砭月旦。三十多年过去，他当年的很多预见，都被他言中了。

《新民晚报》的前辈们对我的关注，也不是一味地赞美。我还记得我主演过一部电视短剧《钟点女工》，剧中的角色名叫星星。此剧播放后，晚报就发表了一篇短评，题目是《星星今夜不闪亮》，我在此剧中的表演没能达到作者所期待的水准，作者就坦率地提出了自己的意见。章非老师送我的剪贴簿里没有收录这篇文章，但在我的记忆里，我当时确实把这篇文章保存了下来，可能放到别处了，一时没有找到。我觉得这篇短文应该也是一张先生写的，只有最关心我的人，才会这样及时指点我的艺术实践。

我从未见过一张先生，也没有打听过一张是谁，直到今天要写这篇与《新民晚报》有关的文章，我才上百度查阅"一张"的条目。可是铺天盖地的有关"一张"的信息里都没有我需要的内容，后来查了"月下小品"的条目才知道，一张先生本名张林岚，二〇一七年十二月刚刚仙逝，享年九十三岁。

我今天提起这几篇与我有关的"豆腐干"文章，是想表达对这些短小艺评的敬畏。文章虽小，字字珠玑。我以为，正常情况下，评论与被评论的联系是作品，是艺术，而不是人际关系。在清明的好时代，正常的文艺评论就应该是对事不对人，被评论的艺术家以欣喜的心情倾听各种声音，评论家也以热爱艺术的态度发表自己的看法，双方都毫无拘束。在我的成长道路上，进步了有热情的鼓励，退步了有善意的批评，这对一个始终在艺术上有所追求的人来说，真是幸福。这也是我对《新民晚报》始终心怀感激的原因。

这是一份真正飞入了寻常百姓家的报纸，许多人是从父母、祖父母一辈开始，就养成了每天必看《新民晚报》的习惯，虽然各类读者众口不一致，但一份报纸要做到像晚报那样，成为普通老百姓日常生活中的念想，是极不容易的。然而短小有力、褒贬有据的"豆腐干文"，正是《新民晚报》吸引读者的特色品牌，许多普通市民家庭几乎每天都急切等着这张晚报的到来，就是为了读这些似有联系、又是独立的短文，因为它构成了独有的鲜活精神和多样性。在资讯并不发达的年代里，晚报的"豆腐干文"就是今天手机流传的微博、微信，短小佳作，通俗易读，既给市民传递真知灼见，又带来了生活常识和乐趣。

星云流转，时光飞逝，眼下，时代已经进入了5G元年，传统的阅读习惯和获取知识的渠道，受到了颠覆性的冲击，不少纸质媒体受到重创。但我想，《新民晚报》的辉煌是几代报人智慧与努力的结果，它必然能用自己超常的领悟力，坦然接受时代的挑战，使它的传统在新科技下获得新的创新和飞跃。

上海市民对《新民晚报》有新的期待，这期待，也是几代读者所养成的！

2019年6月9日写于上海

为纪念《新民晚报》创刊90周年而作

刊于《新民晚报》2019年6月17日

那些人，那些事

因为拍摄电影《蒋筑英》，我和宋江波导演做了二十多年的朋友。两年前，央视四套的中国文艺栏目做"向经典致敬"的节目，我被邀请参加了其中一期。当时，节目组希望我找两位业内的朋友当嘉宾。我就邀请了海清和江波。虽然老话说，君子之交淡如水，我找到了这两位忙碌的朋友，他们都一口答应。更让我意想不到的是，录制完节目，宋江波导演还送给我几张他珍藏着的旧照片，那是在二十七年前我们一起参加的一次特殊的颁奖仪式。让我惊喜不已。看着这几张旧照，在我的脑海里，翻开了一段和电影有关的记忆，真是感慨万分。

一九九三年五月四日，第一届北京大学生电影节开幕，这是在北师大艺术系黄会林老师的直接发起和策划下，由广电总局、电影频道、北师大和电影资料馆等单位联合举办的一个大型活动。那一年，我作为参赛影片《蒋筑英》的主演，有幸摘得首届北京大学生电影节最佳女演员的桂冠。但忘了当年是什么原因——想来应该正在忙于拍摄工作吧,电影节举办期间我无法赶到北京参加颁奖仪式。那时候还没有让别人代领奖项的习惯,更没有这几年流行的潜规则:获奖者必须本人到场才给奖,否则就取消获奖资格等等诸如此类的怪事。在当年,质朴的风气引导主流价值观念,没有那么多的花样经。于是,大学生电影节创办人之一的黄会林老师,就把我的奖杯和奖状存放在她的办公室里。过了一段时间,有一次,我正好有机会去北京出外景,电影《蒋筑英》的出品方,导演宋江波、编剧王兴东(王兴东老师当时还没有调到北京工作)和剧组制片等正巧也都在北京,于是,宋江波导演和黄老师沟通后,决定在北师大艺术系的办公室内,为我补办一个简单的授奖仪式。

记得那天,宋江波导演带我们去了北师大艺术系,黄会林老师以及系里的书记,还有几个青年教师等,已经热情地在办公室里迎候我们。到了办公室,大家都很开心,觉得补办的这个颁奖仪式很新鲜,很不一般,简单的仪式中隐含着正规和庄重,尤其是我,那时刚刚从一个舞台剧演员转向银幕,才拍了两部电影,就得到了北京首届大学生电影节的肯定,心里很感动。虽然是简单的办公室兼小会议间,但举办人的认真态度,让我觉得仪式有神圣感和庄严感。黄会林老师代表首届北京大学生电影节介绍了有关情况,随后,宋江波导演代表剧组和我，对大学生电影节表示了感谢。记得在接过这座属于我的奖杯时，真是有一点受宠若惊的感觉。那时的我，刚进电影界，就听说业内人士们最在意同时也最害怕的，就是到大学里给大学生播放电影。因为大学生最不讲面子，爱憎分明，要么掌声雷动，要么嘘声一片。我在影片《蒋筑英》中的表演，能够得到首届大学生电影节的青睐，真让人松了一口气，同时，也对自己将在影视界贡献微薄之力，充满了信心。

在此之后的二十余年中，我和黄会林老师并无过多的交集，更无法体会在上世纪九十年代，她带领北师大艺术系的一众师生，发起创办首届北京大学生电影节时的繁复与甘苦。她是我敬仰的一位艺术教育家，一位前辈。我第一次知道黄老师，是在上世纪八十年代后期的一档电视节目中。节目介绍了黄会林老师当年在北师大创办艺术教育的艰难历程，以及她为了让北师大建造艺术系的教学大楼，在没有资金的困境中，如何苦口婆心，游说香港实业家为艺术教育投资建楼。我还没有认识黄老师时，就被她全心投入艺术教育的热情所感动。所以，那次黄老师为我在北师大安排的独特的颁奖仪式，真像是冥冥之中的奇缘，上苍自有安排。如今，北京大学生电影节已经举办了二十六届，如果不出意外，今年将要举办的已经是第二十七届了。真是岁月如梭。在业内，它已经引起了越来越多的电影人，尤其是青年电影人的关注。每年的大学生电影节颁奖晚会也成为电影界的一大盛事。每当亲眼目睹许多实力派的电影人,以及"明日之星"从这个平台上脱颖而出,走向了更大的舞台,我的内心就会泛起无限感慨!二〇一四年五月,第二十一届北京大学生电影节举办时,我被邀请出席了那一届的颁奖典礼。在颁奖典礼上,我和另一位女导演为那一届的最佳女演员获得者汤唯颁奖。汤唯在接过奖杯时,很有礼貌地轻声对我说:"谢谢您,我很高兴您能给我颁奖。"看着年轻的演员茁壮成长,为中国电影赢得荣誉,我打心眼里为之欢呼。也许,当年在北师大的那间小会议室里,黄会林老师给我颁发这个电影节的第一座奖杯时,也怀着同样的心情吧。

在二〇一六年第十届文代会上,我又巧遇黄会林老师,我真是高兴极了。她也特别开心,茶歇时她和我说:"你可是我们第一届大学生电影节的最佳女演员呢。"我也顺势回忆当年说:"黄老师,当年是您在北师大艺术系的办公室里,给我补办了一个小小的颁奖仪式,我是在北师大艺术系办公室里拿到的奖状与奖杯,您还记得吗?"没想到她看着我,愣了一下说:"啊,是吗?我好像忘了……"可不是吗?黄老师多年来事务繁忙,将近三十年来,北师大艺术系在她的带领下,不断创新,在艺术教育领域,做出了业内有目共睹的不凡成就。创办大学生电影节,只是她近三十年来诸多成功案例之一,淡忘了一个将近三十年前的小细节,太正常不过了。然而对我来说,在北师大艺术系的小会议室里举办的那个特殊颁奖仪式，以及黄老师给我颁奖的那个美好瞬间，永远存留在我的记忆中。

谢谢宋江波导演为我提供了珍贵的旧照片，保留下二十多年前的一个珍贵镜头。黄会林老师当年积极参与创办的第一个大学生电影节，以其朝气蓬勃的生命力为中国的电影事业注入了青春活力，意义重大。俗话说，"万事开头难"，在中国电影事业繁花似锦、轰轰烈烈的当下，我们尤其要感恩要牢记的，是那些筚路蓝缕的先驱者和开拓者！我想，黄会林老师就是这样的开拓者之一。

2020年3月15日写于上海避疫中
刊于《新民晚报》2020年8月15日
原题为《一次特殊的颁奖仪式》

后滩

在二〇一〇年上海世博会之前，估计没有多少人知道黄浦江边上有个叫"后滩"的地方，更谈不上对它有所了解。对于闻名于世的大上海来说，它实在是太不起眼了。也许只是千百年来滚滚红尘中，被冲刷洗漏下来的一堆小沙石，顽强而悄悄地蛰伏在黄浦江南边的转弯处。歇息时，偶尔望一眼江对岸雄伟壮观的江南造船厂，那些高耸入云的烟囱，那些来来往往的大小轮船，有着些许后滩人理解中的欣欣向荣，心里便有了对生活的期盼。在几乎没有声息的日常里，喝着黄浦江的水，日夜辛勤地劳作，过着与世无争的日子，养育、繁衍着自己的子女。在岁月的冲击下，后滩的子民们，千回百转地与上海的租界文化以及其他外来移民一起创造了上海的辉煌业绩。在他们的岁月里，既保留下这片土地上原住民的朴素传统，也在黄浦江水时不时泛上来的点点滴滴中，接受着沉淀杂交的近代文明。

我的母亲就出生在上海的后滩。我的外婆家和世代生活在那儿的普通上海人家一样，都是靠几代人的努力付出，建立起自己的宅邸家园，有一份刚刚好的生活。母亲原本有五兄妹，她是老三，上有哥哥姐姐，下有两个弟弟。后来姐姐因病去世。哥哥参加过解放前的进步学生运动，还在外公开的后滩江边小杂货店里建立过地下交通站，和他的伯父与堂哥，在一位中共地下党人的指导下，为解放上海做过一些微薄的贡献。但他的命运不佳，在一次其伯父被误会、被出卖的行动中，他也连带着献出了年轻的性命。据说解放后，那位身居要职的当年地下党领导人还特地到了后滩的江堤上，洒酒缅怀过他们一次，这自然是后话。在这以后，我母亲就成了家里的老大，只粗粗地识了几个字，就开始进入了工作的人生，帮助外公外婆持家并辅助两个兄弟。好在我外公除了家里开的小杂货店外，在市里还有一份相对稳定的工作，使得一家人在后滩这块土地上，耕读劳作，生生不息。

随着母亲出嫁，我和弟弟妹妹相继出生，后滩就成了我们的外婆家，也和我的人生有了血脉相连的黏合。上世纪六十年代，从我家去后滩的外婆家，有两个方向可以走。一个方向是从上南路的我家，走一站路到浦东南路的大道站，然后坐公交车往西，到当年的耀华玻璃厂前一站下车，再步行往北走。下车后往北的这条路，是没有交通工具的乡间小道，中间要路过两个生产队和一些自然村落，还有沿途的河塘、小桥、农田，最后穿过一个小学，沿着小学的墙边再往北走，走到黄浦江附近的那个自然村落，就到了外婆家。另一个方向，是从上南路我家那个车站，坐两站公交车往北至上钢三厂的三号正门下车，然后进去，穿过整个从东到西的厂区大道，以及沿途的各类车间。在上钢三厂的厂房里面，还套着一个章华毛纺厂，这是解放前就有的老企业，也是那个年代上海纺织行业中小有名气的企业，我的母亲就在那里上班。在我小时候的眼里，上钢三厂简直就是一个巨型企业，且厂中还有厂，它共有九个门进出。我们去外婆家，要从三号正门进去，经过工厂里的大道、车间，绕过章华毛纺厂，再走到最靠西边的九号门，才算走出了上钢三厂的厂区。出了九号门，再绕过一道堆满了废钢铁的土路，便是黄浦江边那条高高宽宽的土筑堤坝。走在堤坝上，右边是黄浦江，左边的堤坝之下，就是外婆家所在的那个古老村庄。

小时候，总觉得外婆家就像是依偎在黄浦江边的一个小角落，遥远又寂静。读小学时有那么几回，我一个人走去后滩，身上带着母亲在市场上用高价买的粮票和油票，让我送到外婆家。上钢三厂的正门，只有家在后滩或后滩有亲戚的人，才能得以通过。每次穿厂而过，我都会很紧张，半空中大行车隆隆而过时，我总会紧张地躲在一边，迟迟不敢迈步，但心里又向往到外婆家玩。尤其是暑假里，可以在大人们的带领下，去黄浦江边的浅滩上洗衣、玩水、游泳。或在粗大的木排上走到江的深处，随着浮在水上的木排的微微摇晃，感受身心似乎要飞跃的快感。

后滩的外婆家那一方小小的家园，因临江而居，无处可退，世世代代的本地居民，靠着勤劳与智慧的生存之道，倒也有了世代沿袭而来的文化与民生。印象中，那儿的普通人家都非常重视孩子的教育。我的两个表妹，在学校里读书时因成绩出色，都相继跳过级，于是左邻右舍会默默地以此为榜样。我前面说到小时候去外婆家，会路过一所小学，其实那原本是一处乡绅的私人宅邸，里面套着几进高墙大院，也是我小学同班一位女同学的外婆家。后来他们家把大部分房屋献出来办起了这所小学，只留了一小部分作居家所用。这位同学的父母也都在章华毛纺厂工作，小学期间，我们经常结伴去后滩的外婆家玩耍。

虽然在表面上，后滩这个小小的家园当年寂静得无人知晓，似乎要被遗忘，但事实上，后滩历来有着开阔的襟怀，在后滩的居民中，除了上海本地的原住民，还有一部分是历史上从外埠的江苏等地撑着木排从长江而来，再进入黄浦江，然后顺流拐到转弯处的后滩，天长日久，他们在后滩江边的滩涂上慢慢聚集，落地生根，成了与后滩的本地居民和睦相处的早期中透出的光彩。"夜光杯由墨玉为材料，它厚重浑成，但又隐约透光，寓希望于沉重，它不像玻璃杯那样透明，更像在弥天长夜里让人期盼着、挣扎着、追求着的一线光明。

葡萄美酒夜光杯啊……

写于2021年12月26日

初刊《新民晚报》副刊《夜光杯》2022年1月7日

图书在版编目（CIP）数据

独坐 / 奚美娟著. -- 上海：上海文艺出版社,2023
ISBN 978-7-5321-8636-5
Ⅰ.①独… Ⅱ.①奚… Ⅲ.①随笔－作品集－中国－当代
Ⅳ.①I267.1
中国版本图书馆CIP数据核字(2023)第043053号

该书为2022年度上海文化发展基金会项目

发 行 人：毕　胜
策 划 人：李伟长
责任编辑：李　霞
特约编辑：殷健灵
装帧设计：钱　祯
书法题字：孙晓云

书　　名：独　坐
作　　者：奚美娟
出　　版：上海世纪出版集团　　上海文艺出版社
地　　址：上海市闵行区号景路159弄A座2楼　201101
发　　行：上海文艺出版社发行中心
　　　　　上海市闵行区号景路159弄A座2楼206室　201101　www.ewen.co
印　　刷：苏州市越洋印刷有限公司
开　　本：890×1240　1/32
印　　张：10.625
插　　页：6
字　　数：210,000
印　　次：2023年5月第1版　2023年5月第1次印刷
Ｉ Ｓ Ｂ Ｎ：978-7-5321-8636-5/I.6801
定　　价：78.00元
告 读 者：如发现本书有质量问题请与印刷厂质量科联系　T:0512-68180628